十年巨变

乡村振兴的李寨实践

欧阳华 著

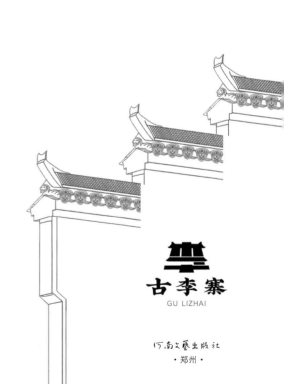

古李寨
GU LIZHAI

河南文艺出版社
·郑州·

图书在版编目（CIP）数据

十年巨变：乡村振兴的李寨实践/欧阳华著. --郑州：
河南文艺出版社,2024.1

ISBN 978-7-5559-1638-3

Ⅰ.①十… Ⅱ.①欧… Ⅲ.①报告文学-中国-当代
Ⅳ.①I25

中国国家版本馆 CIP 数据核字（2024）第 004842 号

选题策划	杨 莉 张 阳		
责任编辑	张 阳		
责任校对	赵红宙		
责任印制	陈少强		
书籍设计	吴 月		

出版发行	河南文艺出版社	印　张	20
社　　址	郑州市郑东新区祥盛街 27 号 C 座 5 楼	字　数	298 000
承印单位	河南瑞之光印刷股份有限公司	版　次	2024 年 1 月第 1 版
经销单位	新华书店	印　次	2024 年 1 月第 1 次印刷
开　　本	700 毫米 × 1000 毫米　1/16	定　价	68.00 元

一滴露珠可以折射
太阳的光辉

个人的命运也总是
与时代发展的步伐
紧密相连

序　躬身乡村谋振兴

和本书主人公李士强同志相识于一起在中国农影共同录制的一期《三农三人谈》节目。这个题为"破解李寨村乡村振兴样本"的节目，对李士强同志担任党支部书记的河南周口市李寨村摆脱贫困后，多措并举破解农民稳定增收、巩固拓展脱贫攻坚成果难题的故事进行了深度解读。

作为一个长期从事"三农"理论与实践问题研究的学者，天然葆有一份对宣传对象的真实性的疑问。在那期节目里，我采取了同样非常苛刻的审视态度，对该村的一些做法、不同做法的效果及比较等，进行了深入的质疑和讨论。在了解了自己质疑过的李寨村推进乡村振兴的故事之后，对李寨村、对该村带头人李士强书记给予积极评价的同时，也发自内心地产生了对此人、此村的由衷佩服。

或许是因我的审视之苛刻和态度之严谨，既富有企业家精神更具有求真务实态度的李士强同志也对我有了深刻印象。距离那次共同录制节目几个月之后，李士强同志联系到我，说是有一本关于李寨村推进乡村振兴、美丽乡村建设的纪实性报告文学要出版，并说应出版社方面要求，希望我能为这本书作个序。因为仅有那次合作录像的接触，所以一开始我没敢贸然接受这个邀请。但因为最近这几年多次参与全国党建研究会农村党建研究专业委员会的调研活动，内心深处对基层党组织书记、基层干部和各类人才的能力要求、成长轨迹和规律等重要问题的研究非常感兴趣，这就激发自己耐下心来，认真地研读了本书的全部内容。

　　研读之后发现，本书并没有对李士强同志全部的人生历程进行全方位的展示（比如对其2011年之前创办企业、驰骋商海的"高光"时刻就是一笔带过），而是主要着墨于其2011年回村担任党支部书记，带领全村打赢脱贫攻坚战、运营乡村资源和生产要素，带领低收入人口拓展增收渠道，巩固和拓展脱贫攻坚成果的故事。

　　细读此书，我们不难发现，就李士强书记个人而言，这十年有着不同寻常的意义，这十年他再创个人辉煌，也造福了乡邻，更证明了乡村是需要振兴也可以振兴的！

　　这十年，是李士强同志带领父老乡亲拼搏奋斗、摆脱贫困、过上好日子的十年。他本着共产党人的初心使命和回报家乡的赤子情怀，辞去自己创建的企业负责人职务，义无反顾返乡当了一名村支书，投身到脱贫攻坚和乡村振兴工作一线。在他的带领下，一个位于豫皖两省交界、有着3237口人的深度贫困村，通过十年的拼搏进取，从2012年人均收入不到2700元、村集体资产为零，实现了人均收入2万元以上、集体资产突破亿元、村民就业收入全保障的华丽嬗变，在脱贫攻坚、乡村振兴和共同富裕的道路上，李士强同志做出了重大贡献。

　　这十年，也是李士强同志作为人大代表积极履职尽责，为党和国家优化"三农"政策鼓与呼的十年。李士强同志先后担任乡、县、市、省、全国五级人大代表。他立足李寨这个典型村庄，体察百姓急难愁盼，听民声、聚民意、汇民智，并积极向上反映这些社情民意，把最基层的声音带到国家议政的最高殿堂。每年全国人大会议结束之后，他又会立即回到李寨传达"两会"精神，把来自中央重农强农惠农的政策信息及时传达给最基层的干部群众，帮助他们用好政策，以此来带动广大群众过上更加美好的生活。

　　一滴露珠可以折射太阳的光辉，个人的命运也总是与时代发展的步伐紧密相连。李士强同志这十年的经历既是他转战脱贫攻坚和乡村振兴新战场建新功立大业的奋斗历程，也是新时代整个国家发展的缩影！

　　一切过往，皆为序章。我相信，在新的赶考之路上，李士强同志一定会继续坚定不移听党话、跟党走,与人民同呼吸、共命运,踔厉奋发、勇毅前行、团结奋斗,在基层党支部书记岗位上取得更大的成绩。

李士强同志作为党支部书记带领村庄群众谋事干事成事的工作方法可以为千千万万个乡村基层干部引领广大农民积极参与乡村振兴提供重要的经验和启示,李士强同志个人事业的成功,可以激发更多的乡村基层干部在全面推进乡村振兴战略实施中创新创业的巨大热情。而他作为一个普通人,勤奋刻苦,不懈追求,能够紧跟伟大时代的脉动与时俱进,抓住时代赋予每个人的发展机会积极进取,拥有了一个不负时代的丰富经历和灿烂人生,这是对我们每一个人都有启迪意义的。

这些是我最看重这本书的地方,也是我愿意向广大读者推荐这本书的初衷!

是为序!

杜志雄

完稿于 2023 年 11 月 22 日

北京—广州 CZ3116 航班

(中国社会科学院农村发展研究所党委书记　研究员)

目 录
contents

引子　河东河西

　　四十年以后，当李士强站在沙颍河岸边，回望生他养他的李寨村时，不由得想起了自己背井离乡时的决绝。这时候，他已经是亿星集团的董事长，是身家数十亿的成功人士了；或者说，他已经在外面走南闯北四十年，也已经在城里生活和工作四十年了。

　　其实，李士强和很多成功人士一样，都是从农村走进城里，一枪一刀打拼着，一步一步走向成功的。多数日子，他们都被城里的繁华和喧嚣纠缠着、吸引着，好像已经忘记了生养他们的乡下的泥土，忘记了泥土里的那些人和事。可是，他们像树根一样尘封在人事部门的个人档案里，几乎每张表格上都有一个遥远的、古老而贫瘠的地名，那就是他们的故乡——孵化他们的蛋壳和子宫。他们就像从乡下放飞的风筝，不管飞得多高、多远，总有一根无形的线维系在村子里一棵老树上，保持着地缘的亲切和血缘亲近，成为他们生命的脐带。

　　所以，每当李士强忙碌一天，躺在床上似睡似醒的时候，就会有一种无形的力量，拉着他的手，揪着他的心，把他抓回到故乡的过去和过去的故乡；那些活着的、死去的老少爷儿们都挤着、扛着往前凑,用老家的土话讲述他们的事情、他们的看法和想法,就像过去分口粮时生怕漏掉了他们的名字一样。

现在,李士强终于又回到了故乡。他站在沙颍河边,隔岸就能看见李寨村。北风不依不饶冲撞而来,光秃秃的树木在寒风里瑟瑟发抖,低矮的老屋瑟缩成一团,氤氲炊烟一缕一缕从庄户人家升起来,飘荡在寂寥的天空;能听见谁家的女人高喉咙大嗓门地喊着男人和孩子回家吃饭……此情此景,与李士强几十年前对李寨的印象非常相似,不同的是,虽然还是寒冬,虽然还是那个一贫如洗的村子,但每家每户都氤氲着温暖的炊烟,还有女人呼唤亲人吃饭的声音——果腹遮体的温饱问题已经解决了。

望着眼前的李寨村,李士强的思绪被寒风吹着,回到了几十年前的过去——

1961年夏天,一场大暴雨突如其来,李士强家的两间破草屋轰然塌去了半边,剩下的半边"趴趴屋",土夯墙已经多处开裂,茅草顶也随时都可能被狂风掀开。全家人蜷缩在里面,看着外面的暴雨,听着头顶轰响的炸雷,顿时不知所措,父亲李廷贵、母亲桂兰看着瑟瑟发抖的孩子们,潸然落泪。

风雨中传来了杂沓的脚步声,跟着的是村支书刘廷修焦急的叫喊:"廷贵啊,这房子还能避雨吗? 不要命了你们?"随着刘廷修的叫喊,几个村干部拥进来,把李士强一家拉出了危房。有人撑起了雨伞,有人扯开了塑料布,为他们遮挡着风雨,把他们安置在大队油坊里。接着,乡亲们有的送来了一瓢米,有的送来了一瓢面,有的送来了半袋红薯……

这就是中国的乡村,这就是中国的乡情。地缘的亲切和血缘的亲近已经把人们紧密地联系在一起,一家的喜就是大家的喜,一家的忧也是大家的忧。

暂时的栖身之地总算有了,肚子问题也算暂时解决了,可是,想到以后的日子,李士强的父母仍然是眉头紧锁,愁肠百结。村支书刘廷修说:"廷贵你啥都不用愁,现下是新社会了,不是还有乡亲们吗? 不是还有咱支部,还有咱政府吗? 放心,车到山前必有路,船到桥下自然直。"

刘廷修说得很有底气,他的底气来自于他村支书的身份,也来自于他对新中国社会体制和政策的更全面更深刻的了解。

果然,雨过天晴,救济款、救济粮,便送到了李士强家里。乡干部说:"有什么困难,你尽管说,组织会全力相助的。放心吧,困难总会过去,一切都会好起来的。"

那年,李士强4岁,但他很肯定地记得,这是他第一次听到了"组织"这个词。当时他就想,这个"组织"太厉害了,"组织"里有吃的喝的穿的用的,还会出钱替你修房屋;他甚至幼稚地想,什么时候他要是成了"组织"就好了……他把这个想法告诉了父亲,父亲慈爱地摸着他的脑袋说:"组织不是一个人,组织就是党,就是政府。廷修书记,还有乡里那些干部,都是组织里的人。你要想成为组织里的人,就要好好学习,有了真本事、大本事,就能跟着组织为老少爷儿们办事了。"

有时候觉得"根红苗正"这个词挺虚的,可仔细想想,一个人的成长环境、他耳濡目染的人和事,必定潜移默化影响着他的"三观"。儿时,贫穷的记忆刻骨透髓,饥饿的煎熬如影随形,那贫穷之中厚道的邻里亲情、困顿时刻的守望相助,都在李士强的心里打下了很深的人生烙印。

在李寨读小学时,李士强加入了少先队。他的衣服虽然补丁摞补丁,可鲜艳的红领巾总是干干净净,绝不沾染半点灰尘。有一天,李士强看到同桌愁眉苦脸,泪水涟涟,便过去打问,原来这个同桌家里穷,连个铅笔都买不起,正准备辍学回家。李士强二话不说,把铅笔一折两半,说:"给你,铅笔会有的,一切都会有的!"

我甚至在想,也许正是这半截铅笔,避免了一个孩子中途辍学,改变了一个乡下孩子沦为文盲的命运。

在冯营读中学时,李士强加入了共青团。胸前的团徽,燃烧着他火一样的热情。小到扫地、倒垃圾,大到参加义务劳动、送同学看病,集体的事情,他总是冲在最前面。掏大粪的活儿,很多人都不愿干,可年轻的李士强不顾旱厕臭味刺鼻,挑起粪桶、拎起粪勺,把一桶桶大粪送到了庄稼地。

放假回到村里,李士强为了给家里分忧,请求跟随邻居廷华叔去拉货。

廷华叔看着他的小身板,连连摆手:"不行不行,士强,你还没开个儿,太吃亏。累坏了我可担当不起。"李士强倔强地说:"叔,我有劲着哩,你放心吧。"架子车吱呀呀作响,胶皮车轮在泥泞路上艰难前行,背带深勒在少年李士强的肩膀上,脸上淌着大颗的汗珠儿……廷华叔看着李士强坚毅的眼神,饱含感情地赞叹:"吃得苦中苦,你将来一定是人上人。"

中学毕业返乡的第二年,大队干部刘廷修找到李士强,说:"大队党支部研究了,决定培养你为入党积极分子。我呢,毛遂自荐,当你的入党介绍人,希望你今后能严格要求自己,更期待你将来能在村里挑大梁。好好干,毛主席都说了,农村是一个广阔天地,青年人在那里是大有作为的!"

刘廷修是李士强的小学老师,可以说是看着李士强一步一步成长的。如今,老师已经把李士强领到了组织门前,他感到党的光辉已经照到了他身上,照进了他心里,他激动得热血沸腾,热泪盈眶,一个毛头小伙儿就要脱胎换骨了,他的人生从此抹上鲜红的底色……

一阵寒风吹过,李士强打了个冷战,也从往事中回到了现实。不知什么时候,天上飘起了雪花,落在沙颍河里,落在河的两岸,也落在远远近近的村寨。这是今年的第一场雪,它落在既往很多年那些雪落过的地方。但李士强已经不再注意雪花了,因为有比下雪更重要的事情在等着他了。

多少年了?李士强扳着指头算了算——打17岁走出李寨去湖北挖树窝算起,头一个二十年,他都在各个国营、集体单位,从临时工,到正式工,从普通职工,到部门经理,干的是公家活儿,挣的是辛苦钱,家庭境遇虽然有所改观,但基本上还在原始积累的阶段。第二个二十年,他赶上了改革开放,开始承包公司,带债脱钩下海,搏风踏浪,一步一步走向了辉煌,伴随亿星集团成立、壮大,他的人生和事业也到达了巅峰。这个阶段,他不敢说自己干成了兼济天下的事业,但他却有着兼济天下的胸怀。

李士强的前半生——农民,工人,干部,小老板,企业家……身份随时代的变化而变化,唯一不变的,是他共产党员的身份。如今,李士强已经在外打拼了他的前半生,他真的要把自己的后半生留给生他养他的这片土地吗?

第一章 岁月深处

一

李士强出生于 1957 年。应该说,他生在了一个好地方,豫东平原,土地肥沃,气候温和,沙颍河潺潺流过,得灌溉之利,可以说插根筷子都能发芽;而且,还应该说,他也生在了一个好年景,他刚出生那两年,风调雨顺,庄稼丰收,田野里到处都是粮食的味道。

但是好景不长,持续的灾害让他们掉进了三年困难时期,他们吃树叶、吃树皮,也吃埋在地下的草根,实在没得吃了,就喝凉水。

李士强苦笑着告诉我,他从记事起,第一个感觉就是饿:"我家 7 口人,两间破屋,夏天漏雨,冬天进雪。家里人多,嘴连在一起比筛子都大。'红薯汤,红薯馍,离了红薯不能活',可红薯汤、红薯馍也没有啊,甚至是野菜、树皮都找不到啊。那时候,家里穷得连老鼠都看不见!"

饥饿如影随形,肚里空得咕咕叫,身上一点气力也没有了,就觉得格外冷,冬天冻得没办法,就倒在墙脚下晒太阳。阳光照着他浮肿的脸,黄中透绿。阳光很好,可再好的阳光也不能吃啊。到了晚上更难熬,就去钻队里的麦秸窝,饲养员不让,李士强只好抱一捆麦秸睡。早春时节,饿得两眼直冒金星,脚底像踩着两团棉花,路都走不稳,他跟随大哥士昌、二哥士永,来到村外漠漠的田野里,如饿狼般找寻点"绿意":沟边、田地、坑塘、斜坡,荠荠菜、马蜂菜、面条棵刚出尖尖角。哥哥眼尖,不管三七二十一,统统薅出来,胡乱擦一下泥土,吹一吹,赶紧塞进小士强的嘴里。

"你说,这世上啥东西最好吃?"李士强突然这么问我。

我调动一切回忆,把自己吃过的、没吃过但见过的、没吃过也没见过但听说过的、没吃过没见过也没听说过但能想象出来的,果腹的、解馋的、吃新鲜的、图稀罕的好东西……统统说了一遍,结果,都被李士强一一否定了。

"其实你不知道,世上最好吃的是烤皮鞭。"李士强说。

我冷惊了一下。

有一天,李士强无意间捡到半截赶牛的皮鞭,这让饥饿挠心的小哥儿仨眼睛放光。二哥士永兴奋地说:"沾个皮字,好歹也算一块肉。烤了吃,一定很香!"大哥立马去捡了一些柴火,点起一堆火,把皮鞭在火苗上烤了起来。那截用了许多年月的旧皮鞭被烤得滋滋作响,冒着黑烟,也冒着阵阵焦煳味,也不知道到底烤透没有,小哥儿仨也顾不得了,饥不择食地分吃了,吃得满嘴黑不溜秋,竟也吃出一串笑意。

李士强一边说一边比画,满脸专注的表情。我却听得心惊肉跳,眼前晃动着一截黑不溜秋的东西。我无法想象:他们怎么能把这又腥又臭的东西塞进嘴里、咽进肚子里的。

饿呀。李士强说,只要能填进肚子里,都是好东西。

春荒时节,浅寒料峭。树叶刚一冒尖,就被捋光了,虽然苦涩难咽,但也能挡一时之饥。树叶被捋光了,哥儿仨又去刮榆树皮,房前屋后、村里村外的榆树皮都叫人们剥去了,成了一棵一棵的"白骨精"。粗糙的榆皮用石臼捣碎,下到锅里煮透,黏黏的,不过也就是哄一下肚皮而已。到处都是寻找食物的人。

最小的弟弟士中身体羸弱,因冻、饿失去了知觉,眼看就没气儿了。一家人商量想把"这张嘴"送人,起码可以留个活命。可三兄弟都不同意,李士强更坚决反对,他抱紧小弟哭吼:"我们都饿不死,就饿死小弟了?谁敢来抱走小弟,我就跟他拼了!"

父亲叹了口气,说:"地不生无根之草,天不生无禄之人。每个孩子投爹奔娘来一回,每个人头上都顶颗露水珠呢,士强说得对,有我们一口吃的,就饿不死老么。再说,政府总不会看着我们都饿死不管吧?"

邻居兰芝二姑,天生一副菩萨心肠,她干着赤脚医生的活解民疾苦,又总是力所能及地帮助别人。在最饥馑的年月,天寒地冻,衣着单薄的李士强,饿着肚子去上学。走到路口,总会远远看到二姑那亲切的身影。二姑见到士强,就将将他的红领巾,摸摸他的脸蛋:"看这小脸蛋儿,都冻成小柿子了。好好上学,二姑看你将来一定有出息!"

寒风一阵阵扑来,二姑的笑容宛若菩萨低眉,她从怀里掏出一个纸包,层层叠叠地打开,露出一块热乎乎的馍馍,放到士强手上:"孩子,趁热,赶紧吃。你属马,你是一匹千里马,二姑看好你。"

李士强眼含热泪接过了热乎乎的馍馍,他狼吞虎咽一般,还没品出滋味来,馍馍就已下肚了。这是二姑从医院食堂带回来的,也是从她自己的牙缝里抠下来的,她舍不得吃,最疼这个侄子。从凛冬到春荒,二姑的温暖都会在李士强的上学路上,与他不期而遇,有时是一块馍馍,有时是一块红薯、半截玉米,那是士强吃过的最好的美食。

那时候李士强就想,二姑这恩情,将来一定要好好报答。后来,李士强总算有了出息,他总是尽其所能地照顾退休去了阜阳的二姑,逢年过节必亲自登门,带去丰厚的心意。他说:"那时的一个馍,顶现在一大桌席。都说滴水之恩,当涌泉相报,二姑,您这是涌泉之恩呀,士强终生报答也还不了您的恩情……"

饥馑的岁月总算过去了,乡亲们的日子有了好转。

三秋时节,玉米穗刚刚满浆,父母领着李士强兄弟几个下地里割草。玉米穗儿的香甜诱惑着小弟士中,他偷偷地拧下一穗嫩玉米,根本顾不上生熟,就啃了起来。那蛋黄一般的浆液甜丝丝地滋润喉咙,可还没来得及咽下肚,就被母亲发现了。小弟的耳朵被母亲高高掂起,母亲厉声呵斥:"冻死迎风站,饿死不做贼。别人的东西,不能拿一丝一毫!"转过头又训斥几个当哥哥的:"你们咋不看好弟弟啊? 都给我跪下!"

啪啪啪,母亲的手掌,狠狠地打在几个小兄弟脊背上。

二

父亲手里拿着旱烟袋,在屋子里走来走去,从桌边走到炕头,从炕头走到炕尾,再从炕尾走到炕头,又从炕头走到桌边,就这么来来回回地走。当然,也不光是走,他一边走,一边吸着旱烟。一锅烟吸完了,偶尔会停一下,再装上一锅,还是走,还是吸。已经吸了好几袋旱烟了,仍然没有停下来的迹象。

屋子里聚满了浓重的烟气。母亲坐在炕沿上,李士强站在母亲的身边,烟气罩着他们。士强的眼睛跟着父亲,父亲走了多长时间,他的眼睛就跟了多长时间。他的眼睛好像有些跟不动了。

李士强说:"爹,我跟不动你了,我眼都跟酸了!"

父亲好像没有听见一样,还在走。他的腿有些沉,脚步也重了起来,踩在屋地上,发出"腾,腾"的声音。

母亲说:"你看,你都出汗了……"

父亲的额头上果然已经冒出了密密的细汗,可他还在走:腾,腾……

母亲说:"你出了那么多汗你不难受?"

还是走:腾,腾……

母亲说:"你不难受我看着难受!"

仍然在走:腾,腾……

母亲说:"孩子该上学了,你倒是说句话呀!"

李士强也说:"爹,今天是缴费的最后一天了。"

这时候,父亲正好走到士强跟前,突然停下了,他摸了摸士强的脑袋:"要不,这学咱不上了吧……"

李士强的眼里涌出了泪水,他拧着脖子吼了一声:"不! 我就要上学!"

四角钱,成为卡住李士强的一根"刺",如鲠在喉。不过区区四角钱,让李士强差点辍学。三年级开学时,一开始拿不起学费的李士强,勉强跟班学习。可已经到了年关,学费依然没有着落,一文钱难倒英雄汉,这是李士强对金钱的第一次深切体会。

小学阶段的李士强,学习刻苦,成绩优异,在全年级总是名列前茅。他是个热心的学生,班里的大事小情,都争抢着去干。在他的胸前,总是飘扬着那鲜艳的红领巾。虽然是越来越旧,但总是洗得干干净净,如一团火,燃烧在他的胸前。他上学放学路上,引吭高歌:"我们是共产主义接班人,继承革命先辈的光荣传统……"

为了给兄弟几个凑学费,父母在院子里开辟了一个小菜园。勤劳结硕果,李士强就随着父亲用扁担挑着蔬菜去赶集。坑坑洼洼,乡路漫漫,辣椒红艳似火;大蒜瓷实敦厚,剪掉了蒜梗子、蒜胡子;红薯片干净整洁,没有零碎……家里这点物产,可谓质优价廉,李士强稚嫩地张嘴吆喝,乡亲们围拢过来。虽然小买卖收入不多,但解决了士强的学费,也给家里添了油盐酱醋的滋味。

1969年,李士强以优异成绩考上冯营中学,村里出"状元"了! 可是,李士强一家人却愁上眉梢,因为初中的学费更多,家里实在拿不出来了。

父亲想做点小生意,多少赚点钱,以解燃眉之急。时值秋天,板车满载红彤彤的石榴,卖到三百里外的潢川,就可以赚些差价。板车是家里的"钱笸子",李士强成了父亲的"车梢子"。父亲驾车,李士强和二哥士永"拉梢"。

为了让父亲省点气力,小哥儿俩使足了劲儿,稚嫩的脚步声响彻在凹凸不平的土路上,唱响一家人的希望。不知不觉间,小哥儿俩脚底板布满了血泡,肩膀被缰绳勒得黑紫黑紫的,到了晚上歇脚的时候,父亲用烧红的针尖为小哥儿俩一一挑破血泡,开水一烫,痛得他们直抽凉气。可是,卖完了石榴,他们照样要拉车往返。

这一趟下来,虽然赚了些钱,可还差一元二角,怎么办啊?

这时候,李士强已经不再只会跟父母哭鼻子了,他体谅父母的难处,心里开始琢磨挣钱门路。

恰巧,队里要送老烟叶师去沈丘,这一趟能挣八角钱!

李士强一听,那精神头就来了,他找到生产队长主动请缨:"派我去吧,三百多里远的潢川我都去过,我家有现成的架子车,保证完成任务。"队长满腹狐疑地看着这个还没上初中的孩子,不由一阵心酸。要不是为了那一元二角钱的学费,咋也舍不得让一个孩子跑那么远的路啊。他看看李士强,那瘦弱的身躯里是饱满的勇气,稚嫩个头下是不服输的劲头,稍稍犹豫了一下,也就颔首同意了。

李士强立即拉来架子车,扶起老烟叶师坐了上去,欢天喜地奔向六十里外的沈丘。乡路坎坷不平,李士强小心翼翼,他知道老烟叶师是队里请来的技术员,必须小心伺候,尽量不让板车颠簸。一大早出发,赶到中午前把老烟叶师送到了目的地,中午就着蒜瓣,只吃了一个窝窝头,等回到村里,已经是满天星斗了。虽然两腿酸痛了七八天,但李士强总算圆满完成了送客任务,学费也有了着落。

到了初中,鲜艳的团徽就挂到了李士强的胸前,他作为优秀生第一批加入了中国共产主义青年团。别看李士强家庭拮据,可他学习成绩拔尖,还有一副热心肠——他的墨水瓶,总是放到讲台上让大家共用;他从家里带到学校的咸菜,总是贡献出来,与同学们共享;班级的卫生,他每天都不动声色地打扫干净,就连课桌、讲台、黑板都擦得一尘不染……他被师生们称为"活雷锋"。

有一次,李士强放学回家,刚到村外的坑塘边,就发现一个小女孩不慎落水,一沉一浮地挣扎着,无力的双手在水面绝望地拍打。李士强来不及叫大人,扔下书包,鞋子一甩,纵身跳进水里,拼尽全力快速游过去。还没有游到跟前,却见水波荡漾,吞没了小女孩。他一个猛子扎进水底,好一阵摸索,总算找到小女孩,将她托出水面,连推带拖,连呛了好几口污水,好不容易才把小女孩弄到岸上。而这时,小女孩已经昏迷过去了。他赶紧给小女孩控水、按压,好一番折腾,总算让小女孩苏醒过来。这是同村李振华的女儿,李士强将她送回家,对救人的事儿却只字没提……

1972年夏,当地中学决定保送李士强进入县高中学习,人生已经在他面前铺开了一条金光大道,他充满欣喜和希望地等待着县高中的录取通知。可等来等去,眼看别的同学都入校了,也没等来那张通知书。后来经过打听,才知道他竟然被一个有背景、有门路的体育生活生生地给"顶替"了!李士强憋着一肚子怨气,却孤立无援,无能为力。

父亲说:"天无绝人之路,老天爷给你堵上一扇门,一定会给你打开一扇窗,活人还能让尿憋死?农村这个广阔天地,也可以大有作为。只要动脑筋,土里照样刨出金疙瘩!"

母亲无奈地说:"这样吧,你先去跟你姥爷下河挖沙,锻炼锻炼。"

姥爷李俊卿在他们村里替生产队经营着一艘挖沙船,每天迎着泉河的水波澜影,浪里淘沙,算集体的副业。在宽阔的河床边,李士强手拿布兜子,一个猛子扎进泉河底,从冰凉的河水里,麻利捞出第一兜细沙。随着沙子装满了船舱,姥爷撑船,李士强拉纤,他体验到了收获的喜悦,也饱尝着生活的艰辛。小小少年,就知道生活的不易。

15岁那年,李士强回到李寨,作为最年轻的社员,他被队里分配去掏粪。这是人人不愿意干的脏活儿、累活儿,可李士强却欣然接受了。他知道"庄稼一枝花,全靠粪当家",总得有人干。李士强每天挑着粪桶到各家各户去掏粪,农村都是旱厕,臭气熏天,简直能把人熏晕。把一桶桶大粪送到地里,累得满头大汗,稍不小心,粪便就会溅到身上,臭不可闻,村人避之唯恐不及。即便如此,小小的人儿,一干就是半个多月。有时心里不免别扭,也想打退堂鼓。母亲却鼓励他说:"衣裳臭怕啥?咱干的是正经事,挣的工分干净,心里干净就中!"

村里人也都说:"从小看大,三岁看老。这小子是块好料子,将来必成大才!"

几十年以后,当李士强带领一班人马,驰骋商场,从周口走到郑州,从河南走向全国的时候,不知道他是否意识到当年他迈出的那一步,具有多大的意义?

那一年,李士强刚17岁出头,他跟同学张润峰一起闯入了七峰山林场——这是他人生路上的关键一步。

实际上,在迈出这关键一步之前,李士强已经开始闯荡了。

乡路九曲十八弯,慢慢伸向远方,板车吱呀呀地行驶在豫东大地上,走过了一村又一寨。襻绳搭在李士强和二哥士永的肩膀上,深深地勒进了皮肉里,当地人俗称"拉脚"。他们要把一车车粉面、粉皮、粉条等农产品,送往三百里外的漯河、驻马店、许昌等地。平路还好,可更多的是坑坑洼洼的土路或砂石路,车子走在上面,总是不太听话,吱吱嘎嘎、歪歪斜斜的,让两个半大孩子分外吃力。拉脚最怕的是遇到雨雪天气,上面淋着冷雨,下面泥泞打滑。肩膀勒出道道血痕,疼痛难忍;鞋帮子磨破了,烂洞里探头探脑露出五个脚指头,鞋底子磨破了,脚底板也渗出血丝,抓一把草木灰按在伤处了事。很多时候,为了省鞋,小哥儿俩都是光着脚在泥水里、雪地里艰难前行,真是一步一个脚印,每一个脚印里都是艰辛的汗水。

父亲常常不能陪同,就把小哥儿俩全程托付给本家的廷华叔。廷华叔满口应承,对小哥儿俩照顾有加。遇到上坡下岗,廷华叔都是先过去,把架子车停靠在路边的平稳处,再折返回来帮小哥儿俩推过去。

带的干粮是杂面窝窝,冬天天冷,结冰后硬得如铁块一般,啃一口,几个白牙印,嚼在嘴里,像豆腐渣一样;夏天温度高,隔一夜就捂得发了霉,黑毛、白毛、绿毛,五彩缤纷,散发着刺鼻怪味。喝的有时是泉水,有时是渠水,有时干脆是坑里的雨水,他们只能就着这种凉水,把杂面窝窝泡了下肚。

李士强咀嚼着生活的苦涩,内心却充满着希望。与所有人不同的是,李士强包里放着书本,但凡有一点空隙,就抱着书本啃起来。同伴们都笑道:"这拉脚汉也想当孔圣人呀? 书能当吃当喝? 小子,只有多拉几趟脚才能填饱肚子。"李士强笑应道:"我当不了圣人,可记着圣人的话呢。'书中自有黄金屋,书中自有颜如玉,书中自有千钟粟',圣人之言总是有道理的。"大伙摇头说:"说不定老李家祖坟冒青烟,将来真出个皇帝钦点的状元郎哩。"

半年后,二哥士永成家了,16岁的李士强不得不独力支撑,跟着廷华叔,去六百里外的平顶山拉煤。大年初三就出了门,大雪纷飞,北风呼啸,李士强看上去单薄瘦弱,却出奇地吃苦耐劳。一车装一千多斤,大人都东倒西歪,遇到平路,李士强拉着车却从不叫苦。

那些日子,他风里来雨里去,冰天雪地,哪儿饿哪儿吃,哪儿黑哪儿住。风餐露宿,从不喊苦喊累。好在廷华叔憨厚纯朴,身体壮实,对李士强处处呵护,倍加照顾,给他遮风挡雨,成为这个少年心中最大的"靠山"。

天幕低垂,漫天雪飘。李士强拉着煤车弓身前行,他需要付出全部的力气,一步一滑艰难行走。紧握车把的双手早冻得通红,身上是单薄的棉衣,里面却早已热汗淋漓。他一心只想往前赶,却忘了肚里饥肠辘辘。也不知走了多远,脚下踩滑,差点儿连人带车翻下路边的沟渠。

三砖可起灶,一壶亦生烟。实在饿得顶不住了,便就地取材,铲雪烧点热水,泡点杂面团子凑合一顿。

夜幕四合,李士强趁着雪的反光又赶了一程。泥和雪沾满双脚,两条腿如灌了铅一样沉重。他将板车停在路边,围上草帘子,铺开破褥子,任凭风吼雪打,也只能和衣而卧,冻得瑟瑟发抖,枕雪而眠。

板车一拉就是近两年。从平顶山到驻马店,从界首到阜阳,从周口到漯河,他用双脚丈量广袤的豫东、皖北这片土地,走过20多个市县,用烈火青春踏过万里路。

那辆板车修修整整,板断换板,帮坏修帮,连轮胎都不知换了多少次,李士强晒黑了,胳膊粗壮了,个头也蹿出一大截。"只要能吃苦,只要动脑子,就没有干不好的事儿。"他不再弱不禁风,而是铁塔般健硕强壮,他已经长成大小伙了。

…………

从某种程度上说,豫东、皖北这片土地,好像是为李士强搭建的第一个人生舞台,是他主演的人生大戏的序曲。

1975年的春天到来了,万木争荣,繁花馥郁。李士强正在埋头苦干,根本无暇顾及季节的变化。但他与老同学张润峰的一次偶遇,却不经意间改变了他人生的走向。久别重逢,二人热烈相拥,推心置腹地叙谈。张润峰看到李士强这个昔日的高才生如今成了"拉脚汉",脸上刻满和年龄不相称的岁月沧桑,不由万分感慨。他说起自己的哥哥在湖北七峰山林场当工人,问李士强愿不愿意去林场干活儿,又说虽然不是正式工,但活儿不需要太高的技术含量,也有个固定收入,总比当个"拉脚汉"强得多。

李士强一口应承下来。

李士强离开家乡,踏上了赶往七峰山林场的山路。走进繁茂的林场,他被分配到大王山分场开荒植树。山高林密,老树虬枝盘根错节,地上荒草丛生,荆棘遍布,乱石到处横陈,让人心生畏怯。蚊虫如轰炸机般袭击,眨眼间就咬出浑身疙瘩,奇痒难忍,他就不停地用手抓挠,不一会儿就抓得鲜血淋漓。可李士强此时却意气风发,因为,不但有工资拿,也终于可以吃饱白米饭了!

初来乍到,李士强劲头十足,很快就适应了这艰苦的环境,火热的青春放飞着绚丽的希望。他埋头挥动斧头砍去枯树败枝,用镰刀割倒遍地野草,如风卷残云般开辟出一片片空地;然后又用镢头刨出一个个树坑。毕竟是山地,镢头碰到坚硬的石块,迸出点点火星,震得双臂发麻。

干就要干得最好。李士强从不惜力,更不会偷奸耍滑,他刨的树坑总是规规矩矩,标标准准,经常被当作样板,带动得工友也群情振奋。树坑刨好了,像鱼鳞一排排般井然有序地排列在山坡上。一棵棵小杉树,支棱着青枝嫩叶,被李士强小心翼翼地请到松软"新家"里,封土压实,一片绿连起一片绿,山间泛起的连绵起伏蓬勃绿浪,激荡着李士强的心,所有的劳累,在无边无际蓬勃的新绿里,不觉间烟消云散。

李士强被提拔为组长,工友们都很开心,他们乐意跟着李士强干,小半年的时间,人们都熟悉了这个河南小伙儿,他为人正直,干活踏实,而且讲义气、重情谊,谁都愿意接受这个年轻的"小头目"。

荒山野林里,常有土蜂们躲在杂树山岩暗角,一旦发现有人侵入它们的领地,便会如轰炸机一般狂轰滥炸。工友们四散躲避,但土蜂却穷追不舍。这土蜂性子野,毒性大,蜂针扎在工友们的头上脸上,不一会儿就肿得头大如斗,刺痛难忍。李士强却忍着剧痛,一边掩护工友们撤退,一边为大家善后。

山间遍布杂树、藤条、怪石,其间常有毒蛇出没,必须时时处处小心。李士强生在中原大地,老家很少看见毒蛇,他也害怕,但身为组长,他必须保持镇定。有一次,工友们正在铲除藤萝,突然一条花斑蛇噌地蹿出,啪嗒,正落在一个工友的脖颈上。人命关天之际,李士强不顾个人安危,扔下铁锹,上前一把揪住蛇尾,猛地甩向山涧。那个工友吓得魂飞魄散,李士强救人一命,也惊出了一身冷汗。

分场缺米了,急需找山民买米下锅。山路十八弯,崎岖难行。这差事吃苦受累,往往还出力不讨好,当场长要差人进山去买米时,大家都低头不语,李士强却一口应承下来。山里的庄户人家,住得零散,李士强沿着崎岖难行的山路,找了大半天,好不容易见到几户人家,可山民们一听他的口音,是个

"北方侉子",都不住地摆手说没有。原来那时候禁止个人私种粮食,山民怯生,把李士强当成"割资本主义尾巴"的工作队,都不愿卖米给他,怕被"扣帽子"。李士强就去找到生产队长,跟人家拉家常,套近乎,混熟了,才说明自己的身份和来意,终于解除了误会,买到了二百多斤米。俗话说,看山跑死马,俗话又说,路远没轻重,在山里,看似一个山头挨着一个山头,其实要走到跟前根本说不清里程,何况,二百多斤稻米挑在肩上,扁担一路跳跃震颤,委实不轻。李士强左肩累了换右肩,右肩疼了换左肩,走走歇歇,歇歇走走,直到天黑,才回到驻地。工友们见有了粮食,纷纷跑来迎接,四五个人抬着米袋子,都朝李士强竖起了大拇指。

两年时光倏忽而过,李士强白天开荒栽树,晚上工友们打扑克消磨时光的时候,他却闹中取静,借着灯光读报看书,每每看到精彩处,必用笔记下,反复琢磨,淬炼出思辨的智慧之光。他的人格魅力,赢得了工友们的钦佩和拥护,也赢得了领导的赏识,他被提拔为林木管理员。而且,场部正在研究,准备给他弄个正式工指标。

正式工,那可是令人羡煞的"铁饭碗"啊。正当李士强为此欣喜万分的时候,一封加急电报寄到七峰山林场,电报上只有四个字:急事,速归。那时候通信还不发达,最快的联络方式就是电报,却因为按字收费,基本上都是只说结果,不说原委。李士强拿着电报,找到场长,说要请假回家,不知道到底家里出了什么事情。场长只得同意了。

临别的那天,看着沥尽心血描绘出的一片片浓浓绿荫,昔日的荒山坡上,杉树婀娜多姿直插云天,苍鹰白鹭盘旋其上,松鼠调皮地在枝丫间出没,阳光透过树叶,洒下晶亮的光斑,李士强依依不舍,潸然泪下。

2023年春,李士强再返拥绿叠翠的七峰山,看到昔日亲手种下的树苗早长成了参天巨树,展开粗壮的树枝,仿佛在欢迎他的回归。他心中感慨万千——无论如何,这是他曾经生活战斗过的地方,也让他第一次真正认识到世界之大。他当即捐款5万元,为"第二故乡"再添新绿!

四

李士强回到老家,看到全家人平平安安,一点也没有急事的样子,便问父亲为什么拍电报催他回来。父亲说,家里并没有什么要紧事,是公社的赵书记有急事找他。

原来冯营公社有一个轮窑厂,算是一个集体企业,生产的砖瓦质优价廉,不但安置了一些闲散劳力,也是公社一笔不小的收入。但在计划经济年代,几乎所有的生产资料都要靠上边批指标,砖瓦要销出去、煤炭要购进来,自然也不例外。当然,计划外的煤炭也有,但僧多粥少,要搞到计划外用煤,就得找门路、走关系,并不是谁都有这样的本事。冯营公社轮窑厂就卡在这个"煤"字上,已经熄火好些日子了。邢厂长愁眉不展,煤如何购进来?砖如何卖出去?找一个购销能手就成了火烧眉毛的急事。

公社赵书记不知听谁说,李寨村有个能人叫李士强,此人肯吃苦、脑子活,门路也广,就让村干部领着,找到了李士强的父亲,一定要把李士强从外地叫回来。在他父亲那一代乡下人眼里,公社书记已经是大官了,人家能亲自登门,是对咱孩子重视,不说是三请诸葛,也算是礼贤下士了。李士强的父亲一口应承下来,这才有了那封十万火急的电报。

经过公社赵书记引荐,李士强成为轮窑厂的采购销售员。他满怀信心地来到窑厂,看到燃煤所剩无几,四下空荡荡的,本该热火朝天的轮窑,早已熄火,滞销的砖垛,缝隙里长出了乱草,几间破败的草房闲在那里,倒是叽叽喳喳的麻雀叫得最欢。

邢厂长上下打量着年轻稚嫩的李士强,心里不免犯嘀咕,这个年轻人行吗?又想到这是赵书记推荐的人才,不好拒绝,便硬邦邦撂下狠话:"你的任务主要是购煤销砖,但哪里缺人都得顶上,你能行吗?"

李士强不服输的倔强劲上来了,当即回了一句:"我一定尽力,干不好我卷铺盖走人!"他知道,虽然这是一个陌生的工作,但他想,什么事都是人干出来的,要干就干好,决不给自己留退路。

购煤的事难度倒是不大,在去闯荡湖北之前,有一段时间,李士强常去平顶山煤矿拉煤,虽然他年纪不大,但性情豪爽,为人仗义,嘴巴也能说会道,见了年长的人,该叫叔叫叔,该喊伯喊伯,见了年轻人,不是叫师傅,就是喊老哥,而且,宁可自己饿肚子,也要省钱买包烟揣在兜里,逢人不笑不开口,不递烟不说话,这让他结识了一帮朋友。接到购煤任务后,李士强往平顶山跑了几趟,很快,几十吨煤就运到了窑场。

另一项任务就是销砖。销砖分淡旺季,春冬两季,人们建房多,砖瓦需求量大,夏秋农忙,砖瓦就几乎无人问津了。针对这种情况,李士强动了脑筋,打起了时间差,他四乡八里地走访,看谁家该娶媳妇了,娶媳妇就要盖房子,劝人家趁淡季砖瓦便宜,提前备料。乡村最讲淳朴的乡情,农村到处都是人情世故,看李士强设身处地为乡亲们打算,都认可了他的为人。只是很多群众钱一时不凑手,需要等卖了粮食或年底队里分红后,才能进料。根据乡亲们各自的不同条件,他把付款方式分成了不同方式——全款优惠,也可先交定金,秋收后有了收入再还清尾款,也可以分期付款。果然,五里三乡的乡亲们听到这个消息,都来找李士强买砖,销量猛增,出现了供不应求的热销。

于是,这就出现了另一个窘境,人工脱砖坯的速度太慢,衔接不上,造成砖窑厂开开停停,难以持续生产。李士强一刻也闲不住,工期紧张的时候,他就跟着担水、和泥、甩坯,可一天忙下来,也只能完成二三百块,还累得腰酸腿疼,眼冒金星。这最原始的脱坯法,费时费劲,远远跟不上销砖的速度。

"机器一响,黄金万两",是该弄台制砖机了。制砖机是个新鲜玩意,而且价格不菲,厂长一时心里没底,可听着李士强的分析,看到他把购销两条路都搞活了,也仿佛看到了广阔前景,厂长决定上新机器。

李士强怀揣着购机款直奔巩义。

万万没有想到,好像全国砖厂的买主都来到了巩义,买砖机的队伍排成了长龙。李士强交了设备款,砖机交付时间却不能确定。他身上只剩十多元钱了,这身处异乡,囊中羞涩,吃住怎么办?

李士强找到销售科长,一番得体适当的好话换来借职工宿舍免费住宿的待遇。

当然,也不能白住人家的,将心比心,以情换情,李士强就主动帮工人们打打下手,并不时地提一些合理化的建议,让他们工作起来事半功倍,效率提高很多。巩义砖机厂的工人们都很喜欢他,提前交付了砖机。但这时又出现了问题,他身上的钱几乎全部花完,连运费都付不起了。李士强找到司机,以公家砖厂做担保,谈好了货到付款的条件。

制砖机终于来到了冯营轮窑厂,人们纷纷围上来看稀罕。李士强催着技术员立即安装调试,一次就试产成功。

砖窑产量顿时猛增,煤却供不上了,又卡住了脖子。当时,手扶拖拉机还很稀缺,用马车、架子车运煤杯水车薪,无济于事。李士强猛然想到七峰山林场有解放牌大卡车,一卡车顶几十辆农民的大马车。他决定去碰碰运气。一路颠簸来到熟悉的根据地,亲切感迎面扑来。李士强的人格魅力,换来了关键的友情支援,场里的两辆解放牌卡车全部出动,给窑厂解决了燃"煤"之急。

轮窑厂上上下下对李士强这个"能人"刮目相看,连公社领导也知道李士强是个"智多星"。

1977年冬,上级拨下专款,冯营公社决定去湖北买一批牲口。在农业机械还没有广泛普及的年代,牲口是重要的生产工具,款尽其用,花小钱办大事,是公社领导的初衷,也是全公社群众的殷切期盼。为此,公社领导专门点了将,抽调李士强带队,一行7人坐着绿皮火车直奔草埠湖。

一路前行,20岁的李士强成为大家的主心骨。他们来到牲口市,经过轮番的讨价还价,最终买了马、牛、驴、骡共28头牲口。这么多龇牙咧嘴的活物凑到一起,要在这冷天冰地的季节,跨过群山,用火车运回冯营,实非易事。可领导的嘱托,几万群众的期盼,决不能出半点闪失,一头牲口也不能掉队。李士强顿时感到压力巨大。

买完牲口，剩下的钱满打满算，全买成草料和饮用水也只够三天嚼头。人与牲畜同乘闷罐车厢，一抱干草权当铺盖，咣当咣当冲进寒夜，一走就是7天。人饿了尚且能忍，可牲口到第四天断了顿，顿时驴嚎马嘶骡子叫。李士强他们自己不舍得吃，将口粮喂给牲畜，最后，连做拦网的草绳都成了牲口咀嚼的"嘴边食"。

终于挨到下车，李士强用身上仅剩的那点钱紧急买了百十斤牧草，好歹总算稳住了这28头张嘴货。北风吹，雪花飘，寒冷彻骨，李士强的身体已经严重透支了，冻饿间患上重感冒，头重脚轻，不是他赶着牲口，而是被牲口拉着走的，他浑身直冒虚汗，眼前金星乱舞，却咬牙强撑着。7个人、20多头牲畜步调凌乱，在雪地上一步一滑缓慢前行。一不小心，一匹马前蹄踏空坠进深沟。大家手忙脚乱，挖刨了个把时辰，双手红肿，冻成了气蛤蟆，总算把那匹马弄了出来……他们日夜兼程，终于到家的时候，李士强身子一晃，一头栽倒在地上。

牲口买回来以后，李士强仍旧回到了轮窑厂。

砖机开，烧煤足，轮窑炉火通红，日夜繁忙，砖瓦却还是紧俏难买。找李士强特批"条子"的人多了起来。可轮窑厂是公家的，这个损公肥私的口子他不能开，即便是亲戚，他也一视同仁，公事公办，别说后门，连条门缝也没有。厂长看到李士强给轮窑厂带来了滚滚财源，暗示他可以多报销点费用，"弄点福利花花"，也被他坚决拒绝了。

改革开放的春风，让轮窑厂蒸蒸日上，也让李士强成了劳模，他披红戴花走上主席台，从公社书记手里接过了鲜艳的奖状。领导们都器重这能干的小伙儿，更想把他放到重要岗位上发光发热。当时，公社工业站正缺人手，人才难得，经过磋商，就把李士强调了过去——既然是匹"千里马"，就要为他提供更广阔的驰骋天地。

李士强刚到工业站，正赶上"三夏"麦收，上级批下来2.5吨柴油，那是抢收抢种的"铁牛们"急需的饮料。领导本来让李士强雇人去把柴油弄回来，可他说雇人还得花钱,能省一分是一分,我有的是力气。他二话不说,拉起架子车直奔沈丘,一车拉三桶,一千斤,连拉了五车,来回十趟。夏天气温高,柴油又是易燃品,李士强一路上小心翼翼,生怕有半点闪失。路遇倾盆大雨,他踏水前行,照样是饿了啃口干馍,渴了喝口凉水,为全公社的"三夏"补足了元气。

领导惊叹道:"这个李士强,可真是个铁打的汉子啊!"

豫东大平原,一马平川,红薯是普遍种植的农作物,质量好,产量高,是加工生产淀粉、粉条、粉皮的好原料,"三粉"的销售也是当地的重要经济收入。李士强来到冯营公社工业站当了推销员以后,赶上红薯丰收,而"三粉"却严重积压。一个偶然的机会,他得知东北人爱吃猪肉炖粉条,如果打开黑、吉、辽这个大市场,还愁销路吗?李士强当机立断,跳上火车直奔东北而去。

虽然时令已是早春,可春风远远没有吹到东北,白山黑水,林海雪原,到处还是滴水成冰,那锥心刺骨的寒冷,对中原人来说,是从脚底板直达天灵盖的感觉!李士强去时带上了最厚的棉衣,仍然抵挡不住料峭的寒意。这些外在的困难并不可怕,可怕的是,他到市场上一问,发现东北粉条子也堆积如山,这让李士强一下子透心凉了——想象和现实的差距实在是太大了,这里根本不缺粉条。

然而,李士强仔细一想,来都来了,刀山火海也得蹚一回。经过仔细打听询问,原来东北粉条虽多,基本都是土豆粉,相比之下,红薯粉更筋道、更耐煮,口感也更好,完全是两种截然不同的粉条。接连碰了无数个"钉子"后,李士强看到了希望,也增强了信心。他乐观地想,不怕不识货,就怕货比货,突破口一定会打开的。

李士强怀着冲天的热情、百倍的信心,扛着笨重的粉条包,迎着风刀雪剑,走进当地副食品公司和大型经销店,他赔上笑脸,不管男女,见人都给人家递烟,介绍自己的产品,一套推销话术已炉火纯青:"您先看看,我们大中原的红薯粉条,营养丰富,香软筋道,不行您先吃着试试,觉得好吃了再付款。"温热的笑脸却总是碰到冷脸。有的人头一扭,根本不屑搭理他;有的不等他把话说完,就往外轰他:"走吧,走吧,我们东北人不爱吃中原那玩意儿!"

碰壁,接二连三地碰壁!

半个多月过去了,最终还是毫无起色,带去的粉条原封不动。由于连日奔波,吃不好、睡不好、急火攻心,加上难以适应东北的酷寒天气,手脚冻得红肿奇痒,狂挠不休,咽喉肿痛、口腔溃疡、鼻子出血——李士强病倒了,昏昏沉沉,高烧不退,腹泻不止,卧床不起。

身在异地他乡,举目无亲,一切只能靠自己。迷迷糊糊中,李士强突然想到母亲说过的偏方,赶紧去连喝几碗热热的豆腐汤,捂住被子发了一身汗,身体才慢慢痊愈了。

眼看20天过去,粉条依然没有打开销路。不过,李士强始终坚信,红薯粉一定能打开销路,东北这么大,也一定能遇到识货人。当然,失败也是教训,需要认真总结,他不断地改进推销方法。东北人喜欢唠嗑,这也是李士强的强项,他从对方的喜好入手,先跟人家攀谈,说话投机了,再说事儿。在这个过程中,他选择从中原闯关东的人们的聚居地推销,特别注意笼络河南老乡,在乡情的温暖里,更容易掏心掏肺。

一个月过去了,李士强腰里的盘缠已经所剩无几,偶有客户愿意零打碎敲买点,但那点销量根本微不足道。竹篮打水,连续30天,篮篮落空,这种情况,一般人早该死心了,早就打道回府了,可李士强却坚信自己的判断:自信人生一百年,东北老乡念中原。

精诚所至,金石为开。转机出现在第39天,大订单无意间敲定了——

那天,李士强走进了位于盘锦的辽河油田蔬菜公司,一头撞见一个慈眉善目、笑容可掬的关东大汉,一看就是个热心人。攀谈后得知,此人名叫李长印,有多年的军旅生涯,副团转业,正是辽河油田蔬菜公司经理。

李长印奇怪道:"中原来的? 我倒想听听,你的'三粉'有啥独特之处。"

二人都姓李,虽说八百竿子打不着,可毕竟有了交流的话题。李士强谦虔诚恳的态度让李经理很是喜欢。他仔细打量着眼前的年轻人,一脸冻疮伴随谦和的笑容,赶紧端茶让座。随后,又拿出一绺粉条,放到炉子上的锅里试煮,看到红薯粉晶莹透亮,成色很好;吃上一口,口感筋道,满嘴生津。加之瓷实的"三粉"质优价廉,是"猪肉炖粉条"的上选搭配。

作为油田食堂每日"主打菜",粉条需求量不小,粗略一算,李经理说:"年前年后,至少得需要两火车皮。"李士强高兴得心都快要跳出胸腔了,别说两车皮,哪怕只有半个火车皮也不枉此行,没想到东北人如此豪爽!峰回路转,生意成交,寒冷远遁,温暖如春,二人当下把酒言欢,敲定了这笔生意。

李士强懂得,销售的精髓在人情。天下李姓一家亲,中原关东连着根。酒杯一端,他就被李经理认作了兄弟。等到再次来东北,那"三粉"的销量直接翻番——公社工业站被评为先进单位,李士强被评为全县先进工作者。

公社领导大喜过望,刚好县里手套纺织生产线已成规模,纯棉的中原手套,温暖厚实,适合东北市场,便把这个任务一起交给了李士强。他推销"三粉"的同时,又推销手套。这时候,李士强已经是个"东北通"了,各行各业都有他的朋友。

这是一个上万人大厂,成批量定做的手套,质量上乘,价格低廉,结实耐用,保暖性能好,售后服务也好,更重要的是,还可分期付款。人比人,货比货,最终李士强胜出,一下订出去了十万双!订单引领生产线,沈丘县和冯营公社的手套厂全部开足马力,日夜生产。

改革的春风吹绿了颍河两岸,到了1980年,冯营公社发展经济的热潮此起彼伏,社办企业如雨后春笋般涌现,各厂开始争相抢夺李士强,把他当成了企业发展的"定海神针",当成了"香饽饽"。他从工业站推销员到公社酒厂会计、公社纱厂副厂长、公社印刷厂副厂长、公社经管站副站长,又从农产品公司经理到麻纺厂厂长,成为社办企业的领军人物,端上了梦寐以求的"铁饭碗"。

同时,李士强作为不可多得的商界精英,公社领导将他列为青年后备干部,准备把他提拔为乡党委委员、团委书记,就在这人生的关键时刻,由于他外公家是富农身份,领导们意见难以统一。

　　乡党委副书记张百顺一直看好士强,看他提拔受阻,就专门找到他,说:"士强啊,你这几年给咱冯营立下了汗马功劳,早该提拔了。既然这边有一定的难度,不如换个地方吧。天高任鸟飞,我叔在周口农委能当家,我给你推荐一下,你的才能到了那里,也许能更好地发挥……"

88 微信扫码
・对话李士强
・解码"亿元村"
・聚焦新农人
・数说新"三农"

第二章 天行健，君子以自强不息

一

李士强确实需要一个更大的舞台。

我们用《易经》"乾"卦来对照李士强的人生。15岁以前，他的人生处于"潜龙勿用"的阶段，那时候他正在积蓄力量，养精蓄锐，为之后的腾飞做准备；从独闯七峰山林场，到公社轮窑厂，再到工业站，他的人生处于"见龙在田"的阶段，无数次打拼与成功，虽说是小试牛刀，却已经看到巨大的能量；及至20世纪80年代，他的人生就到了"飞龙在天"的时候了，改革开放的春风浩浩荡荡，到处都是希望，到处都是机遇，他赶上了好年头，也拥有了更广阔的天地。

1985年，李士强来到"华夏先驱、九州圣迹"的周口。这里是三川交汇、商业繁华之地，他来不及欣赏旖旎的美景，就直奔地区农工商总公司，走马上任农产品部副经理。农产品销售、农资购销，是地委和行署反复强调要唱好的"重头戏"。他还没坐稳，一副重担就压到了肩上——蹲点等化肥，这是总公司的首要任务,也是地区领导和群众都翘首以盼的头等大事。

李士强不敢怠慢,直奔化肥厂,马不停蹄地一天三催。可各地前来催货的客户挤得水泄不通,化肥厂的生产却只能按部就班。然而,李士强等不及,他早就做过了功课,就去找到主管销售的副厂长。两个人经过一番攀谈,原来竟是周口老乡。故乡何处是,颍河是我家,李士强打起乡亲"感情牌",这一招果然奏效。领导的重托,几百万农民兄弟翘首以盼的目光,让他一刻也不敢放松,"搁到篮里才是菜",必须每一个环节都要紧盯着。

偏偏在这个节骨眼上,一封电报隔空飞来:父亲病重,速回!

李士强心急如焚,他仿佛看见老父亲躺在病床上,奄奄一息,提着最后一口气,渴盼着自己快点回去,见上最后一面。但这边是领导的信任和农民兄弟的焦渴期盼,他唯恐离开一步就会前功尽弃。"人误地一时,地误人一季","天耽误收,人耽误丢",这些农村的老人俗话,父亲应该也是知道的,他想老父亲应该能理解,不会让他的儿子成了耽误春耕的罪人。孰轻孰重,李士强拎得清楚,他最终还是搁置了亲情。

再一日,电报又至:父病故,速归。

这时候,化肥正在装车,无论如何,李士强也不敢离开半步啊。他眼里含着泪水,默默地哭泣:"爹呀爹,你咋就不能再等等我啊……"

等到他跟车回到周口,来不及卸下化肥,就星夜赶回了老家,而父亲的葬礼已经结束,老父亲也入土为安了。他趴在父亲坟前大放悲声:"爹,您不孝的儿子回来了!"

20世纪80年代中期,正赶上计划经济向市场经济转型,地区农工商总公司下辖的13个部门,个个亏损,而农副产品部更是入不敷出,一无资金,二无设备,三无仓库,只剩个徒有虚名的"空壳子"。那时,农村已经实行了农业生产责任制。一觉醒来,土地分了,农具分了,牲口也分了,凡是原来集体的东西统统分到了各家各户。好像当年被合作化的风刮走的东西,一夜之间,又被一场相反的风刮了回来。人们守着各自的土地,就像刚刚娶了媳妇的汉子,不要命地伺候它们;土地就像受孕的女人,可着劲给人们生产粮食——夏粮丰收了,秋粮丰收了。粮食顺着人们下地干活的那条路,排着长队又回到了人们的院子里,像一群识路的牛羊。

擀面条。人们说。

烙油馍。人们说。

白面条就油馍。他们说。

那些年,农村人感觉像天上的神仙。

但李士强和他的农产品部的日子却不好过。粮食从短缺走向富余,购销计划也就取消了,粮食真成了烫手的山芋,很少有人问津了。可公司下达的1000吨粮食的销售任务放在那里,把李士强愁得彻夜难眠。然而,李士强是个不服输的人,他坚信那句话:只要思想不滑坡,办法总比困难多。很快,他就理出了头绪。

时下人们顿顿都能吃上白面馍了,却又怀念起那些杂粮来了,随着养生潮在全国普遍兴起,五谷杂粮开始走俏。李士强提出了经销杂粮的思路,可到底市场前景如何,却是个未知数。那些日子里,他踏遍祖国大江南北,长城内外,从漠河飞雪穿越到三亚暴雨,从上海魔都到新疆边陲,从世界屋脊到大海之滨,李士强晚上坐在火车上,来不及吃饭,就啃个烧饼、干馍,白天下了车,就开始挨门挨户地奔跑接洽。

功夫不负有心人,销路渐渐打开,如同星星之火,慢慢形成燎原之势,周口的五谷杂粮,在全国各地的柜台上一路畅销,一车车的杂粮从豫东田野上出发,走上了祖国各地的餐桌。李士强开始发挥集体智慧,他把公司销售员撒向各大城市,全面开花,处处结果,当年的销售任务超额完成。

那时候,全国农垦会每年都要举办,这是农产品交流的顶尖平台,李士强连续四年带队参加,每一次都要进行周密部署,从展台、实物到宣传、营销,诸多环节都能让客户眼前一亮。李士强往展台前一站,那里马上就顾客盈门,他用温暖的笑容,推销着"伏羲故都、老子故里"的名优杂粮,与天南海北的目标客户交朋友,优中选优的订单,也就板上钉钉了。

骄人的业绩让李士强成为农工商总公司的销售明星,他被推荐为全地区的营销拔尖人才,成为最年轻的管理干部,年年披红戴花走上领奖台。

1989年1月,周口地区建委下属的建材公司因经营不善,连年亏损,急需找一个营销高手来支撑门面,担任营销部经理。公司领导一致认准了李士强,经过三顾茅庐,终于把他挖了过去。

与农工商总公司的情况恰恰相反,建材公司的难点在"采购"。那时候,各行各业的基础建设发展迅猛,钢材、水泥、玻璃、木材都属于紧俏商品,有货不愁卖,可仓库里空空如也,公司效益就无从谈起了。李士强一上任,就遇到了货源短缺的大难题。他先行一步,改变了过去的用人机制,只要你有本事,就给你提供一展才华的舞台;同时大胆尝试改革,建立了良好的激励机制,以绩效定奖金,多劳多得,很快打造出一个智慧的"营销团队",破解了货源短缺的瓶颈。

一切问题的关键,就在于尽快找到紧俏货源。李士强直奔内蒙古包头市,在包头钢铁公司,掌握着批发大权的处长,面对一屋子笑脸相求的客户,根本无暇顾及来自豫东南小城的李士强,还没等李士强开口,竟然以开会为由,下达了逐客令。李士强接连多次登门拜访,想跟人家叙叙情谊,拉上关系,却回回都吃了"闭门羹"。可李士强并没有因此灰心丧气,他依然满面春风,锲而不舍。有一次,李士强看到处长忙于工作一直没有吃饭,他也饿着肚子等候在门口,处长出来时,早已经错过了饭点,李士强迎了上去,说自己看处长忙,没敢打扰,一直等着想请处长吃顿饭。他的真诚最终感动处长,两个人来到一家小饭馆,把酒言谈,成为推心置腹的好朋友。自然,这紧俏钢材顺利到手了。

那时候,水泥也是紧俏的建材物资,同样僧多粥少。有一次,李士强来到某水泥厂,负责水泥销售的科长正被众人追着,好像成了唐僧肉,每个人都想分上一口。可能科长当时心情烦躁,对李士强大声呵斥,大有把他拒之门外之势。李士强依然笑脸相迎,殷勤把名片奉上,说知道科长太忙,绝不敢耽误您的时间,先挂个号就行,然后,客气地告别。等到李士强再次登门时,科长就客气多了,愧疚地说:"那天我心情不好,你别往心里记。看得出来,你是个有眼色的实在人,我也不会让老实人吃亏,特意给您留500吨水泥指标……"

到了年底岁尾,建委耿主任找到李士强,说:"你来这短短10个多月,建材公司就有了很大起色,多亏了你这根顶梁柱,你的成绩领导们都看在眼里,想让你担任建材公司总经理,着手组阁,再展宏图。"

但李士强左思右想,感到建材公司情况错综复杂,弄不好全盘皆输,表达了感谢,最后还是真诚地婉拒了。恰巧这时,周口地区盐业公司向他抛来了"橄榄枝",负责人久闻李士强"营销天才"的大名,诚心相请。原来盐业公司下属的7个批发部,此时都入不敷出,处于危局。盛情难却,可李士强也有些犹豫——凭自己的本事,真的能让这些部门起死回生吗?

说来也的确很有意思,自从李士强从七峰山林场回到周口,这一路走来,扮演的全都是"救火队队长"的角色。那时候市场经济还没发育成熟,到处都有商机,也到处都是陷阱,既能让你崭露头角,也能让你随时万劫不复。做企业,采购或销售是两条生命线,看不透就可能一脚踏空。而作为弄潮儿的李士强,却总能披荆斩棘,左右逢源,一次次化险为夷。

周口地区盐业公司第一批发部,8个人,只有李士强和赵坤甫是男员工,其余都是清一色"娘子军"。作为第一批发部主任的李士强,踏上了新的"赛道",他决心带领这个团队,打一场翻身仗。

"人无我有,人有我优,人优我鲜,人鲜我全。"李士强很快就抓住第一批发部的要害,质量要硬,价位要低,服务要优,触角要延伸到四面八方,决不能留下一个死角。他给批发部规定了四个"百分之百":百分之百尊重客户、百分之百遵守规章制度、百分之百创新经营思路、百分之百争先创优。百分之百,也就是不折不扣,不但要不折不扣地落实到工作中,更要不折不扣地兑现在奖惩中。这一新机制,大大激发了集体抱团的干劲,第一年,就实现了利润翻番。

上级领导发现了李士强的才干,也发现了他身上的巨大潜能,就把他的第一批发部扩展为盐业副食品公司,同时把他任命为盐业工贸集团副总兼盐业副食品公司经理。随后,公司在李士强的带领下,一路高歌,生意红红火火,遍及三川大地,糖酒、饮料、食品等货物,一天甩来几十个火车皮,最多时竟达45个!

那一节节车皮,一头连着全国各地供货商的信任,一头连着三川父老的幸福生活。盐业副食品公司的货物,在货场堆积如山,白天也好,子夜也罢,只要车皮一到,李士强就不敢怠慢,带领20多位同仁,连天加夜卸货、运货,打包来的饭菜狼吞虎咽,吃完抹嘴接着干。在太阳与月亮的轮回里,货物悉数入库,分类摆上了柜台。

元旦、春节到来之际,是副食品公司最忙碌的时刻,也是寒风呼啸的冬季,货场上积雪成冰,消融后泥水横流,卸货、搬货的同仁们,除了短暂的饭时,其余时间一直在手脚不停地忙活着。李士强忽然发现,很多同事的鞋都湿透了,冰水浸入,脚冻得钻心地疼,而双手因长期暴露在寒风中早已红肿。他当即决定,派人去漯河采购军用"潜水艇"大头靴和保暖手套,同时全体休息一天。翌日,当大头靴和保暖手套运到时,所有人员也全部到岗。

"咱们的货还堆在站台上,谁在家能待住啊,干吧!"同事们抢着说。

因经营有方而日进斗金的盐业副食品公司,成了行业翘楚,因而也备受集团其他部门的羡慕。那时候,国家改革开放的力度逐渐加大,市场经济的大潮势不可挡,传统的经济模式已经远远不能适应新的形势,除了盐业副食品公司,整个工贸集团都处于惨淡经营状态,巨额亏损已压得大家喘不过气了。

1996年的初秋时节,集团公司领导找到李士强,提出:根据市场形势需要,上级领导决定抓大放小,你们盐业副食品公司与集团脱钩,下海吧。

当时,到处都在"砸三铁",也就是要砸烂"铁饭碗""铁交椅""铁工资"。

脱钩下海,实际上就是想甩包袱,让李士强他们自谋生路。端个"泥饭碗"自谋职业,这李士强倒是不怕,甚至是他求之不得的事,可是,整个集团,只有盐业副食品公司是盈利单位,集团要甩包袱也轮不着他们啊,为什么会舍得放他们离开呢? 李士强觉得有些奇怪,同时也觉得其中必有蹊跷。果然,领导让他们脱钩下海的条件,是让他同时带走130万元的债务。

130万元的债务啊,在鸡蛋二分钱一个的年代,这可是个天文数字! 常言说,背靠大树好乘凉,离开了公家这棵大树,上哪儿去找遮风挡雨的荫凉呢? 万一这巨额的债务还不上,个人得失是小事,麾下这二十几号人怎么办? 甚至,自己身陷囹圄也不是没有可能。

在极端困局里,面对着人生的关键选择,李士强望向满天星斗,感到十分迷茫,也难以决断。

很多人也都劝他:千万别走,铁饭碗不管大小、无论稀稠,总还是旱涝保收的;商海风高浪急,弄不好会遭受灭顶之灾的。

那是李士强人生中的至暗时刻。他知道,领导的话听起来是商量的口气,但实际上是已经形成的决定,胳膊拧不过大腿,他个人是无法改变的。既然是无法改变的既定事实,那就往最坏处打算,往最好处努力。何况,黎明前的黑暗之后,说不定就是光辉灿烂的明天。李士强本着"自己人"内部消化的原则,向领导汇报,与职工沟通,就是想在照顾到集团公司利益的基础上,让盐业副食品公司也有尽可能大的发展空间。

"李经理,我们相信你,都愿意跟着你往前闯。你走到哪儿,我们就跟到哪儿;你往哪儿指,我们就往哪儿打。干啥都有风险,现在政策多好,只要肯吃苦,就没有过不去的火焰山!"盐业副食品公司的26名员工很快统一了思想,他们决心跟着李士强闯出一条新路。

李士强在众人的期盼中,也最终下定踏碎春冰的决心——干,淹不死算我命大。商海虽然风急浪高,不是还有那句话,海阔凭鱼跃,天高任鸟飞吗?

破釜沉舟的时刻到了,所有员工跟随李士强义无反顾,冲进市场经济的疾风暴雨里。前方,春暖花开,春风浩荡,扬帆起航正当时。1996年9月,艳阳高照,秋高气爽,李士强带领26名员工,挣脱旧体制的羁绊,开始了创业之路——新的周口商业副食品公司诞生了,一双双大手与李士强紧紧握在一起,传递着沉甸甸的嘱托和信任。

一个猛子扎到商海里,李士强发现别有洞天——以往几十年积累的人脉为他打开了一条条畅通的渠道,信誉与口碑成了他的金字招牌。上下游供货商、经销商,曾经合作过的银行,一看李士强转移了阵地,也都跟着蜂拥而至。承载着这份来之不易的信任,他决心要乘风破浪,以质优价廉的商品,为市场提供最优质的服务。

娃哈哈、可口可乐、光明、蒙牛、汴京啤酒等乳制品、饮料厂,都为李士强供货;广西、云南、广东等地制糖企业,五粮液、剑南春、汾酒、古井等酒类企业,纷纷在李士强这里设立了总经销、总代理……

火车皮一节节而来,堆积的货物让李士强和同事们常常忙到夜半时分,货物全部运完,李士强一下子瘫坐在沙发上——太饿了,他甚至恍惚地自问:"我吃过饭了吗?"确实是太投入了,忙得忘记饿了。

随着公司业务的发展,李士强麾下的队伍也在不断壮大,很多下岗职工、退伍军人、刚毕业的大学生加盟进来,不但得到了就业机会,也借助李士强的销售网络,开辟出自己人生的崭新天地。

以此为契机,亿星集团成立了!

茅台、五粮液、剑南春、全兴、古井、双沟、泸州等名酒厂家,都给李士强发来贺电,他连续多年荣获"全国销量大户""河南销量第一"的殊荣。全国主要产糖区80%的糖厂成为亿星集团的合作伙伴或指定供货商,亿星营销网络辐射到华中7省40多个地市,酒类省内外商户达3000多家,被国家内贸部列为商业批发企业500强,李士强被评为"全国十大杰出营销经理"。

"营销的核心是经营人,而最能打动人的,永远是真诚和笑脸。一片真情付爱意,人心都是肉长的,将军额头能跑马,宰相肚里能行船,做人做事得有大肚量,才能有好人缘。"李士强感慨地告诉我。

1993年春,李士强还在盐业副食品公司的时候,发生过这么一件事——

那天,他刚从外地出差回来,听说茅台酒厂厂长助理吕云怀和地区质量监督局带人突然来到公司仓库,用放大镜、检测器从瓶盖照到瓶底,逐一检查刚进货的100多件茅台酒,其严肃认真的程度,无异于鸡蛋里面挑骨头,目的就是检查他们是否有假冒伪劣产品。

让吕云怀颇为惊奇的是,茅台只对省一级大型商业公司,而不具有供货权的盐业副食品公司每月茅台酒的销售量却有几百件,且无一例假酒,全是原厂出品。那么多酒从何而来?这也是他想要突击"挖窝点"的由来。

虽然厂家是有备而来,是来挑刺儿的,但李士强却觉得这是一个大好机会。他火速赶到吕云怀下榻的宾馆拜会,向他详细介绍了公司经销茅台酒的状况——原来,他所经销的茅台酒都是从一级批发商那里加价进货的,而且加价不菲。这让吕云怀更加疑惑不解:加价以后,李士强的利润从何而来呢?李士强看出了吕云怀心中的疑虑,解释说:"我们公司毕竟有经营副食品的业务,利润可以没有,但茅台酒这块金字招牌不能没有。您放心,我宁愿赔钱赚吆喝,也不会用假酒牟利。"

第二天,李士强主动带领打假组,去公司下游160家销售网点实地检查。耳闻不如目睹,盐业副食品公司进货渠道规范,规章制度健全,服务质量上乘,所有的茅台酒件件保真。吕云怀对李士强的信任和好感度顿时飙升,对李士强的热情厚道更是赞赏有加,他对李士强竖起大拇指,二人从此成为无话不谈的好朋友。

李士强趁机提出了恳求:"我们从外地高价拿货,微利出售,恳请咱厂里给我们开一个方便之门,也让我们成为茅台酒的经销商,让茅台名扬中原。"

态度之诚恳,期待之热切,让人不能不为之动容。真诚是最便捷的通行证,吕云怀与李士强双手紧握,达成了茅台酒限量购销协议。

李士强带着一班人马下海以后,每每想起吕云怀,远在天边的茅台酒顿时近在眼前。他当即决定,远赴大西南,到贵州去,到茅台酒厂去拜会"真佛",实现地市的商业单位与国酒的无缝对接。

火车呼啸,越过重重山峦,越过条条河流,直奔云贵高原。那时候,交通可没有现在这么便捷,下了火车,李士强又转乘长途汽车,盘山路上客车忽而驶下山谷,忽而又驶上山腰,像在云端里穿行,长途汽车到站了,李士强又换了出租车,甚至连最简陋的三轮车也派上了用场。大西南山高林密,这一路走下来,可真是领略了李白的"蜀道难,难于上青天"的意境。然而,作为糖酒批发商的李士强,他对茅台之旅有着虔诚的炽热心愿。

赤水河畔,盘山公路在群山间盘旋。刚下过一场暴雨,公交车行驶在狭窄山路上,快到茅台镇的时候,突如其来的塌方,使长长的车流顿时"梗阻"。这唯一的一条山路,一边是高耸入云的峭壁,一边是深不见底的悬崖,别说是车,仿佛一只鸟都插翅难过。公路何时修通?没人知道。所有人都焦躁难耐,却也只能听天由命,无可奈何观望等待。李士强二话不说,毅然决然下车,朝茅台镇的方向,徒步而去。

吃干粮、喝生水,可李士强的心里却甜滋滋的。脚底被山路磨得生疼,脱下鞋袜一看,全是血泡,李士强从路边捡了根棍子拄着,拖着肿胀酸痛的双腿,一瘸一拐地前行。既然选择了方向,便只能风雨兼程。他穿行于大山深处,晓行夜宿,朝向醉美的"酒国",七天六夜,完成了"一个人的长征"。转过一道弯,巍峨的厂房、整洁的楼群,在赤水河的怀抱里吐着袅袅白烟,醇厚的酒香远远飘来,沁人心脾。

李士强顾不上浑身疲惫,甚至连口热水都顾不上喝,便直奔茅台酒厂。

当时正是销售旺季,全国各地的客户熙熙攘攘,拉酒的货车排成长龙,而销售科更是被挤得水泄不通。终于到李士强了,他迫不及待地掏出名片,不想销售科的同志已经从吕云怀那儿听说过李士强,听到他七天六夜风雨兼程徒步而来,赶紧端茶让座。只是,对于李士强想拜见厂长的请求,销售人员遗憾地说："不巧得很，厂长昨天外出开会去了，恐怕得一周后才能返回。再说，这么多重要客户排队，回来也不一定有空见您，倒不如……"

李士强坚决地说："我既然来了，就是想拜拜'真佛'。我就在这儿等着吧，要是厂长忙，没空见我，我从远处打个照面都行。"

就这样，李士强在茅台酒厂住了下来。那7天，李士强行走在赤水河畔，这里看看，那里问问，将茅台文化烙印在心。

厂长终于回来了，听吕云怀和销售人员说了李士强的事，特别是知道了李士强7天徒步跋涉、7天耐心坐等，翻山越岭，风餐露宿，风雨兼程，知道这是一个能干大事的人，不但有定力、有耐力、有毅力，还有恒心、有诚心，十分感动，说："人家大老远从中原跑到咱西南边陲，这份诚心多么难得啊，我就是再忙也要见人家一面。"

为了给见面增加温馨亲切的氛围，厂长决定将会面地点安排在他家里。

本来只能留十分八分钟的见面时间，没想到两个人一见如故，国酒大厂的老总与李士强促膝长谈。从茅台酒的历史，谈到中国的酒文化，从毛泽东、周恩来带红军战士"四渡赤水"，创下史无前例的战争奇迹，谈到巴拿马万国博览会上茅台的酒香，惊艳世界……言语投机，酒逢知己，叙谈穿越历史，酒杯会饮现实，他们都有一种相见恨晚、惺惺相惜的感觉，一直谈到凌晨时分。

李士强感觉机会到了，适时提出了自己的请求。他说，茅台酒虽然已经畅销中原，但都集中在省会和几个大城市，像他们周口这样的地级市，想喝到茅台酒，只能从大城市的一级经销商手里购买，价钱高不说，也很难买到；他说，我们商业副食品公司虽说是改制企业，但我们的销售网络四通八达，我们的客户遍布大江南北，一定会让茅台酒香飘神州。

李士强的热忱、魄力、真诚，感动了国酒大厂，他们把李士强奉为座上宾，自然而然，周口商业副食品公司也成为一级经销商，得到了特别关照。

销量为王，口碑制胜。李士强他们以周口为中心，奋力开拓市场，一年的茅台酒销售额达到了几千件，超过了很多合作的老牌经销商。随着他们销售业绩的攀升,国家级、省级、市级的各项荣誉,如繁花盛开,挂满公司的荣誉室——诚信企业、重合同守信用单位、爱心企业、消费者信得过单位……李士强名副其实地成为"豫商现象"的传奇人物。

周口商业副食品公司改制为亿星副食品公司之后,建立起覆盖全国的强大的销售网络,每年的销售占茅台酒厂产量的十分之一,1994年至2004年的10年间,连续荣膺茅台酒全国总销量之冠,获得"茅台风雨同舟奖"等多个奖项。

四

2004年新春,喜欢读书看报的李士强,从《人民日报》上看到了中央一号文件《关于促进农民增加收入若干政策的意见》。经过认真细致的阅读,他得知从2006年起,国家将要在全国范围内取消农业税。顿时,李士强心花怒放,这可真是开天辟地的大好事啊!

古人把国家称为社稷。社就是土,稷就是谷,土与谷相结合的农业文明被赋予了神圣的定义——正是农民,用他们弯曲的脊梁支撑起一个民族,或者说,正是农业,用它厚重的基石奠基了一个国家。农民,是每一个中国人的祖辈、父辈和兄弟姐妹;农村,是每一个生命、每一朵文明之花扎根并成长着的地方;农业,是中华民族创造并演绎着的不朽传奇。如今,《农业税条例》将要废止,"皇粮国税"将走进词典,走进历史博物馆;关于"三农"的决策,是整个中华民族对农村和农民的反哺与回馈。

李士强心潮起伏,思绪万千,农业、农村、农民,始终是党和政府的施政根基。周口作为有着千万人口的农业大市,农村是根,农业是本,农民是咱的贴心人。而服务好"三农"最好的方式,就是实打实地为他们办实事、办好事。

李士强忽然想起一年前的一件事。那天,他冬日晨起,出门就遇到了一卖白菜老农,一问,一斤白菜才卖6分钱,一车鲜嫩的大白菜,不过几十块钱,只够吃两碗面。他想到门口的超市,市民买白菜基本在七八毛一斤的价位,而且白菜品质一般。这种流通环节多、流通渠道不畅的弊端,形成了卖难买贵的局面,也让"伤农伤民"悲剧反复上演。

那么,建一个大型现代化农产品批发市场,就能够彻底解决"卖难买贵、买不到、卖不掉"的问题。是时候为农民、市民出把力了。

李士强为自己这个想法激动得坐立不安,他立即打电话招来了手下几个得力干将,说出了建立大型现代化农产品批发市场的设想。然而,他的想法一说,大家却面面相觑,建一个大型批发市场,要面对那么多商户和农产品,社会效益当然是很好的,可农产品价格动荡,利润微薄,风险太大,市场管理起来又是千头万绪、错综复杂,一着不慎满盘皆输。李总是怎么想的呢?

当时,亿星集团正在筹划建设一个免烧砖厂,而且经过多次论证,基本上已经形成共识。时下各项基础建设如火如荼,免烧砖是必不可少的建材,肯定畅销。相对于农产品批发市场,还是免烧砖厂稳妥,一开机就能赚钱。

但李士强却下定了决心,面对几个部下的犹豫,他的话掷地有声:"免烧砖厂要建,批发市场也要建。国家连农业税都取消了,咱也不能只盯眼前的利益,不能只为自己着想,而要为老百姓做点实事。何况,国家对'三农'十分重视,扶持力度肯定越来越大,农产品批发市场,也蕴藏着巨大的商机,这件事值得一干!"

李士强思索着,用笔写下苍劲有力的几个大字:黄淮农产品物流大市场。

落笔成字,一言九鼎,一个大型现代化农产品批发市场很快从蓝图付诸了行动。认准的事儿,李士强如上紧的发条,风风火火地干起来。他们请各方面专家反复论证,专家意见融进他的思维,他们齐赴常州参观学习市场运作经验,要把最先进的现代化农产品大市场献给中原大地,并辐射到湖北、安徽等周边省份。

"要建成立足中原、链接黄淮、流通鄂豫皖,辐射全国的规模大、功能全、配套齐、范围广的绿色、安全、高效一流的现代化农产品交易大市场。"李士强初步拟定出设想,而这,恰好是市委、市政府的重大关切和千万群众翘首以盼的大事。

采访中,黄淮市场经理王战胜告诉我:"根据董事长勾勒出的黄淮市场总体布局图,融合了各方面的意见,我们前后改进修正了32次,以会议纪要向市政府报送了可行性研究报告。'认真'二字,董事长总是要求落实在各个环节上。"

2010年12月1日,黄淮农产品批发物流大市场盛大开业,高标准规划、高水平建设、高起点运营,熙熙攘攘的人群比肩接踵,车水马龙的货车有序排队,全国各地的客商聚集而来,鄂豫皖各地的农产品汇聚而来,市民的菜篮子空前丰盛,农民的钱袋子鼓起来了。亿星人终于明白了董事长的初衷。

企业决不能只钻到钱眼里,要设身处地为政府分忧、为百姓解难,才是企业最大的社会责任。采访中李士强告诉我:"关注民生不仅是各级党委、政府的事儿,也应该是企业的事儿,把民生作为事业,是社会对我们的殷切期望和明确要求,我们一定不辱使命。一个成熟的企业,毫无疑问要承担起自己的一份社会责任,为社会和谐、为两个文明建设多做贡献,这是我们义不容辞的责任。"

我随王战胜经理走进黄淮市场,这个占地800多亩、总建筑面积50万平方米的农业产业化国家龙头企业,呈现出一种崭新的面貌。每一个环节都管理得井井有条,高度信息化又提供了方便快捷的条件,市场里农产品信息价格系统与农业农村部、商务部的相关数据实时联通,目前,年交易额已突破250亿元,带动6万多人就业,并成功地在新三板挂牌上市。

市场的成功运营,也赢得诸多"国字头"荣誉称号:农业农村部定点市场;农业农村部、商务部农产品价格信息监测重点市场;商务部、财政部农产品现代流通综合试点市场;商务部首批全国32家农产品集散地市场、开拓农村市场重点联系单位;集中连片推进农产品流通试点市场;全国文明诚信示范市场;全国综合性批发市场50强市场;仓储云智能冷链物流中心项目被中国商业联合会评为"全国商业科技进步一等奖"。自运营以来,市场先后被评为农业产业化国家重点龙头企业、商务部农产品流通骨干网市场、粤港澳大湾区"菜篮子"生产基地,在"菜篮子"市长负责制履行、保供稳价惠民生、解决农产品滞销、助力乡村振兴方面发挥了重要作用。

王战胜介绍,抗击疫情期间,黄淮市场被商务部列为全国50家应急保供市场,被河南省商务厅列入全省4家应急保供市场和全省商贸流通业首批白名单企业,紧急向太康、郸城县驰援民生蔬菜包7.4万份,解决滞销蔬菜80多万斤,先后两次收到商务部办公厅、河南省政府办公厅的感谢信。周口市"五城联创"期间,市场投入资金3500万元升级改造,被市委、市政府授予全市"五城联创"工作先进集体。

目前,黄淮农产品批发市场积极推进数字化智慧市场建设,正在搭建市场综合管理系统、集中结算和食品溯源系统、仓储云管理系统、共同配送系统、场内短驳转运系统、产销衔接网拍系统、电子商务系统、供应链金融服务系统等八大系统,建成涵盖交易、物流、生产加工、上下游渠道、金融、安全追溯等信息化综合服务体系,真正做到了让政府放心,让群众满意,帮商户发展,促市场兴旺。

利国利民的大市场,成为农业大市奋进的"加速度"。李士强常常在市场里转转,看到进进出出的货物,来来往往的人群,农民数着钞票的笑脸,汗水化作满满收获,那是他心底最大的幸福。

离开黄淮大市场,放眼望去,一排排白墙红瓦的库房,巍峨雄阔,整洁有序,这是亿星集团投资1.2亿元建成国家的储备食糖及集团引进建设的中央储备肉周转库。里面的货物,是保障人民幸福生活的"定海神针",一旦市场有变,这里成火车皮的糖和肉,随党和政府一声令下,就会在关键时刻大显身手。

亿星集团总裁刘俊友介绍说:"我们的周转库,储备能力达13.8万吨,年

黄淮农产品批发市场一角

周转食糖能力达30万吨，除了满足国家储备糖计划任务，通过自主经营，也满足着区域200多家大中型企业的需求，服务周边6000万人的食糖消费。"

食糖是重要的战略物资，有"战时黄金"的美誉，关键时刻拿黄金都换不来。亿星集团一排排储备仓库，是国民经济的"压舱石"，简直是无价之宝呀。

随着周口市城镇化建设的不断发展，一张更新、更加壮美的蓝图在李士强及亿星集团一班人的脑海里逐渐成形。消费结构和流通模式的升级，产业转型和数字化的发展，为推进企业上市，黄淮市场开始了提档升级、功能完善、规模扩大、创新转型——

丰富满足广大人民群众"菜篮子"的需求，扩容和做大水产海鲜产品,与沿海产地直接对接,利用冷链物流点对点运输,在市场太昊路临街打造集海鲜交易、加工、餐饮于一体的豫东南独具特色的黄淮海鲜美食城,"一城尝尽海鲜味",让市民在家门口就能享受到最美的滋味。

临港开发区,是周口市发展的一片希望热土,"通江达海"的梦想已经启航。作为中原水运的"桥头堡",周口担负着"豫船出海"的重任。在帆樯林立的航道边,亿星集团正筹划新征2000亩土地,新建一个标准更高、规模更大、功能更完善的农产品国际物流港市场,让周口更有国际范儿,成为三川交汇的"小武汉",迎来现代物流的加速度。

李士强的宏伟设想,让我不禁惊叹。现代化的物流市场,是一个地方经济、社会发展的引擎。拟建新市场充分发挥周口内陆港口、公路、铁路、航空运输优势,构建"立足周口、辐射豫东南、联络全省、服务全国和世界"的农产品集配平台,建成涵盖交易、物流、生产加工、上下游渠道、金融、安全追溯等数字化、智慧化综合服务体系,打造集交易、加工流通、智慧物流、国际贸易、大数据、供应链金融、涉农电商多功能叠加的综合性农产品产业园区,将成为带动周口经济发展的新引擎、城市名片、行业标杆。

采访中,亿星集团新任党委书记、董事长李超峰介绍,这几个项目建成以后,可以实现年交易额500亿元,创利税5亿元,带动就业8万人,对推动区域农业现代化发展、农产品流通和转型升级将做出新的创造性贡献,助力"中原菜都""中原粮谷"和周口国家农业高新区建设,发挥"新建一个市场、带动一座城、繁荣一片经济"的社会经济复合效益,对提升周口城市形象、城市综合竞争力具有积极作用。

李超峰还告诉我,目前新市场项目已列入全省"三个一批"首批签约项目,完成了备案、初步规划设计,并被纳入2022年周口市委经济会议报告提出的"十大战略"重点项目,写入《周口市区域物流枢纽布局建设方案(2020—2025年)》,纳入农业农村部"三农"领域补短板储备项目库,商务部等7部委《商品市场优化升级专项行动计划(2021—2025)》项目库。

蓝图绘就,方案就绪,各项工作紧锣密鼓推进。不久的将来,农产品国

黄淮农产品国际物流港总体鸟瞰图

际物流港市场拔地而起指日可待,周口及附近的物资汇聚而来,顺着水路漂洋过海,顺着铁路、公路四通八达,为华东城市群提供充足的民生保障,这实在是功在当代、利在千秋的大德。

　　然而,有一点大概是很多人都想不到的——那就是,若干年后,当李士强回到李寨村担任支部书记时,以黄淮大市场为代表的这些大项目,会成为李寨种植基地的坚强后盾,成为李寨乡村振兴的大马力发动机。下棋看五步,李士强作为新时代的优秀棋手,思之深,谋之远,由此可见一斑。

　　这是后话。

微信扫码
•对话李士强
•解码"亿元村"
•聚焦新农人
•数说新"三农"

第三章　新世纪的召唤

一

当李士强带领亿星集团进入新世纪的时候，一个巨大的喜讯传来，他激动得彻夜无眠。

2001年8月，李士强从《新闻联播》里得知，我国"西气东输"管道国家重点工程即将开工建设，而且，这条盘桓中华的巨龙，将途经周口。他敏锐地捕捉到，这是一个巨大的商机，急忙找来一幅中国地图，从新疆的油气田到河南的周口，他画下重重一笔。抓住这利国利民、千载难逢的机遇，让温暖的蓝光造福周口人民，他觉得可以有所作为。

然而，要参与西气东输工程，需要数十家部门许可，还需要提供可行性报告，通过环评，取得合格证等一系列繁杂的手续，绝不是一件容易的事儿。李士强与亿星高管开会，统一了思想，决心打造"金刚钻"，揽下这个"瓷器活"。他信心满满地说："机会总是留给有准备的人，我们要把前期工作做好，把相关的知识、人才储备好，时机一到，就全面出击。"

虽然李士强信心满满,可所有人都难免忐忑,因为难度可想而知。

2002年,李士强去周口市政府参加企业家座谈会,与会领导感慨:人家驻马店利用豫南支线,立项了万千瓦的调峰电厂,咱周口守着主线竟然没人来做,遗憾啊……话音刚落,李士强说:"我们亿星集团一直在筹划迎接西气东输工程,目前正在加紧准备前期各项工作,只要政府一声令下,我们就全力以赴,一定让这项惠民工程落地周口,干出个名堂,造福千万人民。"

此话一出,满座惊叹。但那位市领导好像没有表现出太大的惊异,好像他那些感慨都是专门对李士强发的,好像他早知道李士强会挺身而出一样。就是在这次会议上,市政府发出了建设西气东输工程的动员令。

回到亿星集团,李士强让属下连夜准备,翌日早起,他就把《亿星集团承接西气东输天然气调峰开发利用项目》报告书,摆放在了市政府领导的案头。领导看着李士强熬红的双眼,又看着厚重翔实的报告,对他赞赏有加。当即市政府会议确定:西气东输要从周口市经过,周口就要开一个口,这个开口在搬口。同时下发批文:同意亿星集团作为周口市天然气电厂项目法人,负责周口天然气电厂筹建。

拿到市政府的"尚方宝剑",却得到省计委这样的回复:要建燃气电厂,首先要拿到中石油的气源保证书。等李士强赶到中石油河南办事处,却又被告知:要拿到中石油的气源保证书,就要具备市政府的天然气经营授权。而此时,对周口的天然气经营权,许多企业摩拳擦掌跃跃欲试,竞争进入了"百舸争流"的白热化阶段。

2003年4月初,周口市政府发布公告:面向社会公开招标,从招标中确定城市天然气项目法人。得知消息的李士强,抢时间,争速度,迅速准备第一手资料,申办城市天然气项目法人蓝图逐渐清晰。他们星夜兼程,走访专家、学者,签下了中石油气源保证书,拿到了省政府相关部门批文。

4月26日,亿星集团和参与竞标的16家企业收到了"邀请函"。5月12

日,招标项目准时开标。开标前夜,远在京城的李士强彻夜未眠,双眼红肿,心里忐忑不安,他对招标书进行多轮审读,直到东方彩霞满天,一缕明媚的金辉洒在他无尽疲惫的脸庞上。

整个竞标过程公开透明、规范有序,唱标人、开标人、评标人依次就位,7位权威评标专家款款就座,他们都是来自周口各职能部门的专家型领导。温暖周口千万人的民生工程拉开了序幕,一切按程序严苛而公正。议标、评标、汇总,最终,在众人的热烈鼓掌中,亿星集团以绝对优势,获得周口市区天然气独家经营权!

李士强接到报捷电话,激动得站了起来:"谢谢市领导和周口人民的信任!我们一定全力以赴,不负众望,造福周口,造福人民。"

时间紧、任务重,工作争分夺秒,李士强感到了沉甸甸的责任。亿星集团所属周口市天然气公司迅速注册登记,7月1日"建党节"那天,顺利揭牌。国家相关部门、省、市领导盛装出席,嘉宾们会聚一堂,为李士强的锐意进取、笃定执着精神鼓掌。根据中石油10月1日前试通气要求,必须在三天内完成管网工程项目征地任务。他们倒排工期和时间表,各项天然气筹备工作紧锣密鼓进行。

8月7日,周口天然气公司筹备的天然气城市管网项目可行性论证会,在郑州羚锐宾馆举行。让人意想不到的事情却发生了——会场外突然来了六个满脸横肉的"搅局者"。一看来者不善,亿星集团的工作人员立即围拢过来,上前劝阻,但来者却蛮不讲理,硬要闯入会场。一时间,场面剑拔弩张。

员工看局面难以控制,只好报告给李士强。李士强镇定自若,客气地将几个人请到了会客室,耐心地询问情况。原来是竞争对手在失去中标机会后,故意来捣乱的。李士强晓之以理,动之以情,从全市人民生活所需,讲到周口市经济发展,又对他们提出的问题,耐心作了解释,提出了切实可行的解决方案。一番感人肺腑的话,于情于理于法,说得对方哑口无言,偃旗息鼓而退。

　　李士强笑道:"我们虽是民营企业,但我们有党委的支持,有人民做后盾。一切都要按照法律法规、制度规章,把党和政府交代的为民造福的好事办成、办好。面对歪风邪气、不正之风,我们义正词严,依法依规,我们不输理!"

　　工程如期开始,每一个工段、每一个节点都紧锣密鼓地向前推进。然而,一波刚平,一波又起,一家几年前成立的公司提起对政府的诉讼,连带亿星集团作为第三方一并被起诉。按照法律程序,人家这么做,也完全合规合法,亿星集团只有积极应对。虽然如此,李士强心里还是十分焦虑,"西气东输"管道供气的日期渐渐迫近,千万群众都翘首以盼早日用上天然气,这一切都让李士强心急如焚。那就兵分两路,一方面组织专业人员,与市政府一起应对法律诉讼,一方面组织精干的施工队伍,购买优质天然气管材,聚合各方面力量,尽快开展天然气管道铺设工作。

　　火车满载攀枝花钢铁公司的优质钢材,来到亿星集团国家糖库卸货,铺设天然气的"钢筋铁骨"到位了。随后亿星人全体出动,加班加点,天然气管道铺设工作很快就绪,铺设工地设备、员工全部就位。

　　当大家来到工农路货场时,突然发现一辆14米长的破旧大货车,堵住了货场的大门。亿星人大声呼喊,想让司机马上把大货车开走,但司机却不见踪影。他们急工期之所急,为了赶时间,想用撬杠、挡板将这"庞然大物"移走。眼看这破车在呐喊声里瑟瑟发抖,突然冲出二三十名彪形大汉,手持铁锹、钢棍等横加阻拦——他们这才明白,人家是早有准备,完全是刻意来寻衅滋事的!

　　李士强始终相信,人间正道是沧桑。他作为党员,作为有责任、有担当的企业家,所做的一切都是造福群众的好事、正事。亿星的员工们面对这些人的恶意阻拦,如果发生冲突,势必会扩大和激化矛盾,进而会耽误工期;可如果就此退让,材料运不到位,同样无法施工。于是,他们采取了迂回措施,既然货车无法通行,那就采取化整为零,将钢材分批运送,发扬蚂蚁搬家的精神,一点点运到施工现场。然而对方变本加厉,耍起了无赖,有人一头钻进车轮下大喊："救命呀，救命！"

正义的力量从四面八方汇聚而来，李士强及时赶到了现场，他说："我们做企业，永远听党和政府的指挥，做造福于民的事业。任何时候，都要相信党和政府，依法依规解决。"

江湖闯荡，商海沉浮，李士强相信一句话，人心都是肉长的，只要"以德报怨、以恩应害"，就是一块石头，也总会被暖热的。他对那帮闹事的人客客气气，以礼相待，得知他们也是拿了别人的好处，替别人出头的。这不打不相识，双方逐渐熟悉起来，那帮闹事的人也被李士强的气度所折服。堵路的人被请进亿星，好语好言好招待，他们也幡然醒悟，说："亿星集团干的是民生工程，服务大众，造福人民。哥儿几个，我们撤吧，不能再迷惑双眼，分不清善恶了。"

横亘在大门口的货车开走了，亿星集团的货车进来了，钢材被全部运出，直达工地，天然气工程施工热火朝天地步入正轨。

然而，幕后指使的人并没有善罢甘休，而是又别有用心地组织另一拨"搅局者"，围攻位于马庄村的天然气配套工程二级门站，让施工陷入困境。李士强启动长输管线建设，将施工重点改到管网开口处淮阳区李集村，建设西气东输周口分输站。村支书和李士强早就相熟，村民知道这是为他们做好事，听说亿星的工地遭遇干扰，也侠肝义胆，表示愿鼎力相助。老少爷儿们连夜动手，给亿星腾出了12米宽、1000米长的施工工地。

乡亲们围着李士强说："你这弄天然气是大好事，让咱老百姓也用上清洁能源。这是积德行善、造福大众、恩泽后世啊。你放心，谁敢来捣乱，兵来将挡，水来土掩，想掐灭咱周口人的希望之火，咱爷儿们全都上阵灭他的火！"

果不其然，李集工地上，亿星人正在紧张施工，忽然冲来一群手拿棍棒器械、气势汹汹的人，狂呼猛喊着要见李士强。面对气焰嚣张的对手，李士强正气凛然地给他们讲政府重点工程的重要性，可尽管他苦口婆心，却是秀才遇到兵，有理说不清，形势一触即发。

突然间,李集村的数百名精壮劳力,手执各种农具,黑压压冲了出来,在村支书带领下将闹事者围在中心,对他们说:"老少爷儿们来给李总撑腰,民生工地神圣不可侵犯,再敢胡来,让你们有来无回!"闹事者碰到了匡扶正义的铜墙铁壁,只得灰溜溜地退却了。

天然气输气迫在眉睫,李士强采取迂回战术,本着"有理、有利、有节"的原则,面对重重干扰,一面向政府汇报,一面"你堵你的,我干我的;你堵这里,我干那里;见缝插针,一分钟也不耽误"。他们抢工期、抢进度,高标准、严要求把天然气工程持续推进。

管道施工迅速推进,从淮阳送气母站,铺向周口一市一区八县,覆盖了90%的乡镇。李士强邀请天然气领域的专家组成技术团队做后盾,天然气公司5台钻机、6个施工队、20多个作业面、50多台各种车辆和300多名职工昼夜奋战,全年实现安全生产无事故,所有工程达到了质量全优标准。

横穿沙颍河,用最先进的顶管技术,做到了施工完美;遇到农田、道路、河流,征地拆迁或补偿问题,始终坚持以人为本,重视人文关怀,补偿就高不就低;对漫天要价的甚至胡搅蛮缠的,也以理服人、以情感人,利用基层组织的力量,确保群众利益最大化。

2007年年初,在春节到来之际,管道飞速延伸进千家万户,来自塔里木盆地的天然气送到老百姓的灶台,蓝色火苗跳动,周口人民载歌载舞,家家户户飘出饭菜香,围着丰盛的美味佳肴,欢声笑语飘出了农家小院。

亿星人脸上露出疲惫的笑容,透出豪迈的喜悦。

历尽艰险化坦途,踏平坎坷成大道,省市领导和周口人民纷纷为亿星人和李士强点赞。

二

李士强于1983年入党,也算是跨世纪的老党员了。下海成立自己的民营企业,但他的心一刻也没有脱离过组织,企业规模小时,党员也少,他们就申请成立党支部,随着企业规模不断扩大,党员人数也不断增加,他们又申请建立了党委。民营企业也要抓党建、促经营,两手都要抓,两手都要硬,这是李士强一以贯之的原则,他用亿星集团创造的"周商"奇迹证明,抓党建不但是民营企业的根本,而且具有"培根铸魂"的强大生命力。

"离乡离土不离岗,扛着红旗闯市场"——这是李士强给亿星集团树起的大旗。

作为亿星集团创始人,李士强始终让党旗高高飘扬,始终把党徽挂在胸前。他对员工说:"我们民营企业也是党的经济工作重要组成部分,要扛得起社会责任,紧跟党和政府的指引,为社会服务,为人民造福。如果眼里只有几块铜板,终将被社会所淘汰。"

2003年,伴随着企业向民生转型,周口市委组织部批复同意亿星集团建立了周口市最早的非公企业党委,2012年亿星集团又向上级党组织申请成立了周口市第一个非公纪委。组织的怀抱如此温暖,李士强心底的激情如一团火在燃烧,这意味着,党充分肯定了民营企业,将亿星集团纳入自己麾下。从此,亿星集团也有了坚强有力的"组织"。

李士强多了一个引以为傲的身份:亿星集团党委书记。他最心仪的,就是有人叫他"李书记"。

"发展企业,服务民生,回报社会,我是党员我奉献。岗位有党员,公司请放心,关键时刻看我的。"每年的岁末年初,亿星集团都要举行党员承诺宣誓活动,每一句庄严的承诺,都是对企业发展的扬声助威、力量汇聚。

天然气公司是政府特许授权经营的民生企业,黄淮农产品大市场被列入政府市长一把手责任制的"菜篮子工程"。与政府、与民生紧密相连,构成了亿星集团的产业布局,亿星集团必须紧跟党的政策、响应党的号召。

李超峰说:"作为民营企业,亿星集团牢记企业使命,勇担社会责任。集团党委举行党员承诺宣誓活动,主要还是让党员发挥好模范带头作用。"

凭着"听党话、跟党走"的高度政治觉悟,亿星集团坚持以党建促经营,创业发展鼓起奋进的风帆。坚持诚信守法,对政府负责;坚持优质服务,对客户负责;保证食品安全,对消费者负责,让企业获得了良好的信誉和口碑。短短几年内,从一个小门市部做到了全国商贸批发企业500强。

集团党委注重发挥党组织的凝聚力和战斗力,着重实施党建强基工程。按照"业务发展到哪里,党组织建设到哪里,党员发展到哪里"原则,先后在各个实体、县级公司、经营网点建立党支部、党小组,使党的组织在全集团各业务板块实现全覆盖,延伸到最基层。

一名党员一面旗,一个党小组一个"战斗队"。基层党组织和党员成为亿星集团的"战斗堡垒"。同时,选优配强基层党组织,基本实现了各经营单位负责人兼任支部书记,为集团的高效管控运营打下了坚实的组织基础。

李超峰告诉我:"目前,集团党委在各产业实体下设有1个二级党委、9个党支部,并在有条件的基层网点设立了党小组。党建从'务虚'走向'求实',通过发挥党组织战斗堡垒作用,实现党建与经营相互促进、相得益彰。"

一批行之有效的党建品牌涌现:名酒公司的"头脑风暴"、郸城公司的"员工关怀站"、黄淮市场的"黄淮课堂",在激发员工创新创业激情、关怀服务员工、服务市场商户等方面发挥了积极作用。

围绕艰、难、险、重工作任务,各党支部成立"党员先锋队""党员突击队""党员尖刀班""产业扶贫攻坚队"等组织,在大打"攻坚战"、打赢"节点战"中,党旗飘飘,党员率先垂范,冲在最前沿,展现出了党旗下的卓越风采。

多年来,亿星集团党委秉承"把党建工作做实了就是生产力,做亮了就是影响力,做强了就是竞争力,做细了就是凝聚力"的党建理念,扎实把党建工作融入理论学习、融入发展战略、融入作风建设、融入经营管理、融入组织人才建设、融入企业文化建设,以高质量党建推动企业高质量发展,为公司不断发展壮大,注入了生机和活力。

在亿星集团走廊,处处都有鲜明的标语,宛如飘扬的党旗,二十大报告精句,让党的建设步步入心。截至目前,亿星集团在职员工中有党员232多名,差不多每10名员工中就有2名党员,在管理层,党员占比更是达到了70%,党员职工成为集团运营管理的骨干力量。

回顾辉煌历史,赓续红色血脉。2023年6月25日,一堂别开生面的"迎七一,奋力拼搏做贡献"专题党课,在亿星集团火热开讲。中宣部原副部长、十三届全国政协文化文史和学习委员会副主任王世明,结合党的二十大精神和中国传统文化,阐释了社会主义核心价值观的精神要义、实质内涵,对气象万千的"中国式现代化"深入解读,勉励企业员工涵养刚健有为、自强不息的奋发精神和厚德载物、尽责担当的道德情怀,用社会主义核心价值观"培根铸魂"。

钱重要吗?当然重要。生意,生意,没有利润,生意就无从谈起;挣不到钱,员工就无以为生,企业就无从发展。然而,中国自古就有"君子爱财,取之有道"之说,这一个"道"字,过去是仁义礼智信,如今是社会责任。对于每一个生意人、每一个民营企业来说,这都是最重要的。

"亿星集团的收益,是公司的也是社会的,只要社会需要,我们都义不容辞。"李士强热血沸腾的话,宣示了他作为富有情怀的民营企业家的情怀,把钱用在最需要的地方,绝不挂口上,而是印证在时光里。这已经被亿星集团的员工奉为圭臬。

"黑心资本家",是很多人对民营企业的偏见,可作为社会经济的重要支撑,民营企业是社会主义市场经济的重要组成部分。李士强从创建企业之初，就将爱心和慈善放在首位，他被推选为河南省慈善总会副会长，凡是社会需要的，亿星集团都义不容辞，慷慨解囊。据不完全统计，自集团成立以来，他们已经向社会及李寨村捐款达3亿多元。

李士强告诉我："这么多年，亿星集团之所以一直把慈善当成事业，是因为我深深地知道，做慈善是对社会感恩的具体体现，就是献爱心。这种爱是大爱，不求回报的爱，这种爱是高尚的爱，它可以美化心灵，净化灵魂，它可以成为企业发展的动力。反过来说，社会当然也不会亏着你，不求回报肯定也有回报，比如说提高了美誉度、知名度、信誉度，增强了企业内部的凝聚力。这肯定会促进企业更好地发展。"

与有些人光想偷税漏税不同，李士强总是把主动足额纳税当作最光荣的义务。从起步时的小门市部，到集团化经营，公司启动内审机制，主动邀请税务人员前来规范财务报表，及时足额缴纳。"咱们作为纳税人，也是为国家做贡献。做企业不能只钻到钱眼里，要牢记责任和义务。"

"亿星是我家""一入亿星门，便是一家人""员工是亲人，和谐一家亲"……亿星集团枝繁叶茂，到处都春意融融的充满温暖。完备的工资机制，一定要让员工生活得有尊严，节日福利、教育基金、"春蕾女童"、"生日礼卡"等，各类福利体现了集团对员工们关怀备至。

公司员工刘前进永远记得，1999年那个最寒冷的严冬，在他生命危急的紧要关头，李士强送来了最贴心的关怀。他说："要不是亿星人，我的小命已经呜呼了……"

当时，刘前进在去湖北孝感的出差路上，突发脑出血，被救护车送进了湖北孝感中医院，住进ICU，已经下了两次病危通知书。听到消息的李士强，立即安排公司的五十铃双排座车，带着公司救援小组，星夜赶赴湖北。路上，又接到医生下的第四次病危通知书，那边传来紧急电话："瞳孔散开，恐怕难以回天了……"

但李士强不灰心，不放弃，远程发出指令："我们要不惜一切代价，与死神赛跑，抢救我们的兄弟！"

他一边打电话请武汉协和医院的两名权威专家前来支援,一边又联系周口中医院,组成最好的抢救专班,用救护车带氧气瓶,将刘前进连夜从孝感带回,推进了周口中医院的手术室。

整个手术过程,李士强一直守在手术室门口,为这个亲如兄弟的员工着急,他痛惜的泪水不觉潸然。亿星人得知刘前进病危,蜂拥赶来,堵塞了医院的通道:"需要输血吗?我们都在!"

时钟滴嗒滴嗒,像铁锤一样敲打在李士强心上。他太累了。这时正赶上双节,到站的车皮每天40节,要货的排成长龙,公司的业务忙成一锅粥,李士强接货送货已经忙得几天几夜难以合眼,即便如此,他仍坚持着一步不曾离开。

艰难复杂的手术进行了12个小时,连医生都累得虚脱,李士强两眼熬得通红,焦急地等待着生命的奇迹。"鬼门关"前,医生与死神进行着激烈的较量,也许是李士强的诚心感动了上天,终于从死神手里夺回了刘前进的生命——手术成功了!亿星兄弟从死神手里逃出,有了生命体征。第六天,刘前进苏醒过来,随之,病情一天天好转。

见刘前进精神恢复了许多,家属半开玩笑地说:"不是董事长,阎王能饶了你?"

刘前进笑道:"我梦见在鬼门关前黑白无常挟着我动弹不得,正无力挣扎,董事长临门一脚,将我踢回了阳间。放心,我在亿星还没待够呢,那么多活儿没干完,那么高的工资、福利没领够,死不了!"

李士强眼睛里噙满泪水,紧握他的手说:"我就知道你福大命大,这点小病算个啥?住院期间工资照发,你只负责好好养身体,等康复了,接着干你的老本行。"

闯过鬼门关的刘前进,只是幸福亿星人中的一朵浪花。温暖的"家人文化",闪亮在亿星集团的角角落落。所到之处,都能听到员工感动地讲起李士强无数个暖心的故事。

谁家没个大事小情:孩子上学,老人生病,生活中遇到的沟沟坎坎……

李士强只要听说了,就会不遗余力地帮忙,金钱支援,帮忙找人,帮忙理事儿……人一定要到,钱务必要给,尽显长者风范。

"爱出者爱返,福往者福来。"我接触到的每一个亿星人,那种"家"的归属感都如此强烈。每个普通职工,都能体验到满满获得感、幸福感。我们的传统文化滋养的商业模式,没有半点"铜臭气",党的温暖照亮了每一个员工的心,从"要我干"变成"我要干",亿星好了,家红火了,大家的日子能不幸福吗?

李士强告诉我:"管理是什么? 就是把员工的家人,也当成你的家人;把员工的父母,也当成你的父母;把员工的孩子,也当成你的孩子。发乎于心,动之以情,将心比心,没有带不好的团队!"

四

为了让西气东输工程造福社会,李士强奋进的脚步一刻没有停歇,他要把天然气这块"蛋糕"做大,为地方经济发展充电蓄能,为人民幸福保驾护航。

在公司总经理赵广良的带领下,我走进亿星集团下属的周口市天然气公司,看到院子里天然气车辆整洁有序,员工们工作服穿戴整齐。走进现代化的智慧燃气安全运营调度中心,看到硕大的电子屏幕上,不停变换的数据和操控台全神贯注的专业人员。

"智慧大脑"现场演示着燃气操控流程——安检、呼叫、运营、抄表、工程、NB物联网智能燃气表、报警器、双预控等安全运营和管理系统,实现了"信息化监控"。巡查人员、安装调试人员实现了卫星定位,如果发现了安全隐患点,预警系统就会红灯闪烁,指令发出,抢险人员即刻到位。

赵广良介绍说:"我们着力构建'智慧燃气',以 GIS(管网地理信息系统)、SCADA(数据采集与监视控制系统)为主的智慧燃气安全运营管控平台,集成了公司现有所有系统,实现了数据互联互通、云计算和大数据分析,衍生出了一批看得见、摸得着、用得上的智慧应用场景,形成了周口市天然气管网一张图,天然气安全'生命线'逐步搭建完成。"

在采访过程中,我还了解到,为了让利于民,周口的天然气供应价格及安装费、改装费,在全省最低。而工商业机动车用天然气,相比其他城市,也是最低。眼下,气价、运费和各种运行成本、服务成本都在不断提升,他们利润一直不高,但他们一心要做到真正服务为民,年供气量已经突破3亿立方米,年度减少碳排放40多万吨。

接着,我来到项城市,两座大型双曲线冷却塔从很远就映入了眼帘,国电投的标志夺人眼目。这里就是李士强"十年磨一剑"的国家电投周口燃气热电厂。

电厂副总经理谷红军介绍说:"这个项目是国家'西气东输一线'总体规划的重要燃气发电工程,项目采用热电联产模式,兼顾发挥电网调峰和管道调峰等重要作用。2×440MW等级燃气—蒸汽联合循环热电项目,利用天然气这一清洁能源发电,为有效破解周口能源资源贫瘠提供了难得的机遇,为周口经济跨越发展带来新的曙光。项目不仅符合国家产业政策,而且对于优化全市电源结构,改善区域生态环境质量,推动经济社会发展等具有显著的经济效益和社会效益。"

两套对称发电机组,赫然在目,我不由发出一声惊叹。头顶是忙碌的调度人员,因为太高太远,猛然缩小了好多。我沿着钢梯攀缘而上,达到6层楼以上。这两套设备既可以调峰发电,产生的热能还能给城市供暖。

发电机轰隆隆运转,调度室里,无数个画面组成的大屏幕上,闪烁着一列列数据,电脑遥控操作,下达指令快捷高效。冷却塔里冒起丝丝白烟,天然气发出的电和热,没有污染地输送出来,果然是利国利民的好项目。

谷红军的讲述,将我们拉回艰辛的创业历程:从梦想开始到落地生根、茁壮成长,如今已经创造出巨大的社会效益和经济效益。仅仅为燃气电厂这个项目,李士强董事长可以说拼了半条命,二十年磨一剑,光申报资料能

建设中的周口燃气电厂

投产运营后的周口燃气电厂

堆满两个房间;耗费了难以想象的心血,千万周口人的热切
期望,是他最大的动力;项目的审批多次陷入"绝境",他锲而
不舍地努力,翻越了无数个"火焰山",又多次绝处逢生。正
所谓:山重水复疑无路,柳暗花明又一村。

　　从2002年李士强开始组建燃气电厂项目部,就面临着燃
气供应延迟的难题。他通过省、市政府与中石油反复协商,
多次向中石油发函协调,最终妥善解决了供气问题;到了项
目后期,又因气价高、电价补偿政策不明确等气电倒挂问题
而缓办;直到2011年6月初,亿星集团与中电投、中石油签署
战略合作协议,两大央企能源"巨无霸"的参与,才让周口天
然气热电项目取得突破性进展。

2012年1月，这个项目经省发展改革委核准，一次性投资28.8亿元，2012年2月，周口2×440MW等级燃气蒸汽联合循环热电厂项目在项城市开工奠基；2015年5月，与央企国家电投集团河南电力有限公司、中石油昆仑燃气有限公司合资成立国电投周口燃气热电有限公司；2019年1月，周口燃气电厂通过满负荷试运行，全部建成投产，成为周口历史上规模最大、综合效益最好、未来前景最广阔的能源项目，破解了周口地处全省电网末端，没有电源点支撑的难题。

我随齐同杰主任，来到天润燃气管网公司，这又是李士强在豫东大地上创造的"能源杰作"，给周口用气上了一道"双保险"。

据管网项目负责人、亿星集团党委委员郭总介绍，周漯管线项目总投资5.14亿元，经漯河、驻马店、周口3市7县，作为"西气东输"一、二线连接线，这实在是李士强董事长煞费苦心的结果。

一线输气管道容量接近极限，二线管道建成后，李士强眼前一亮，如果一、二线管道建立连接线，就能反向双向输气，那对两线沿途地区，特别是周口用气大有裨益。2012年项目启动，2016年项目被核准，2018年亿星集团周口天然气公司与中石油昆仑燃气有限公司、洲际海峡投资（北京）有限公司、河南省发展燃气有限公司、河南百年融烜实业有限公司等央企、国企合资成立项目公司——河南天润管道销售有限公司。

郭总告诉我："连接线项目意义重大，但牵扯到立项、申报、征地、拆迁、补偿等错综复杂的问题。好在亿星公司有丰富的天然气管网施工经验，有百炼成钢的施工团队，李董事长点亮了我们周口人的用好天然气的梦想。有了连接管网，再也不愁短缺问题。"

来到周口东郊，老远就看到气势恢宏的储存罐，如同巍峨的大山，与蓝天白云相接。齐同杰告诉我：这是天然气液化LNG储备站，占地约140000平方米，重点负责为商丘市、周口市、永城市、鹿邑县提供天然气应急储备保障。

中原地区虽然用上了天然气,但"气荒"总是若隐若现。省里决定布点建设天然气液化(LNG)储备站,这对于李士强来说,真是"瞌睡送个枕头",他觉得应该给周口争取这个重大机遇。于是,由亿星集团联合河南天然气公司、市发投、港区城投成立了周口市天然气储运公司,历经程序无数,最终让天然气储运设备顺利落户周口,天然气保供又加上了一道"保险栓"。

齐同杰说:"这些项目,从开始申报到建成落地,董事长都经历了'九九八十一难',意想不到的困难接踵而至。而作为民营企业的亿星集团与央企、国企强强联合,确保了项目落地。董事长心里,为的是让灼灼蓝光更璀璨,照亮最美丽的周口梦,照亮广大市民最红火的幸福生活。"

2021年2月,十三届全国人大常委会副委员长张春贤对亿星产业批示:"经营有道,产业兴旺,扶贫抗疫,诚心为民。士强同志作风稳健扎实,履职尽责的成果丰硕,谨致新春问候!"

微信扫码
·对话李士强
·解码"亿元村"
·聚焦新农人
·数说新"三农"

豫东LNG储气库投入运营,夯实燃气应急保障基础

第四章　看得见的乡愁

一

　　当时,李士强一手缔造的亿星集团,已经是有近2000名员工,带动着两万多人就业,销售额和市场交易额上百亿元,涉足天然气供应、农产品批发市场、糖酒经营和国家糖、肉储备等民生重任的多元化企业集团。作为集团掌舵人,李士强不但在业界是一位叱咤风云的人物,便是在中原大地,也是个响当当的企业家。

　　村里出了这么大的一个人物,老家自然就少不了有人来找。这天,李士强就迎来了一个重要客人——李寨村的老支书刘廷修。

　　如此重要的客人,李士强自然不敢怠慢。正赶上饭点,不但好酒好菜招待,还叫来了集团高层作陪。可老支书的脸上一直阴沉沉的,酒不喝,菜不动,好像在跟谁生气。人上一百,形形色色,李寨是个几千人的大村,很多事都不好干,惹老支书生气的事在所难免。

"刘老师,我知道村里的事难办,可咱总得吃饭啊。吃好喝好了,有啥事咱再商量行不行?"李士强给老支书端起了酒杯。

多少年了,李士强还是习惯称刘廷修老师。刘廷修不但教过李士强小学,是他的启蒙老师,也是李士强的入党介绍人,是他人生路上的政治导师。

然而,老支书却没有接李士强敬的酒。

"那咱就先吃点东西垫巴垫巴,酒等会儿再喝。"李士强放下酒杯,又给老支书递筷子。

老支书还是没有接,不过却开口说话了,问:"士强,你是哪年入的党?"

李士强说:"1983年,你还是我的入党介绍人呢,忘了?"

老支书掰着指头算了算,说:"30年了,你也是老党员了嘛。"

李士强说:"是的,时间过得可真快,一眨眼半辈子都过去了。"

老支书突然提高了声音:"李士强,你这半辈子值啊,你在城里混大了,可以不要老家了!你在城里吃香喝辣,穿金戴银,坐着香车宝马,住着高楼大厦,就没想想李寨村3000父老乡亲过的是啥日子?"

有一些唾沫星从老支书嘴里溅出来,像钉子一样钉到李士强的脸上。他被这劈头盖脸的一顿痛骂弄蒙了,终于知道老支书是在生他的气。李士强一动不动,竟忘了去擦脸上的唾沫。作陪的几个集团高层也都惊呆了。

可能觉得当着李士强的部下,不该这么责骂自己的晚辈和学生,老支书缓了语气,也拿起了筷子,说:"老百姓说,好狗护三邻,好汉护三村,这话是有点粗,可话粗理不粗。你要是觉得不中听,那我就说文雅点,咱党说不忘初心,牢记使命,那你的初心呢?使命呢?你是我教出来的学生,也是我介绍进党里的,你不会撂下李寨村不管吧?"

李士强这下有些明白了:老支书这是遇到难处了,李寨村遇到难处了,不然,他不会大老远跑来跟自己发这么大的火。

李士强刚要说什么,却被老支书摆摆手拦住了。

"我知道你想说啥。没错,这些年你确实帮过村里不少,但我要跟你说,你帮的那些,对你来说,是九牛一毛;对李寨村来说,是小恩小惠。你还别不服,跟当年你家房倒屋塌时乡亲送的一块红薯半个馍相比,不值一提!"老支书用筷子点着满桌子的酒菜说。

后来,我采访过程中得知,在李士强回村之前的30多年里,无论是老少爷儿们谁家有个天灾人祸,还是李寨村里的大事小情,只要求到李士强门前,甚至不用上门求助,只要他知道了,都会慷慨解囊,施以援手。老支书跟我说过,光是村里修桥铺路、学校改造、饮水工程、非典疫情、灾情、救助失学儿童、困难群众……李士强的捐款就达好几百万元了,还不算零零碎碎给乡亲们的临时救济。可当时,老支书竟把李士强过去所做的一切,说成了不值一提的"小恩小惠"。我想,也只有老支书敢这么说,因为他是李士强的启蒙老师和政治道路的引领者;也只有老支书能这么说,因为他心里装着更大的棋局。

果然,老支书接着就展开了棋盘:"士强啊,我年事已高,确实久病缠身,力不从心了。李寨这么大个村,3000多口人的大家,我实在难以独立支撑了。我带着乡亲们的嘱托来找你,不是来喝酒吃肉的,我是想让你来接这个支书。我刚才的话可能说得重了,可那都是肺腑之言啊。选不好领路人,李寨的穷根子永远拔不掉,输血不如造血,不改变现状,乡亲们只会越来越穷。"

李士强没想到老支书会说出这番话。老支书生他的气,已经出乎了他的意料,这又让他回村担任支书,简直是他做梦都不会想到的事。李士强沉默了,心里翻江倒海,一时不知该如何回答老支书的话。作为远离家乡的游子,李士强对生养他的故土,总是魂牵梦绕、血脉相连。从16岁离开李寨,到外地闯荡近半个世纪,他从掏粪工、挖沙工、搬砖工起步,在改革开放的浪潮中,凭借聪明才智、纵横捭阖,打拼出一个耀眼夺目的明星企业集团;走进新时代,城乡变化翻天覆地,李士强带领企业不断发展壮大,从小小的烟酒门市部,到连锁批发知名企业,再到六大支柱产业、总资产几十亿元的企业集团,他真的与故乡越来越远了吗?

不。故乡何处是,忘却除非百年。何况李士强离开家乡这几十年,他时刻挂在心头的、梦里常念的,依然是生于斯长于斯魂牵梦绕的李寨。

可亿星集团怎么办？作为享誉中原的民营企业,李士强拼出了全部的心血,做大做强了这个以农产品市场、天然气、商业流通批发为主导的"民生"型企业,在周口群众的"菜篮子""米袋子""温馨厨房"等方面起着举足轻重的作用,集团的事情千头万绪,他日理万机,却没有三头六臂,岂能就这样撒手不顾？面对亿星和李寨,一边是2000多职工,另一边是3000多乡亲,李士强都难以割舍啊,可实在分身乏术,怎么能够回到李寨接下那千钧重担？

不过李士强也没有当场拒绝,他跟老支书说事关重大,他得好好想想,也得跟集团领导层商量一下。

老支书的身体却等不及了。到了2011年,刘廷修的身体愈加不支,不得不治病休养大半年,村里的事儿千头万绪,恰如乱麻一团,却无人料理,李寨成为名副其实的"瘫痪村"。

家乡的父母官、乡党委书记邢子田,一头闯进李士强的办公室,开门见山地说："董事长,你们李寨遇到了大坎儿,我来向您求计问策来了……"

作为老熟人,邢子田一开口,竟然还是盘桓在李士强心头的老问题。毕竟是乡党委书记,邢子田的话很有水平："现在李寨村的工作停滞不前,可乡村发展日新月异,这样总不是办法啊,没个好的领头人不行呀。乡党委、政府求贤若渴,群众对你呼声最高。当然,我也知道你这么大个集团,各种事务千头万绪,是龙头企业嘛,肯定是日理万机、焚膏继晷地忙,就想请你给支支招,想想办法,咱李寨可怎么办啊？"

这已经是邢子田三顾亿星了。这个乡党委书记心里装的是基层党组织,也是基层政府的渴盼。为了李寨的事情,人家一次次登门拜访,求贤若渴之情溢于言表,那意思再明白不过了——李寨太穷了,群众太苦了,李寨的发展,太需要李士强这样的带头人了。

李士强想起刘廷修临别时的话："说实在的,我也知道你忙,周口、郑州还有这么一大摊子事儿。这个支书你兼任都中,哪怕挂个名也好。你给咱出出主意,领领路,想想办法,具体的事儿,让村里人干。咱是国家级贫困村,困难的事儿太多了,你回去了也是作难……可又有啥好法呢。"

一个是看着自己长大、引导自己成长的长辈和老师,一个是家乡的父母官、基层党委的书记,两个人苦口婆心、求贤若渴,为的啥?图个啥?还不是为了李寨村3000父老乡亲?还不是为了改变李寨村贫穷落后的面貌、让乡亲们过上好日子?李士强的心动了,血热了,他终于做出了重回家乡、二次创业的决定。

二

李士强决定先回李寨村看看。

其实也没有什么好看的。他生于斯、长于斯,家乡的影像早就印在了脑海里。出来的这几十年,也时常回村看望父母和乡亲们,村里的情况也早已经了然于胸。但这次回来,感觉却完全不同——小时候他生活在这里,过的是和乡亲们一样贫穷的生活,他是李寨村的一员,或者说他是贫穷的组成部分,是一种无奈地接受;后来无数次回来,他已经是城里人了,是衣锦还乡,即使是给乡亲们的救济、对村子的捐助,也是局外人居高临下的一种施舍;而如今,当他做出了回乡创业的决定后,他再次成了李寨村的一员,不同的是,他要带领3000乡亲们甩掉贫穷落后的帽子,开辟一条通向小康社会的康庄大道。

李士强徘徊在村里村外。村外肥沃的土地阡陌交错,麦田一望无际,飘扬着清新的气息,满目青翠欲滴。这本该是一片希望的土地,但那个和乡亲们纠缠不休的"穷"字,依然四处乱窜。他清楚地记得,儿时,穷得连老鼠都没得吃,补丁摞补丁的衣服,一件棉衣从年头穿到年尾;饥饿窘迫在太阳与月亮的轮回里,在繁星点点里熬煎。啥时候能填饱肚子呢?啥时候能穿上新衣裳呢?啥时候能敞开肚皮吃顿饱饭呢?

时光已经进入了21世纪,可放眼望去,李寨村皆是老屋,残破简陋,有

2011年，李寨村贫困村民庭院

的人家屋顶无奈地扯上塑料布，瓦屋楼房，可谓凤毛麟角。贫困落后的李寨，静静安卧在豫皖边界一隅，和城里的高楼大厦、车水马龙、灯红酒绿形成巨大的反差，只能迈着蹒跚的步履，踯躅艰难，独自落寞。这就是报纸上常说的典型的"九九·六一"型村庄，"九九"是重阳节、老年节，"六一"是儿童节，村子里几乎看不到年轻人，但凡有劳动能力的青壮男女，都外出打工了，他们和当年的李士强一样，都厌倦了寡淡的日子，无奈地抛弃了故乡，只有留守老人带留守儿童，留守在破落的村子里，过着辛酸日子。

群众的苦楚就写在脸上，仅靠种地、打工收入，李寨村根本无法摆脱困境。一没项目，二没资源，三没劳动力，村里发展靠什么？

雪越下越紧了。但毕竟刚刚入冬,地温还没有降下去,雪落到地上,很快就融化了。李寨的村路变得泥泞不堪,李士强小心翼翼地走着,但还是打滑黏脚。远处有个人骑着自行车过来,可能到了烂泥路段,蹬不动了,只好下车推着走,没推多远,走到了皂沟河边,犹豫片刻,把自行车扛在了肩上,人骑车变成车骑人。皂沟河穿村而过,由于年久失修,成了堆满垃圾的臭水沟。

家有土地八九亩,一年到头白受苦,
无奈之下去打工,年底还是一场空。
书生村中哪能有,青壮谁愿村里留?
孩童学在城里上,乡下只有老妪叟。
拼命田中勤劳作,只为儿孙添灯油。
可怜老妪和老叟,空心村里看孙愁……

小学的校舍还杵在村子中央,前些年经过李士强捐资修建,成了李寨最新最好的建筑,可学生却所剩无几了,大部分孩子都随着父母去了城里的学校。固然,城里的教学条件比乡下要好得多,追求更好的平台也无可厚非,但李士强总觉得李寨村的文脉要断了,这是一种撕心裂肺的危机感。他仿佛能听到粉笔在黑板上嚓嚓作响,刘廷修老师谆谆教诲的讲课声,浇灌着他幼小的心田,是知识给他插上腾飞的翅膀,让他走上远大前程。他想,李寨村的文脉不能断,一旦条件成熟,就一定要振兴教育,改善村学校的办学条件和师资力量,让这里重新成为人才的摇篮。

路过村部的时候,李士强停下了脚步,房舍仍在,却比过去更加破旧了。在这里,他向村支部递交了入党申请书,他渴望加入组织,成为组织的一员,像当年组织给他家送救济粮、救济款一样,给更多的老少爷儿们办好事、办实事;在这里,他对着党旗,庄严地举起了右手,刘廷修书记作为入党介绍人,引领他言语铿锵地宣读了入党誓词。永远跟党走——李士强的人生从此有了"定海神针"。

李寨,我的李寨,我祖祖辈辈生活的热土,贫穷落后不应是你的代名词,脱贫致富奔小康自然也不能落下你啊。李士强自己虽说小有成就,可面对乡党委的嘱托、老支书的恳求、乡亲们的期盼,他觉得肩头压下了千斤重担,那是一种责任、一种担当、一种义无反顾的情怀。

党的政策春风浩荡,广袤的乡村,发展正当其时。如何能走出一条乡村振兴的康庄大道?李士强想探索一条带领乡亲致富奔小康的捷径。跟上新时代,带领群众共同富裕,才是社会主义的优越性,也是民营企业家应尽的责任、义务和担当。

做事干脆果断,出手麻利敏捷,是李士强一贯的作风。当即,他决定不负基层组织和父老乡亲的重托,回村带领乡亲们大干一场。

李士强回来当村支书了!

2011年年底,天寒地冻的隆冬季节,呵气成霜,沙颍河岸边的李寨村,数枝蜡梅从墙的一角伸展开英姿飒爽的花蕊,明媚鲜妍,馥郁的馨香阵阵飘送,暗香浮动,吸引来一群喜鹊从河边掠过,落在蜡梅的枝头上。田野的麦苗全都支棱起身子,油光发亮。这个消息,如激荡了一池春水,沸腾的李寨村,人们如久旱逢甘霖,瞬间眉开眼笑。

村民一见到李士强,纷纷围拢过来,异口同声地表达着自己的殷殷乡情——

士强啊,你到底还是回来了,村里怎么能缺少当家人呢?

咱李寨就出你一个能人,你得带着大伙发家致富啊!

都想让你回来给大伙领路呢,你当惯大老板了,总不会嫌弃咱李寨穷吧?

与众人的热切期盼相反,担忧、质疑、反对、劝阻……也蜂拥而至。家人担心他的身体,这么繁重的基层乡村工作,年过花甲的他如何吃得消?村里李姓近门也暗中相劝:这3000多口人的大村,吃喝拉撒,是非曲直,该有多少琐碎事?你不知道乡村工作有多苦多难,你就是把心掏出来,操碎了,也不一定能落一个好。你不缺钱,当村支书是出力不讨好的差事,何必回来受这洋罪?我们放心不下,不中不中。

也有个别村民在疑惑:人家那么大的集团,那么大个家当,平日里到处受尊重受欢迎的知名企业家,能放下身段来咱乡下双腿插进地垄沟里当农民?也就是博个虚名吧。

反应最强烈、反对最激烈的,还是亿星集团的中、高层,他们不理解,李士强放着好好的董事长不干,一头扎进烂泥般的国家级贫困村,何时能填满这个无底洞呢?亿星集团是大中型民营企业,这么多的产业蒸蒸日上,咱何必放弃现成的福不享,为什么去遭那份罪?

采访中我问过李士强这些问题。他充满深情地说:"我在十分贫穷的农民家庭长大。几十年来,是家乡这片土地,培育了我坚韧不拔的品格,是饱受艰难的父老乡亲,培养了我创业发展的胆识和智慧。我对这片土地,对父老乡亲怀有刻骨铭心的感恩之情。"

经过组织程序,冯营乡党委一纸任命,在一个阳光明媚却寒风料峭的日子,李寨村党支部书记李士强走马上任了。

李士强是亿星集团的创始人,更是集团的灵魂人物,上上下下,同事们对李士强敬重有加,无论从思想上还是决策上都非常依赖。如果我们把亿星集团比作一座擎天大厦,那李士强就是这座大厦的"顶梁柱",现在这根顶梁柱,要抽身而去,怎么能行?

李士强好像胸有成竹,他已经为亿星选定了一个接班人。

时任亿星集团常务副董事长的李超峰,正值年富力强的年龄,他儒雅贤德,已经跟随李士强好多年了,商场上纵横捭阖,杀伐果断,闯关斩将,无往不胜,成为视野开阔的市场经济"弄潮儿",用"青出于蓝而胜于蓝""雏凤清于老凤声"作比,恰如其分。

"董事长,公司发展离不开您掌舵。亿星这棵大树,也是您从幼苗一点点培育起来的,您就舍得这么放手吗?况且您这年龄和身体,大家都不放心。让我顶上去,只怕……"李超峰忧心忡忡地说。

"人,谁都会变老,这是自然规律。长江后浪推前浪,亿星这艘轮船,总归是要更新换代的。放手干吧,国家的政策会越来越好,依你的智慧、思路、能力,肯定也会让亿星发展得越来越快,越来越好。你只要记住,心里有国家,眼中有人民,一切为公,一心为大家,坚定自信带队伍,遵循规律谋思路、定策略,团结一致,勇毅果敢,亿星肯定会有光辉灿烂的明天。碰到困难,不要逃避,要把它当作是一块磨刀石,在困难中磨炼自己,砥砺前行,增长智慧,积累经验。听党话,跟党走,一切都不会错。"李士强鼓励道。

"这我知道。可是,你继续当董事长不好吗?你对咱集团了如指掌,在社会各界人脉通达,各个方面都得心应手,公司也正是顺风顺水的大好时机,我知道您的家乡情结重,但只要李寨父老乡亲需要、发展需要,集团可以出钱资助啊,您操劳了一辈子了,回村操的心会更多,我很担心您的身体。"李超峰还想挽留。

"人生不过百年,谁能长生不老?但人生在世,总得活出点意义。这意义就在于你为社会创造多少价值,在于这一辈子尽了多大责任。我的人生意义不仅在亿星,还在生我养我的李寨。"李士强看了看李超峰,又语重心长地说:"我不回去接李寨这副担子,内心始终是煎熬。李寨现在是穷,是落后,是有重重困难,但那里是我的家,那块土地上埋着我的先人,也生活着我的父老兄弟,更是牵系着我魂魄的地方。我要是不去帮助他们,李寨的发展何时才能起步?再说,我们民营企业在党的旗帜下发展壮大了,就要想着为社会做些事,我们的财富应该取之于社会,用之于社会。"

李超峰看着李士强,时而点头,时而摇头,就是不知道说什么好。

"眼下,李寨方方面面问题都不少,困难更多,我这一去,肯定要全身心地投入。咱企业就要靠你劳心费神了。"李士强的手放到李超峰的肩头,用力按了按,好像把千钧重担放到了他的身上。

李超峰点点头说:"董事长,我懂了。您放心吧,李寨的事情,就是咱集团的事情,您有需求和计划,只管吩咐,我李超峰肯定全力以赴,咱亿星也肯定全力以赴。助农惠农,我们当竭尽所能,义无反顾。可只有一条,您一定要多保重身体!"

两人直面灵魂的对话,化解了不解和疑惑,也坚定了支持和信任。

那些天,李士强的办公室里,来了一群人,又走了一群人,所有来的人心中都满是焦灼和担心,嘴里都满是劝阻和挽留;所有走的人心中都满是理解和钦佩,嘴里都满是叮咛和祝福。他们纵有千万不舍,可都知道董事长做的是正事,唯有同心协力地支持,才对得起亿星员工的名号。

除了集团的几个高层,很少人知道当时李士强刚从医院出院。齐同杰主任告诉我,李士强忙起来,常常废寝忘食。出差路上,都是直奔目的地,连上路边馆子吃碗热面条也顾不上,说是时间等不及。往往是烧饼夹羊肉,在车上凑合一顿。有一次,已经是晚上8点多了,李士强忽然说:咋感觉饿得心慌呢,该吃饭了吧?齐同杰嘟囔了一句:能不饿吗?您已经一天没有吃饭了……

经年累月的操劳,和长期饮食不规律,致使李士强积劳成疾,胆囊炎突然发作,不得不住进了医院。其实,胆囊炎的毛病已经伴随他好多年了,像个任性的孩子,你好好哄着它,它就乖乖地陪着你,你但凡照顾不到,它就对你发脾气。大家都劝李士强住院静养,可偌大的企业,繁多的事务,他怎么敢去躺平?于是,病时好时犯,他也只能在繁忙劳碌之余,随便吃点药片对付。可这一次病情来势汹汹,再不是一个药片能对付得了的。

齐同杰说,要是董事长别那么忙就好了,哪怕是稍稍爱惜身体一点也好,最起码能早些住院就好了,这不,本来可以轻松控制的炎症,硬是拖到了必须摘除胆囊的地步。

可作为亿星集团的掌门人,李士强认定的目标,从来都是披荆斩棘,风雨兼程。病既来之,泰然处之,谈笑风生、轻描淡写间,无"胆"亦英雄。身体康复不久,他便接任了李寨支部书记职务,担起了振兴乡村的重任。

李士强说:"美不美,家乡水;亲不亲,家乡人。我个人的事业取得了小小的成功,但这成功的果实要让父老乡亲共同品尝,我就是这么想的,这么做的。回报桑梓是我一直的追求和心愿。我觉得,能为家乡人民的幸福安康做贡献,这是我的使命,我心甘情愿去履行这个使命。"

建设家乡、回馈父老乡亲的情怀,甘于奉献、勇于探索的责任,守土有责、乡村振兴的担当,让李士强义无反顾地扑进了李寨的怀抱,他决心将一幅宏伟蓝图,在家乡壮美大地上变为现实。

四

这是一片古老而厚重的土地。当神农氏尝遍百草,教人类把第一粒种子播进土地的时候;当先人们走出森林和洞穴,在河洲边搭起第一座茅屋的时候,第一朵文明的鲜花便灿然开放了。

"锄禾日当午,汗滴禾下土"——对土地的经营是艰辛的,但他们似乎从不抱怨什么,最多也就是揉一揉发酸的腰背、叹一口长气罢了。然而,当新谷的馨香满囤流淌的时候,当嫁娶的鞭炮炸响的时候,当新生儿的啼声嘹亮的时候,昔日劳作的艰辛,便化作他们脸上幸福的笑容,所有的日子便一如春光般明媚而温暖。他们用结满老茧的双手演绎着生活,创造着历史。千百年来,他们日出而作,日落而息,春耕夏耘,秋收冬藏;他们缴粮纳税,出徭服役,尊上礼下,奉公守法;他们用心血和汗水,不但使自己的家园五谷丰登,人丁兴旺,也催生和滋养了灿烂的文明。伏羲演八卦,穷尽宇宙真理的"龙图腾";老子骑青牛,《道德经》千年传诵;老寨墙墙根下出土的陶片,穿越历史的时空,呈现着先人们鲜活而精致的生活。

这里沙河、颍河、贾鲁河三川交汇,土质松软易耕,腐殖质层深厚,性状好、肥力高,种瓜得瓜,种豆得豆,是插根棒槌都长苗的富足之地。李寨人祖祖辈辈杂姓而居,和睦共处,靠着农耕的方式过着自给自足的生活。然而,历史的脚步踏碎古老的生产和生活方式,也惊醒了人们的梦,他们蓦然发现,这个地处豫皖交界的"三不管"地带,临沈丘、界首、临泉三县,却是名副其实的"乡旮旯",鸟不拉屎的穷乡僻壤,一个被人遗忘的"角落"。李寨,陷在穷窝里困得太久了,国家级贫困村的帽子戴得太沉重,李寨人,憋屈而拮据的生活实在太难了。许多年前,曾有一位游方道士告诉人们,说这小村隐隐有富贵之气,日后必出贵人。也许道士说了这句吉言,只是为了讨口布施,但老少爷儿们却信以为真了,他们盼望着、期待着,等着那个贵人出现,等着贵人伸手拉他们一把,把他们拉出穷窝,帮他们摘掉贫困村的帽子。

李士强回来了,带着金色的希望——被梦想点亮的人,身上注定有光。

"我不是回来走过场的,如果李寨三年不能脱贫致富、五年不能全面小康,请父老乡亲赶我下台!"这是李士强对老少爷儿们说的话。

"我既然接下了这副担子,就必将豁出全部心血,带领村民蹚出一条脱贫致富的道路,帮助李寨甩掉穷帽子,拔掉穷根子。上,对得起党和政府;下,对得起老少爷儿们。"这是李士强给乡党委立下的军令状。

李士强不是那种说大话、乱放炮的人。李寨如何发展,他需要调查研究,有的放矢,而民间藏着最广泛的智慧,问计于民,集思广益,找到切实可行的捷径,也许是最优解。他带着笔记本,怀着虔诚恭敬的态度,走进了李寨的每一家每一户。

他首先去找了老支书刘廷修。

"老支书,我出去几十年了,对村里的情况一点也不了解,万事开头难,咱村里的发展,该从哪儿入手,还得请您老人家指点。"李士强一落座,就掏出了笔记本,像当年上学时一样,等待着老师的耳提面命。

作为李士强的老师,刘廷修自然是知无不言,言无不尽;作为李寨的老支书,刘廷修对李寨的发展当然最有发言权。对李士强的提问,他首先说出了一个关键词:人心。

"事在人为,但不是一个人。李寨村的事,是大家的事,要办成大家的事,就得聚拢人心,人心齐,泰山移,一盘散沙,则一事无成。"刘廷修语重心长地说。

"您是说,人心散了,队伍不好带了?"李士强问。

"你想想,过去大集体时,为什么我在村里一呼百应? 那时有一句俗话,工分工分,社员的命根,我捏着大伙的命根儿哩。眼下呢? 集体经济没有了,我能给大伙什么? 什么也给不了,集体散了,人心也就散了。"刘廷修的话多少有些无奈。

"哪里,集体虽然散了,您老的威望还在呢。"李士强安慰说。

"你不用宽慰我,也别觉得乡亲们势利,谁都得过日子,谁心里都有个小九九,得不到实惠,看不到利益,没有人愿意跟你跑的。所以,得有个短平快的项目,让人们尽快得到好处,赶快把人拉回来,把人心聚起来。这才是万全之策。"刘廷修一语道破。

"您既然看到了这一点,为什么不领着大伙干起来啊,需要我做什么,您只管吩咐就是了嘛。"李士强说。

"有了领头雁固然重要,可巧妇难为无米之炊啊。咱李寨的基础太差,底子忒薄了,位置偏僻,贫困人口多……再说,我老了,身体这病那病的,心有余而力不足,欲为之而不能,真的干不动了。你看看这些年,我对李寨亏欠得太多了,指望你替我补上这份亏欠呢。我知道这副担子不轻,好在你年富力强的,只要你李士强想干成的事儿,就没有办不成的,我对你有信心。"

老支书条分缕析地剖析,意见十分中肯,这番肺腑之言,尖锐而深刻。归根结底,还是落到了一个"穷"字上,如何领着群众发家致富,将党的好政策落到实处,让大家得实惠、见好处,这是聚拢人心的首要之策。与老支书的促膝长谈,李士强的笔记本上星星点点的文字,是他回乡后播下的第一季种子。

李士强往乡里跑了好几趟,都没见到乡党委书记邢子田。作为基层党委的一把手,上面千条线,下面一根针,总归是要靠这个父母官给绣到乡村大地上的。他知道邢子田很忙，可他无论如何也得见到邢书记，离开农村几十年了，李士强对农村工作已经十分生疏了。别的不说，就眼下党的农村政策，他虽然知道个大概，但要在农村干一番事业，只知道个大概可不行，惠农政策有哪些？惠农项目有哪些？又有哪些是禁区？他都需要邢书记给予指点，做到心中有数，有的放矢。

"嘀，邢书记，总算把你等着了。咋样，抽个空咱哥儿俩好好唠唠？"李士强终于在乡政府把邢子田给堵住了。

"喊，你等我，我也找你好几次了，别抽什么空了，就今天，咱好好唠唠。"邢子田爽快地答应了。

乡党委、政府能把李士强给请回来，邢子田长舒一口气。李寨是冯营乡的一个大村，老支书刘廷修身体不好，已经难以胜任工作，村支部软瘫散，村里的事没人管，已经严重地拖了乡里的后腿，这一直是纠结于邢子田心中的"老大难"问题。李士强能放下亿星集团那一大摊子，回村接任支书，让这个瘫痪村起死回生，是李寨村的福气，也是对他这个乡党委书记的支持。更重要的是，县委、县政府启动"能人战略"，促动新乡贤返乡创业，在冯营乡也树立了很好的标杆。现在，李士强找上门来，请他这个"一把手"为李寨发展出谋划策，正是邢子田求之不得的事。

李士强比邢子田大十几岁，一个是驰骋商场的老将，有资源，有人脉，也有经验；一个是在农村基层摸爬滚打多年的少帅，察民意，知民情，更懂政策；两个人一拍即合，相谈甚欢。邢子田先给李士强讲解了县委、县政府当年的工作要点，又给他讲了冯营乡整体规划，并结合李寨村的实际情况，为李士强提供了政策上的参考，最后给出了李寨发展最贴切的建议。两个人捋思路，谋规划，破难题，想对策，不知不觉间已经到了深夜。外面繁星点点，四周一片静谧，屋里激情澎湃，宏伟蓝图渐渐清晰起来……

旭日东升，朝霞在天边织锦，挑灯畅谈后的豁然开朗，伴着一阵笑声，从乡政府的院子里飘出，穿越冬的肃杀，带着春的萌动，回响在乡村大地。

离开乡政府，李士强开始走村串户，走访村民，了解乡亲们的真实想法。

李寨行政村辖7个自然村：东村、南村、刘寨、新村、王庄、刘庄，宛如"北斗七星"，李寨正居勺子把中间。全村耕地3480多亩，有786户人家，3237口人，以李姓居多，刘姓次之，间以其他一些姓氏。李士强出东家，进西家，那熟悉的乡音，倾吐着老少爷儿们的心声——

　　原以为老人们关心最多的是老有所依，是他们衣食无虞、健康幸福的晚年。毕竟他们辛苦操劳了一辈子，眼下，身体渐渐老迈，许多人还疾病缠身，而儿女都远离家乡，在外打拼，作为留守老人，他们种二亩薄田，仅解决温饱已经竭尽全力，何谈其他？但是大大出乎李士强的意料，老人们跟他说得最多的却是李寨的发展。

　　"士强啊，光靠种地不行啊。都说是无工不富，无商不活，你是做大企业的，得给村里想想法子哟。"

李士强（左四）与村民座谈，调研村民所需所盼

李士强（中）走家串户问需解难，调研治村方案

　　"粮贱伤农啊。粮食卖不上价钱，土地就拢不住人心，可你要干大事，单枪匹马可不行，你得把村里的年轻人都召回来啊。"

　　"李总，你别怪乡下人眼皮子薄，年轻人在外打工，干一天活儿，就有一天的工钱，你得让他们看到好处，看到希望，他们才肯回来跟你干呢。"

　　……

　　老人同样也说到了实惠，说到了人心，这一点与老支书刘廷修的看法不谋而合。这也难怪，人都是现实的，心都是实际的，实惠连着实际，现实通向未来，你给了他们实实在在的好处，才能让他们看到希望。

　　在挨家挨户的走访中，李士强没忘记询问村里的年轻人里,谁在哪里打工,谁在哪里经商,谁最聪明,谁最能干,并一一记下了他们的名字和电话。

还没等李士强给这些人联系,他们的电话就从遥远的天南地北打回来了。钦佩中积极献策,赤诚里表达支持,有人提供信息,有人献计献策,奋斗在全国各地、各行各业的李寨人,纷纷表达着对李士强的诚挚敬意,也表达着各自想返乡创业的炽热心愿。一时间,李士强的手机成了联络乡情、共谋发展的热线电话。这给了李士强极大的鼓舞和信心。虽然一切都还在谋划之中,但他已经感到了李寨村人人思发展、个个想变化的热切期望,感到有一种无形的力量从四面八方汇集起来,形成了一股强大的合力,这股合力,指向了李寨村最根本的问题,那就是如何彻底拔掉穷根子;这股合力,指向一个共同的目标,说到底,贫穷不是社会主义,共同富裕才是颠扑不破的真理。李士强感到整个村子都被推动了。

就连村小学的师生们也不甘落后,他们纷纷找到李士强,表达着自己的愿望。学生们说,他们也渴望像城里的孩子一样,有电脑,能上网,有各种体育和娱乐设施;老师们说,学校的硬件、软件都亟待改善,教师的待遇也需要提高,不然就留不住人,老师安不下心,学生转学的日渐增多,再不重视,恐怕咱这学校就要被裁撤了……

两个多月一晃而过,一杯清茶,一张方桌,一圈矮凳,李士强跟乡亲们在农家院里畅谈未来,一条条建议在不断积累,一条条信息在不断筛选,一个个想法在不断酝酿,他的笔记本上记下了1270条信息和数据,这是李寨村的真实情况,也是乡亲们民心民意的真实表达,它们从李士强的笔记本上跳跃进他的脑海里,李寨贫穷的"病根"找到了,李寨发展的蓝图清晰了,他真正成了李寨村的当家人,成了老百姓的贴心人,发展的帷幕在他眼前缓缓开启。

微信扫码
·对话李士强
·解码"亿元村"
·聚焦新农人
·数说新"三农"

第五章　一心装满村

突然就想起了那句话——"只要思想不滑坡,办法总比困难多"。

这是大小官员经常挂在嘴边的话,也是各个部门经常写在工作总结里的话,说多了,写多了,就成了俗话和套话。其实,俗话和套话也是有道理的,问题是你不能总拿这话去教育别人,如果每个人都能把这话落实到自己的行动上,套话也就有了实质的内容,大道理也就开花结果了。

我们不妨把这句话当成一个引子,或者把这句话当成一个伏笔,看李士强是如何在之后的工作中克服重重困难吧。

刘廷运那长吁短叹的愁苦声,掠过低矮院墙,从刘庄村西头残旧院落传来,揪紧了李士强的心。他疾步走进刘家小院,拉住老人的手嘘寒问暖。

"天塌了呀……"刘廷运目光呆滞,反复念叨着这句话。

前些日子,刘廷运的儿子在跑运输时出了事故,在车祸中丧生,撇下了3个年幼的孙儿。都说人生有三大不幸:幼年丧父,中年丧夫,老年丧子,这三大不幸全落在刘家头上,刘家的天一下子塌了。儿媳不堪悲伤和家庭的重负离家出走,杳无音信。刘廷运老年丧子,3个孙儿幼年丧父,又被母亲无情地抛弃,刘家的日子一下子陷入了困境。

处在人生最低谷的刘廷运,泪眼婆娑地握住李士强的手,浑身如抽去了筋骨,家中的顶梁柱折断了!

刘廷运拉着李士强的手在哭诉,3个孙儿在旁边涕泪滂沱。李士强忍着心底的辛酸,安慰老人和孩子,说:"放心吧,你们的困难,咱村里会竭尽全力帮助的。你们一定要打起精神向前看,别的不说,你看这3个孩子,个个聪明伶俐,眼见就长大了,一切都会好起来的。"

李士强给刘廷运家送来了米、面、油,又从腰里掏出5000元钱,放在刘廷运手里。看着一家老少依然在默默流泪,伤心不已,李士强果断地说:"有党的好政策,有咱支部在,有我李士强在,世上就没有迈不过去的槛。你家的事,我管到底。"

刘廷运一下子抱住了李士强,老泪纵横:"谢谢,谢谢您啊……"

李士强安慰刘廷运道:"老刘,咱看着这仨孙儿,也得提着心劲,活出个样子来。没有翻不过的坎、越不了的梁!等孙子们健康长大,成家立业了,你还有享不尽的福呢。"

几天后,李士强又来到了刘家,他为刘廷运争取来了公益岗。

为了解决村民们的实际困难,村里为特困户办了低保,提供了打扫卫生的公益性岗位,李士强将刘廷运纳入进来,工作就是打打扫扫,轻来浮去,每月都有2400元的固定收入。刘廷运高兴地抓紧李士强的手:"你咋老是想着俺呢!"

说着,泪又落下来了。这是高兴的泪,是感激的泪。

从村支部和李士强的关怀中,刘廷运看到了希望,他把心思全都寄托在孙子身上。刘廷运说:"孙儿呀,李书记说了,有啥困难,他都是咱的主心骨。你们就放心大胆干,有困难直接给他电话!"经过李士强的悉心照顾、全程安排,刘家的孙子、孙女们孔雀东南飞,都在上海有了自己的工作——铁棒、志强入厂,铆定技术工,熟能生巧,工资眼看着噌噌上涨;女娃玉霞做了服务员,心灵手巧嘴巴甜,很快就做了领班;加上土地流转的收入,村里发放的补助,老刘一家顿时有了6份收入,贫困帽被李士强带来的春风吹掉了、刮远了,他腰包逐渐鼓了起来,慢慢地,也从悲伤里走了出来。

可刘廷运还有一个大心思:眼下,自家的院子破破烂烂,房屋年久失修,遇到阴雨天,外面下雨屋里流,孙子们眼看着都大了,也到了该说亲的年龄,就想着把这院子、房屋收拾一下,青堂瓦舍地住着,那日子才算熬出头了。

刘廷运刚有这个念头,李士强与村干部们就拥进他家,欢声笑语盈满农家小院。老刘赶紧搬凳子让座,李士强屋里屋外地看了一番,村两委现场办公,当即拍板,这一茬危房改造,老刘算一个!

刘廷运家的新房盖起来了,喜庆的鞭炮声炸响了幸福的花。老少爷们都来帮忙,送烟送酒祝贺,说不完感谢村两委、感谢李士强的话。刘廷运的理想插上了翅膀,孙子、孙女们也不断传喜讯,他在公益岗早起晚归,干得愈发起劲了。这个跌入黑暗的家庭,拨云见日,明媚的阳光,照射在这个农家院,灿烂无比。

"好日子感谢共产党,盖新房感谢李士强。"村民都说,没有李士强,刘廷运这把老骨头怕早就沤朽了,他一见到李士强就抓着手不放,连连说着感激不尽的话。

村委换届召回了李士强,群众夙愿得偿,李寨村欢声笑语陡然间增多,都说真没想到李士强真的会回来,更没想到李士强一回来就全身心地扑进了村里的工作,他们感到日子有了奔头,生活有了希望。然而,谁家都有难念的经,时不时地总有悲叹声飘到走村串户的李士强的耳际。他想,那就从解决群众的燃眉之急处入手,让那些急需要帮助的人们首先得到实惠,以此安定民情,聚拢人心。

务必全部脱贫摘帽,一户都不落下!

时断时续的哭泣声,从李寨东村一角传来,那是女主人刘霞悲伤的哭声。李士强快步跑过去。她家的大儿子脑瘫,需要她全天候照顾,丈夫在外打工薪资低微,工资还经常被一拖再拖,全家的生活捉襟见肘,入不敷出。正在求学的女儿云梦与儿子成成都动摇了,正在商讨弃学打工,为家分忧。眼看着大儿子的病无钱医治,两个学生被逼到辍学的边缘,刘霞觉得一家人的天黑了,泪花飞奔,悲从心来——这日子实在没法过了。

"坚决不行!"李士强一锤定音,他掏出5000元,交给伤心欲绝的刘霞,坚定地说:"这点心意,你先拿着,日子要往前过,但决不能让孩子们辍学。孩子上学是每一个家庭,也是咱李寨最大的希望,有我在,就不能让李寨任何一个孩子失学! 往后你有什么困难,只管给我说,只要孩子努力学习,就一定让孩子走出去。生活再苦再难,咱们咬咬牙就挺过来了,要相信风雨过后就是彩虹。"

捧着李书记厚重的心意,刘霞心头如释重负,而眼中的泪水却流得更多了。这感动的泪水冲刷了积存的辛酸,她的心里终于有了阳光。是的,无情厄运会击垮一个家,而李书记带来的温暖却即刻拨云见日,给了她一个明媚的艳阳天。有李书记这坚强的后盾,刘霞重新燃起生活的希望。村里为她家申请了低保,儿女开心地返回了校园,他们要按照李书记的要求,努力学习,做对社会有用之人。

村里的服装厂一开业,刘霞就找到李士强表达意愿:"我想去上班。"她十分珍惜这个岗位,在电动缝纫机转动中,一件件成品做出来了,一张张钞票飞进了腰包,每月都有四五千元的收入。可是,要照顾脑瘫儿子,她还是有后顾之忧。刘霞很坚强,她本不想再给李士强添麻烦,可李书记看在眼里,记在心里,又给她提供了村里公益岗,也有了一份稳定的收益。刘霞落下了幸福的泪水。

安置特困户就业

　　喜讯接踵而来。2017年,刘霞的女儿云梦以优异成绩考上长春师范大学,她第一时间向李士强报喜。李士强也立刻送来3000元"书记助学基金",并庄严承诺:遇到困难,一包到底。云梦说:"吃水不忘挖井人,我一定不辜负士强伯伯的期望,努力学习,不但读完大学,还要考上研究生,等学成毕业,我要回到家乡,扎根乡村教育,为更多的孩子点亮明天!"

　　2018年,刘霞的小儿子成成也考上了吉林农业大学,同样拿到了李士强的"书记助学基金"。成成说,他之所以要报考农业大学,就是要以士强伯伯为榜样,回村建设自己的家乡。如今,成成已是四川农大的硕士研究生,他还要到中国农大读博,学到大本事,为家乡贡献更大的力量。这两个曾经面临失学的姐弟,得益于李书记送来的一缕阳光,照耀他们奋飞在新时代的天空,他们的理想与乡村振兴已经连为一体。

　　昔日的苦难已经远去,欢声笑语洋溢在刘霞的脸上。她悄悄告诉我,啥都准备好了,很快我家也要起三层小别墅了。你说,没有李书记,这好日子谁敢想啊?

李士强却说,他做的这些都微不足道,要感谢新时代,感谢国家的好政策,感谢党和政府。他之所以出资设立"书记助学基金",就是要给更多孩子插上理想的翅膀,让乡村飞出更多的金凤凰。

"农村工作要一步一步来,无论如何,日子会越来越好的,老人养老、孩子上学、村民就业,所有这些问题都会慢慢得到解决的。看看党和政府的新农村政策这么好,加上我们的聪明才智、勤奋汗水,日子一定会好起来的!"李士强说。

李士强穿村入户搞调研的同时,心里也装着贫困户的冷暖。每家的灶前炕头,都出现了李士强的身影,他认真观察,仔细倾听,就是要挖出李寨的"穷根子",让这片故乡的热土开出美丽的幸福花。

建档立卡的贫困户,在李士强脑子里一遍遍地"过电影",每家每户的情况,他早就熟稔于胸。还是那个"穷"字,因病致贫,因残致贫,因为天灾人祸而致贫……"我始终相信,凡事都有很好的解决方案,只要肯用心、多付出、愿意坚持,就没有克服不了的困难。"李士强的暖心话语,化成一道最明媚的阳光,照耀在李寨的村头和原野。

"李书记,我这一倒,家里花光了积蓄,还落一屁股债,一家子全完了。我咋就这么倒霉啊!虽说我捡了条命,也是废人一个了……我还有仨孩儿,最小的还吃着奶哩,上面两个,这上学咋整呀!呜呜呜……"男人有泪不轻弹,王涛遇到李书记,悲伤难自抑。

大妮、二妮在墙角抽泣——没钱上学了,她们都面临着辍学的困境。

2014年春,飞来的一场横祸,让这家的顶梁柱轰然倒塌,脾切除让王涛几乎成了个废人。李士强看到王涛掀起的肚腹,一拃长的伤口,两边是密密麻麻的针脚,看起来像一条丑陋的蜈蚣。

李士强从包里拿出5000元钱，坚定地说："你安心养病，咱一步步来，任何困难都不能击垮我们，日子一定会好起来。你先养好身体最重要，娃儿们是最大的希望，两个妮无论如何不能辍学，上学这事我来管。"

助学基金优先向困难家庭倾斜，王涛的两个女儿带着村支部满满的呵护和厚爱，又走进了书声琅琅的校园，新书包、全套文具背在身上，也装满了李书记的牵挂和期望。阳光总在风雨后，大妮文静率先考入荆州学院，接着二妮静琪也考入周口职业技术学院，她们带着"书记助学基金"各3000元，走向远方的新天地。

党的关怀让王涛一家如沐春霖。治病的费用，医保可以报销大部分，王涛那心劲噌噌上窜，病情也日渐康复。不久，村里给王涛提供了公益岗，每月有固定的收入，加上有低保垫底和土地流转的收益，生活基本上衣食无忧。

开着崭新的电动四轮车，王涛脸上露出难得的笑容。闺女们从遥远城市打回来电话，述说着新鲜有趣的求学故事。头上的天空一片明朗，曾经的苦难、郁闷一扫而光，日子铺开金光大道。

"李书记，我家这两个妞，要没有你，肯定早就辍学了，没有文化，没有知识，将来到社会上，肯定也是处处碰壁。如今，俺一家就出了两个大学生，让我全家如何感谢你啊！"王涛的眼里满是感动的泪水。

过年了，家里包好了饺子，王涛先让闺女给李士强送去，说："没有李书记，咱家哪能团团圆圆吃上饺子，他要不吃第一碗，我的良心过不去。"

四

逢贫困户必看，务要解燃眉之急；遇困难必帮，务要鼓奋进勇气。粗略算来，李寨村125个贫困户，608个困难群众，李士强踏遍了每一家的门槛，工作量可想而知。让人欣慰的是，乡亲们看到村里的事有人管了，群众的困难有人问了,他们从李士强扎实的工作中得到了实惠,看到了希望,涣散的人心慢慢聚拢了。

"李翠兰去哪儿啦? 最近好像不在村里?"李士强翻看贫困户名单问。

"听说跟她儿子去临汾了。她儿子在临汾捡破烂,具体啥情况,我们也不太清楚。"一个支部委员李鹏辉说。

"当'破烂王'啊,这种生意居无定所的,能照顾了他老娘? 八十多岁的人了,整天在外面漂着可不是事儿,那就电话联系一下,问问啥情况。"

李翠兰81岁,体弱多病,是李寨建档立卡的贫困户。她有个儿子,常年在外地做个小生意,平时很少回家。前些年丈夫过世后,李翠兰跟着儿子去外地生活了。李士强回村后,去她家好几次,都没有见到老人,向邻居打听,也得不到确切音讯,这让他委实放心不下。

很快,李鹏辉回复说:"电话接通了,目前在临汾生活。李翠兰年纪大了,沟通上有些困难。不过,语气凄凄惨惨的,好像情况不太好……总不会家里出了啥事吧?"

"眼见为实,咱走一趟吧,别真的出了事情咱也不知道。"李士强当即拍板。

旁边人说:"跟着她儿子能出什么事? 打电话问问妥了,没有必要亲自跑一趟。"

李士强说:"我看很有必要。咱李寨脱贫攻坚路上,任何人都得跟上,任何人咱都不能撂下不管,无论她在哪儿,也是咱李寨的人。"

轿车在高速公路上飞驰,跨越滔滔黄河,直插太行山。刚进临汾境内,白帐子雨从天瓢泼而下,李士强看着茫茫雨幕和巍巍太行,心情越发焦急起来——这么恶劣的天气,李翠兰老人到底是什么情况呢?

终于来到烟波浩渺的汾河之畔,进入临汾市区。

雨总算停了,但太阳一出来,刚刚落下的雨水就变成了水蒸气,世界成了一个巨大的桑拿室,灼热的空气让人窒息。陌生的地界,繁杂的街道,地址不清,电话又打不通,在偌大一个城市找人,无异于大海捞针。

"既然她儿子是捡破烂的,那肯定不会住在繁华市区,我们到郊区去找。"李士强提议。

到了城乡接合部,到处都是拥挤的棚户区,道路狭窄而泥泞,连轿车也难以通行了,只好徒步而行。几个人分头穿行在窄街巷陌,反复地探问李翠兰和她儿子吕少峰的下落,七拐八拐,嘴皮子快磨破了,终于找到了一个堆满破烂的小院跟前。

李翠兰做梦也没想到,隔着上千里地家乡的父母官能找到这里。老人颤颤巍巍地说:"你们,咋摸这儿来了?"混浊的泪水从塌陷的眼窝里涌出。

"怎么回事,家里出什么事了?"李士强焦急地问。

"俺家的天塌了,儿子这病来如山倒,活不下去了啊……"李翠兰唏嘘落泪。

里屋的床上躺着一个男人,正是李翠兰的儿子吕少峰,不久前突发脑出血,在医院抢救了好些日子,总算捡回了一条命,可是偏瘫让他倒在了病床上。一个女孩正在给病人喂水,还有个男孩在一旁流泪。

"好好的生意干不成了,还有这两个孩子,眼看着该考大学了,却遇见这滔天大祸,真是越渴越给盐吃,这日子没法过了呀……"李翠兰哭着说。

姐弟俩也被这场飞来横祸,摧残得不知所措,愁云惨雾笼罩头顶。爸爸是他们的天,也是家中唯一的收入来源,爸爸偏瘫,奶奶年迈,两个"药罐子",眼看自己到了大学门槛边,一贫如洗的困境如何让他们跳过龙门?

李士强放下礼品,又掏出5000元钱,放在老人家手里,说:"困难都是暂时的,少峰这病慢慢治。身体慢慢康复,总会痊愈的。这是支部的一点心意,您先拿着。剩下的事,咱慢慢想办法。就是孩子上学,这眼看要高考了,绝不能耽误,有困难告诉我,有党和政府给咱撑着,什么都不怕,日子会越过越好的。"

吕少峰拉住李士强,哽咽着,含糊不清地说:"李书记,我这些年一直在外跑,也没给村里做啥贡献,咋有脸拿这钱?"

李士强安慰他说:"你不管走到哪里,也是咱李寨人,喝一口井的水,顶着同一片天,那咱就是一家人。你的困难是村里的牵挂。脱贫攻坚路上,党和政府不会抛弃任何一个人。"

从此,李士强经常去李翠兰家看望,看到她家的房子破旧了,村里给他申请了危房改造资金;又为她申请了低保,送上了"长寿基金"。吕家的一双儿女还享受了"书记助学基金",李士强带来的明媚的阳光和真诚关爱,托起两个孩子满满的希望。

秋天,是收获的季节,李士强接到了吕家女儿报喜的电话:"爷爷,给您报喜,我今年考上河北师范大学了。您是我人生路上的贵人,也是我做人做事的楷模,将来,我也要做像您一样的人,学好本领,报效祖国。"

过了一年,李士强又接到吕家儿子的报喜电话:"爷爷,我考上吉林农业大学了。我想好了,等我大学毕业,就回咱李寨,跟着您建设社会主义新农村,为乡村振兴出把力!我要像您一样,做一个对社会有用的人。"

眼看着这姐弟俩龙凤呈祥,在明媚的天空里奋飞,可没人知道,他们曾经是贫困家庭濒临辍学的"丑小鸭"。李士强高兴极了,他给姐弟俩送去了表扬和鼓励,也送去了3000元"书记助学基金"。

五

在农村,流传着这样一个顺口溜:

辛辛苦苦几十年,

一病回到解放前;

救护车一响,

十头猪白养;

十年努力奔小康,

一场大病全泡汤……

　　李士强看着李寨村建档立卡贫困户名单,看着看着,他发现了一个严峻的问题:村里有三分之二的贫困户,都是因病致贫。病是罪魁祸首,一人患病,特别是大病,不能挣钱还要花空积蓄,不能劳作还要人照顾,贫困也就接踵而至。因病致贫、因病返贫,绝不是个案,在脱贫攻坚如火如荼的2017年,疾病致贫者占据贫困人口总数的一半以上。

　　李宗昌因脑出血导致偏瘫,让这位昔日硬朗能干的人,常常以泪洗面。疾病限制了他的行动,拴住了他的手脚,不仅自己丧失了劳动能力,妻儿老小也疲惫不堪。他拉着李士强的手说:"士强呀,我真是生不如死啊,没有你的大恩大德,我这把老骨头早就沤朽了!"

　　李士强笑道:"是党和政府的政策好,看病少花钱、不花钱,将来政策还会越来越好。有病不可怕,打起精神,咱们一起往前闯。"

　　来到吕暖亮家,李士强仔细查看他落下残疾的腿,几乎丧失了劳动能力。可屋漏偏遭连阴雨,他老婆胳膊和腿都有严重的关节炎,一家两个"药罐子"。"值钱的家当都换药了,这病就是个吸血鬼呀!"吕暖亮绝望地说。

　　李士强一边记录一边安慰:"一切都会好起来的,政府和咱村里都会想尽办法,给咱们贫困户救助。合作医疗的保障,也会越来越好的。"

　　经过走访,李士强心中有了底,眼下国家政策虽然越来越完善,救助力度虽然也越来越大,可落实实施还有很多不尽如人意的地方,比如,健康扶贫对象信息不准确、疾病诊断和治疗不规范、部分村干部对健康扶贫政策不清晰,分类救治不明确,基层医疗的服务能力不足、健康教育不到位……为此,他提出了《关于完善政策推进健康扶贫的建议》,于2017年提交给十二届全国人大五次会议:建议国家卫健委指定公立基层医院。一是掌握健康扶贫的相关信息。二是加强对专职负责部门人员和县乡村关于健康扶贫政策的宣传培训。三是建立分级分类救治机制。四是减免镇村医疗费用。在农村医疗卫生方面,李士强先后提出加强和改善农村医疗卫生条件、加强和疏导农民"心理健康"、优化配置农村卫生资源、加强农村医疗急救体系建设、加强农村医疗卫生工作逐步缩小城乡差距、加强农村药品安全监管的建议。

李士强不等不靠,决心把健康扶贫作为精准扶贫工作的重要内容,切实解决好贫困户因病致贫、因病返贫问题,打赢脱贫攻坚摘穷帽的关键战役。他决定下狠劲抓医疗保障工作,为李寨构筑起一道脱贫致富奔小康的防线——他把目光聚集到世代行医的王勇身上。

王勇在冯营乡卫生院当副院长,妻子王艳在村里开了一家小诊所,夫妻俩学有专攻,各有千秋,口碑极佳,都是当地响当当的名医。不同的是,王勇端的是卫生院的饭碗,那里各方面的条件都要好得多,王艳的小诊所开在村里,从硬件到软件都要差一些。

李士强找到了王勇,说:"夫妻同心,其利断金。你们应该携起手来,用你们精湛的医术,共同为李寨及周边群众服务,那才是老少爷儿们的福气。"

王勇说:"李书记,我在乡里卫生院,大大小小还有点权力,您需要我做什么,尽管吩咐。王艳这个小诊所,也就是给村里老少爷儿们行个方便,随叫随到就是。"

李士强说:"我说的就是这个事。你当着副院长,工作忙,王艳在村里,老少爷儿们有个头疼脑热的,少不了添麻烦。只是诊所的条件太差了,王艳就是有那份心,有时候也难免力不从心。我想着,能不能把王艳的诊所纳入乡卫生院,算是卫生院在咱村里设的一个点,这样的话,我去县里跑一下,你们卫生院也多支持一下,把诊所的硬件、软件都优化一下,正式成立一个卫生室?"

王勇听李士强这么一说,觉得这是件大好事,当即就答应了。后来,李士强又到县卫生局做了工作,冯营乡卫生院李寨卫生室就正式成立了。这其中固然有李士强个人的面子,同时也有榜样的力量——李书记把自己那一大摊子都放下了,连董事长都不做了,上上下下都觉得应该给予大力支持。乡村振兴,医疗卫生工作也是重要的方面,都吃五谷杂粮,谁没个头疼脑热,乡亲们决不能缺医少药。

王艳也满心高兴,说:"我早有这个想法了,现在有李书记您的支持,我一定把这个任务担起来,乡村振兴,咱医疗也得出把力。"

群众健康有了充分的医疗保障,"小病不出村,预防走在前",过去那种"不愿看病、看不起病、小病拖成大病"的现象再也不见了,李寨群众得到真切的实惠,也有了真切的幸福感。

李士强时常会到卫生室走走转转,每次登门,总能找到一些问题,他把这些问题与夫妻俩推心置腹地交流,适时地提出自己的意见和建议。

这一次来,李士强说:"能免费的就尽量免费吧,服务为本,表面上你们收入少了点,可解除了乡亲们的病痛,那可是大功德,谁不念你们的好? 能进医保的都要走医保,让老少爷儿们既看好了病、又能少花钱,同时也把党的温暖照到群众身上,你们夫妻的责任,可不小啊!"

夫妻俩立即照办,量血压、量身高体重、量血糖血脂、建立健康档案、仪器按摩等项目,都实现了免费,也温暖了乡亲们的心。

下一次来,李士强又说:"多开'小药方',让群众花小钱,也能看好病。别跟风涨价,我觉着,适当的低利润,周边的病人来得多了,不也能多赚吗? 都是些常见的头疼脑热,多用些中医方剂,效果会更好。"

夫妻俩也都虚心接受。卫生室虽然不大,但中西医治疗条件齐备,特别是中医理疗服务,小方治大病,加上有医保兜底,解决了群众看病难、看病贵的问题,乡亲们愁眉苦脸少了,欢声笑语多了。李寨便民服务中心建成以后,李士强专门给卫生室留了门面,这是李寨的"脸面",得风得水得人气。

针对村里很多老年人有老腰痛、老寒腿等痼疾,李士强对医疗保障又提出了新思路:"我看很多老人体弱多病,单靠吃药打针,效果不是很明显,还得依靠老祖宗的智慧,咱开个中医馆,以保健康复为主,也能走医保。这样,老人们看病,就能对标治本了。"

为了把这个想法落到实处,李士强到县人民医院登门拜访。但人家那些名家名医都有本职工作，城里的病号都忙不过来，谁愿意到乡旮旯啊。一次不行，两次，两次不行，三次，五次……李士强为了请名医下乡坐诊，沐雨栉风，苦口婆心。他对自己认定的目标，从来都是"咬定青山不放松"，在无望中看到希望，在希望中找到目标，在目标里实现正果。

终于，精诚所至，金石为开，李士强一心为老百姓办实事、办好事的精神，感动了那些"大咖"。"也就是你李书记，我们要是再不去你的李寨，那不但对不住你这份诚心，也对不起自己的良心了。"一位老中医如是说。

为支持脱贫攻坚工作，县、乡就在李寨设立了示范点，李寨中医馆顺利挂牌，那些名医、专家轮流前来坐诊，不但李寨的患者，就连周边的群众也蜂拥而至，直接享受专家面对面的服务。遇到疑难杂症，还可与省、市专家进行视频会诊，集众家智慧，解百姓疾苦。同时，中医馆又添置了各种理疗仪

李寨村中医卫生室

器,艾灸、针灸、拔罐……应有尽有;中草药用煎药机熬好打包,拎着"药袋"回家,直接就可以服用。

　　往日看病,群众最近的也得去镇上,往返折腾大半天,要是去县城看病,天刚亮出发,到天黑都不一定能解决问题,况且,那些专家名医还很难约上。如今就在家门口,一切畅通无阻,方便快捷,群众真切地感到了满满的幸福感。

微信扫码
·对话李士强
·解码"亿元村"
·聚焦新农人
·数说新"三农"

第六章 谋局开篇谱新曲

一

"干部不领,水牛掉井""农村富不富,要看村干部""农村强不强,要看领头羊"……这是乡下流传多年的顺口溜,也是从事农村工作的人谁都明白的道理。

李士强刚回李寨时,村支部、村委会的工作基本上处于停滞状态。老支书刘廷修年事已高且抱病在身,实在是有心无力;其他支委、村委有些外出打工了,留在村里的,心里也都打着各自的小算盘,难以顾及村里。这就是李寨村的党支部、村委会吗? 这里的党员干部们都在干吗?"软、散、乱、穷",李寨可真是占全了。就连村部也是破宅烂院的,风吹雨淋,年久失修,透风漏雨,阴暗潮湿,宛如风烛残年的老人,实在不能做两委的办公场所了。

李士强心里有些发冷,但接着就有一股火在胸腔里燃烧起来,烧得他脸颊通红。他决定把自己家的宅院贡献出来:"我家房子,就权当村部吧。"

　　李士强家的老宅，是上下两层的楼房，方正规整的小院，两棵大树对称生长，院子里种着花草，争艳斗丽，地上铺着花砖，干干净净，确实是办公的好处所。"中共沈丘县冯营乡李寨行政村支部委员会""沈丘县冯营乡李寨行政村村民委员会"两块牌子分别挂在大门两侧，就这样，李士强的家，就成了村两委的办公地，成了李寨村脱贫攻坚的"司令部"。

　　李士强主持的第一次党员会，是重温入党誓词、向党旗宣誓。当鲜艳的党旗挂起来时，他对全体党员说："开始吧。"

　　李士强站了起来。

　　大家都跟着站了起来。

　　他们面对墙上鲜艳的党旗，举起了拳头。

　　李士强领誓："我志愿加入中国共产党，拥护党的纲领，遵守党的章程……对党忠诚，积极工作，为共产主义奋斗终身，随时准备为党和人民牺牲一切……"

　　大家跟着宣誓："我志愿加入中国共产党，拥护党的纲领，遵守党的章程……对党忠诚，积极工作，为共产主义奋斗终身，随时准备为党和人民牺牲一切……"

　　这誓词他们都曾诵读过、宣示过，却又好多年不曾说出口了。如今，虽然有李士强领誓，但刚开始，还是有些磕绊。不过也就一会儿，很快就顺溜了，李士强领得铿锵有力，众人也跟得铿锵有力，他们从锤头和镰刀上看到了神圣，从自己的声音里感到了庄严。他们很久没有这种神圣感和庄严感了，感到胸口里有一股滚烫的东西往上涌，眼睛里都有了泪光……

　　当然，宣誓是一种特有的形式，李士强习惯用各种各样的形式表述着他想要表达的内容，并把这些形式本身也恰如其分地融进了内容里，成为特有的思想和理念的一部分。这好像又是一个中国特色——干什么事情都要讲究个名正言顺，干事业、谋发展也不例外，特别讲究形式，并自觉自愿地行进在各种形式里。

　　其实，认真地想来，形式并没有什么不好，只要形式不成为主义，它就能成为我们树立理念、坚定信念的最简洁、最有效的方法之一。

宣誓完毕，众人重又坐下。

"村里的情况，各自的想法，今儿大家都把心里话说说吧。"李士强摊开了笔记本。

"李书记，有了这个地方，咱村两委就算重新开张了。你等着吧，村里大事小情，村民来来往往，遇到难处哭的，遇到好事笑的；婴儿上户口的，孩子结婚盖章的；西家的猪拱了东家的白菜，地挨着谁多犁了一垄……鸡零狗碎的琐事，你能想到的事、想不到的事，那可真是'千条线'飞来，每天的事情一箩筐，都得靠你这根针穿来穿去，你会应接不暇的。"有人说。

李士强笑笑说："这我不怕，有大伙哩，咱支起摊子，不就是给群众解决问题的吗？"

"咱村的情况你都看见了，可以用'三个一'来概括：一无所有、一穷二白、一贫如洗。村里每年人均收入只有 2700 元，这个数字都让人羞于说出口，想一想都脸红。村里没有集体经济，集体资产几乎为零，老弱病残'等米下锅'，很多人家也只能维持基本生活开支。困难是可想而知啊。"又有人说。

这些情况李士强都看到了，现实比他预想的要困难得多。他就是要大家把这些说出来，甚至是有意让两委班子成员把困难复习一遍，为今后的工作做些心理准备。他点点头，说："是时候甩掉李寨贫穷落后的帽子了。我们要顺势而为，逆势起飞。可撬动这么大一个盘子，总得找到核心支点，是不是？"

众人都不吱声了。他们不说话，都在等着李士强说，因为他们知道，李书记这次回来，一定是带着想法回来的，不但有想法，也肯定有办法。

李士强说："你们别光盯着我看，关键是要把李寨人的士气都鼓舞起来，充分发挥所有人的力量，走统一规模化、品牌化、集约化、效益化三产融合发展之路，形成最大的合力，打一场摆脱贫困的'人民战争'，就一定能成功。当然，我作为村支书，肯定会身先士卒，锐意奋进。"

　　他这么说，不是空话套话。回村这些日子，他深深感到了李寨的危机，但危机危机，危中藏机，世上没有救世主，天上也不会掉馅饼，就算是天上掉下馅饼，指望他李士强的一双手，又能捡到几个？"穷根子"根深蒂固，如何拔掉它，他经过深思熟虑，问计于群众，请教领导、高人，把一切有识之士都纳入"智囊团"，他也给自己来一场"头脑风暴"。没有路照样踩出一条路。

　　"咱李寨的工作，首先必须抓住产业发展的'牛鼻子'，出实招、干实事、有实绩、见实效，让群众看得见摸得着，胜过千言万语。那咱就一步一个脚印，向群众征求最期待的事情，咱这头一年，要集中力量，干好'十件实事'，倒排工期，挂图作战，咬紧进度，咱李寨发展肯定能步步上台阶。"

　　李士强将他的思路一说，大家都见识了他的水平。以前干事，对上只知听上级安排任务，对下只应付群众琐事，就这已经是头晕脑涨，村两委根本无暇主动想事、做事。如今李书记的话把大家的思路打开了，那就是"小步快跑"，先拣最要紧的干。

　　村干部、党员和全体村民的积极性、潜能全都激发出来了，那就要炒热思想，家家琢磨，户户研究，让智慧热潮如滚滚春雷一般，在李寨村孕育勃发。村两委把所有的想法、期盼、愿望汇聚起来，"十件实事"横空出世了。村里制定了资金、技术、营销、风险兜底一揽子创业帮扶举措，筑巢引风，以特色产业带动三产融合发展。

　　"五老一新"汇聚而来，这些脱贫攻坚的坚定拥趸，主动围拢在党支部周围，光热熠熠闪亮，播送阵阵暖流。老党员、老干部、老教师、老军人、老模范，辐射力强，口碑好，一带十，十带百，是村里各项工作的"压舱石"，只要村里有需要，他们就会义务襄助，助李寨乘风破浪。

　　"有了李书记带头，领着我们干，他指哪儿，咱打哪儿，他绘蓝图咱们描，一定能干得漂亮。"党员们摩拳擦掌。

　　李寨村里有62名党员，李士强把62名党员全部请了过来，把他们组成了尖刀排，以党建为引领，有职务的，自然要恪尽职守；无职务的，也是李寨发展的排头兵，明确具体责任区，各尽所能，处处起模范带头作用。

河南省工商联及周口市委统战部一行莅临李寨村,调研亿星集团帮扶工作

　　"我们是党员,应该是标杆,是榜样,不能等同于普通群众,各项工作要冲在前、干在先,做到位,要率先垂范。相信每位党员同志,都要团结在村党支部的周围。划分若干个党小组,所有的项目或产业,要实现党小组覆盖,与工作同步开展。讲奉献,讲风格,讲格局,不拘泥于小圈子、小私利。党员干部冲在最前面,人民群众才会跟上来。"李士强就是要激发出李寨最大的潜能。

　　宏伟蓝图绘就,确定事实列表,群众翘首以盼。村干部摩拳擦掌,党员们群情振奋,纷纷请战:"李书记,咱李寨憋屈了多少年,是跨越发展的好时候了。你说吧,你指哪儿咱打哪儿,你咋说咱咋干,绝无二话!"

　　会上,党员们群情振奋,过去他们是群雁无首,浑身是劲也使不出来,现在李书记回来了,村支部给每个人都压了担子,分了任务,工作或大或小,时间或长或短,因人而用。一个党员一个片区,实行网格化管理,实现"党的领导全覆盖、党的组织全覆盖、党员作用发挥全覆盖",村民凡有诉求、有困惑、有困难、有问题,在第一道"防线"内,基本上第一时间就能妥善解决。

二

正当李士强全身心投入李寨的振兴事业之际,2016年,全国工商联、国务院扶贫办、中国光彩联合会联合开展"万企帮万村"精准扶贫行动,团结和凝聚一大批听党话、跟党走的民营企业家,带动和惠及了一大批建档立卡贫困群众脱贫,为贫困地区的乡村振兴打下了基础,向党和政府、当地群众展现民营企业积极履行社会责任、先富帮后富的正面形象,营造有利于民营经济健康发展的舆论环境。"万企帮万村"行动,正是李士强要借的势,而李寨村62名党员、3000多父老乡亲,还有亿星集团数千名职工,是他可借的有生力量。

老董事长重返故乡,为父老乡亲谋福利的精神,深深感动了亿星人,一向以贡献社会、热心公益为己任的亿星集团,把对李士强的崇敬化为实际行动,全体员工思慕"亿星之父"的恩惠,饱含着对老董事长的崇敬,更向往在新农村建设中建功立业,用亿星的温暖双手,助力李寨的快速发展。

集团有知识、有经验的骨干纷纷踊跃报名,而集团也进行了严苛筛选,因为下乡工作是个苦差事,不仅要德才兼备,更要能吃苦耐劳;不仅要有实干精神,更要有助农情怀。

一时间,前往李寨建功立业的热潮涌动。集团总裁助理吕凤生来了,作为有着丰富管理工作经验的他,兼任集团人力资源部部长,是公认的"人才管理专家",妥妥的"大贤"。董事长李超峰劝他三思,可吕凤生愿望炽热,迫切地说:"脱贫攻坚夙夜在公,建功乡村发展征鼓敲响,李寨是一块热土,乡土萦绕我的梦。"

曾任部队正营级干部的张文樵,是亿星集团黄淮市场的副经理,表面上看着斯斯文文,可军人风骨犹在,工作雷厉风行,落实决策缜密细致,具有很强的执行力。张文樵刚来李寨,看到这里又破又穷,想到老董事长就是在这么一个艰苦的环境中二次创业,心里十分感慨,但看到老董事长精神抖擞,信心百倍,立刻焕发出无穷的力量。他知道眼下李寨正求贤若渴,下决心与老董事长一起,将这里变成创业的乐土。李士强知人善任,把他派到李寨农业发展公司担任了经理。

单亚洲是河南大学毕业的高才生,当时是黄淮市场冷库管理员,得知集团发起"万企帮万村"行动,主动请缨,要求去助力李寨村产业发展。可李超峰知道,单亚洲的老婆孩子都在周口,孩子也刚好到了上学年龄,正需要人陪护阶段,就劝他回家与妻子商量一下再做决定。

"孩子在上学,需人照顾、陪护,你咋能一走了之?"妻子婉转劝阻。

"我觉得有一种使命在召唤我。乡村的广阔天地,我平生所学,在那里可以大有作为。再说,跟董事长在一起工作,我的收获会更多。"单亚洲心意已决。

"那……咱这个家……你就不要了吗?"妻子忧心忡忡。

"家咋能不要呢,不是还有你吗? 再说,李寨离周口也没有多远,我抽空会回来看你们母子的。"单亚洲说。

"你在这里干得好好的,去那个乡旮旯图个啥啊?"妻子很是不理解。

"我就是觉得趁自己现在正年轻,想试试我这一炮到底能打多远,男子汉大丈夫,当展开手脚,酣畅淋漓地大干一场,实现自己的人生价值。李寨是一片方兴未艾的创业热土,肯定能开辟更美的新天地。"单亚洲激动得几乎是喊出来了,"功成不必在我,功成必定有我。老婆,咱这个小家,也只有靠你多担待了。"

单亚洲义无反顾地报了名,如今已经成为牛场产业的负责人。

房名扬是农业大学科班出身,朝气蓬勃、阳光帅气,是李寨村梨园的负责人。他手中舞动一把长柄高枝剪,正在修剪果树,阳光在他的剪刀间闪耀着金光。有志不在年高,数十名李寨村民忙碌在他的左右,言必称他为"房老师",这个年轻人仿佛让他们看到了累累硕果,看到了美好的新生活。

房名扬略带稚气地笑道:"这些优质品种梨,今年进入盛果期。而我们的梨子稍微晚熟,会赶在农历八月十五前后上市。蜜果琼浆,可是上佳礼品。一棵树下个百十斤果子,肯定没问题。"

很快,亿星集团驻李寨村工作队就汇集20多名精兵强将,堪称精锐尽出。集团党委书记、董事长李超峰专门叮嘱:"老董事长的话,就是我的意思,李寨那边的事,就听老董事长的决策,不必向我汇报。只要他安排的事情,我们千难万难,都要想法去办。凡是李寨的事情,咱集团一定优先。"

一支浩浩荡荡的驻村工作队,意气风发地开进了李寨——亿星集团以服务社会、报效国家为己任,行动迅速,决定抽调集团精兵强将,组成驻李寨帮扶工作队,作为集团的驻村部门,助农"前方指挥部",人才锻炼培养基地,汇入李寨发展大合唱。

更多中流砥柱加入驻村工作队行列。一个人带动一个队,一个队开创了一片新局面。

所有人都露出欣喜的表情:"新农村建设,我来了!"

六一儿童节到了,亿星集团和李寨村大手拉小手,和美一家亲。从三川明珠周口,到豫皖交界的李寨,大巴车载满来自亿星的亲人,"童心有梦,乐在李寨——亿星集团庆六一亲子乡村体验游活动"开始了。

孩子们说:"李寨好美呀,就像大大的童话乐园,绿的庄稼会招手,蓝的小河会唱歌,飞跑的山羊会跳舞,优美的村落像图画……"

在这里,孩子们看到了城乡差别,也看到了他们的祖辈、父辈艰苦创业的火热场面。他们带着爱心和礼品,走进李寨村的农家小院,结对帮扶,欢声笑语如珠玉迸溅。

亿星集团选派驻李寨村帮扶工作队

栽起梧桐树,引来金凤凰。这是李士强产生的第一个念头。

驻村工作队当然算一群金凤凰,可这群凤凰是从亿星集团这棵梧桐树上飞来的,而且,仅靠这几十号人也远远不够。李士强需要李寨的乡亲们都变成凤凰,他知道这不是异想天开,村里有不少能人,这些年外出打工的年轻人中,很多人在各自的领域都建功立业,做出了卓越不凡的成绩,他需要把这些金凤凰都引回来,让他们在李寨这棵梧桐树上演奏一曲"百鸟朝凤"的时代乐章。

然而,要栽梧桐树,也得有地方啊,这风水宝地在哪里呢?好些日子,李士强总是在村里村外转悠。

这一天,他转到了一座土地庙前。说是庙,也就是一些石头垒起来的,里面供奉着土地爷、土地婆老两口。因为小而简陋,实在愧称为庙。

但这不要紧,其实也就是一种心愿的寄托,三两块石头垒起来,就足以盛下乡亲们的心愿了,再用泥巴胡乱捏两个泥像,就成了他们心中的"神",看上去与村里故去或活着的某一个人很相像。他们觉得跟这样的"神"好打交道,"熟人好说话,说出放不下",何况,对两尊泥胎,谁也没有多大奢望,就是巴望山那边不大不小的一块云飞过来,下一场不大不小的雨吧,就是巴望囤里的粮食、圈里的牛羊多一些、屋里的老鼠少一些吧,最多,也就是祈求家里人丁兴旺一些。能有多大事呢?能有多少事呢?像拉家常似的跟神说道说道,能解决的事便立马解决,不能解决的,先让它像浮尘一下悬在半空,不定哪一天,就会随着一场及时雨落到了实处。

不过,倒是小庙门口有副对联引起了李士强的注意,上联:土能生白玉。下联:地可发黄金。经过风吹雨打,对联已经褪色了,但内容却让他心里一动——对,就先拿村里的土地做文章。

李士强走在广阔田园,放眼望去,"豆腐块""条状田",你五分,他八分,错落零散,大大小小3000多块。传统麦茬玉米的耕作模式,规模小,效益低,与现代农业相去甚远。而产业种植需要向规模要效益,小农经济的经营模式已经远远落后于时代。因此,土地流转承包势在必行。

政策的春风浩荡,而在李寨,贫困村的帽子还一直戴着,贫困户嗷嗷待哺,等米下锅。李士强刨根问底,说来说去,还是要带乡亲们发家致富,归根结底,还是要发展产业。梳理复盘,李寨的优势产业需要一一挖掘、优化、打造、提升。

当然,李士强也面临着许多困难。

不过,他心里更清楚什么是"老大难"?老大不干就难,老大一干就不难。村支部就是李寨的"老大",他李士强作为村支书,就是村支部的"老大",他必须带领村支部干起来,脱贫攻坚核心是甩掉"穷"帽子,那就要带领群众发家致富。致富的核心是什么?那一定是产业为先,而放眼李寨,除了一片广袤的田园,简直是一穷二白。

李士强召开了支部扩大会议,把范围扩大到村民代表和驻村工作队,大家集思广益,畅所欲言。

"按时下土地流转的行情,一亩地少则300元,多则500元。咱按照最上限,500元已经顶格了。"显然,驻村的吕凤生是经过摸底的。

"是是,"村干部对周边村子的情况早熟稔于胸,"咱取个平均数,400元也就差不多了。"

"叫我说,一亩地按1000元。土地流转,就要让群众得到实惠,不然的话,恐怕这项工作不好推开。"李士强一锤定音,"流转土地的农户,想干活、能干活的,还可以优先干;那些想投资的,咱还按照固定收益的12%参股。'一地生三金',三条

河南省人大常委会领导莅临李寨村调研土地流转等情况

渠道进钱,就是让群众看到希望,得到好处。"

土地流转的各项事宜,就这样决定下来,又层层传达,送到了各家各户。新政策宛如"风乍起,吹皱一池春水"。

"我的天呀,好事,好事嘛! 一亩 1000 元,李书记气魄够大啊!"

"李书记为人够厚道,我举双手赞成!"

"快拟合同,我签,我签!"

群众满心欣喜,纷纷应允。是的,这是多好的事儿啊,把土地流转出去,坐在家就有收入,还不误打个零工,投资参股,一个萝卜三头切,好处都叫咱占了,何乐而不为?

"不租不租,给多少钱俺也不流转,地是农民的根本,还是自己种着踏实。"杂音还是有的。群众对土地有着很深的情感,就算流转费这么诱人,可他就是稀罕自己的一亩三分地。传统耕作模式,让有些乡亲离不开脚下的土地。

有人舍不得、放不下,有人不理解,还有一些流言蜚语,说李士强想把土地都弄到自己手里,转手承包出去,不定得多少好处呢。再说了,万一土地转让出去,又拿不到流转金,咱吃啥? 把脖子扎起来,还是去喝西北风?

还有些村民嘴上不说什么,却也不积极,显然是在作壁上观。

摸索农村经济的新模式,自然不会一帆风顺,这一点,李士强早就想到了。对待那些不理解甚至心存误解的乡亲们,总要以包容为上。既然是为民服务,就要照顾到双方利益,两好才能搁一好。咱既然是办好事,那就尊重为先,让事实说话。

当流转户如约拿到崭新的钞票时,一个个顿时眉开眼笑,手里的钞票哗啦啦作响,他们欢天喜地,再也不用操心庄稼活了,有了充足时间,去项目干点活儿,或做些拿手生意,每天都有真金白银进账,腰包日鼓,这是多好的事啊!

那些对土地流转持有怀疑态度的村民,看到别人实打实地得到了好处,后悔得捶胸顿足,他们心急火燎地堵住李士强,充满愧疚地恳求道:"李书记,俺前一段时间有些糊涂,错过了流转的好机会,您多原谅,多担待。现在提前在您跟前挂个号,有机会了千万千万给俺也把土地流转出去啊……"

群众赶来主动要求流转的,此时肠子都快悔青了。是啊,那一亩三分地,就算自己种得再好,一年年头忙到年尾,收入还是不抵流转费,也不如流转出去省心。"白给的钱不要,我们脑袋真是被驴踢了,成榆木疙瘩了,转不开弯了。"

李士强笑着说:"你们想开了就好。咱群众能多收入,生活奔小康,我比啥都高兴。土地流转,就是为民造福,来去自由,全凭自愿。等着吧,机会有的是。"

那些土地流转出去、得了好处的农户,也纷纷堵住李士强,恳切地说:"李书记,我今晚请客,水酒薄菜,您一定要赏光。"

另一个说:"我都请三回了,都没请动李书记呢。书记天天忙得脚不沾地,饭都不顾得吃,哪还有时间喝酒?"

还有人说:"那也不能不给我面子吧,我可是先排的号。"

李士强婉言谢绝了乡亲们的盛情相邀,说:"大家的心意我领了,可这酒席,就先免了吧。脱贫攻坚、精准扶贫正在节骨眼上,大家一天到晚都在忙呢。这样,等到乡村振兴、李寨富裕时,咱们都过上了小康生活,我请老少爷儿们,给大家摆庆功宴,我们痛饮几杯,一醉方休!"

四

李士强回到家乡,为李寨绘出了一张脱贫致富的蓝图;亿星集团驻村工作队的到来,就是要把这张蓝图变成现实,给乡亲们带来实实在在的收益。

谁都知道,在一穷二白的李寨,没有真金白银,一切都是空谈。为此,亿星集团为李寨设立了产业帮扶资金,把产业培育作为第一要务,围绕"农"字作文章,把村里想干事、能干事的人组织起来,给予"保姆式"帮扶,既"输血"又"造血",出谋划策,出钱"兜底",群策群力,解除了创业者的后顾之忧。"美丽幸福新李寨"不再是一句空洞的口号,经过扎实调研并充分酝酿后,李士强的脑海里,李寨脱贫攻坚计划酝酿成熟了,他发现了为李寨破局的抓手——

"田园,蕴藏着巨大的财富,农业是我们的根本,围绕'农'字,可以做大文章。路子是人蹚出来的,办法是人想出来的。想好了,干起来,就一定会成功。"李士强对大家说。

李士强想起小时候,自己家里就有一只羊,他非常喜爱这只小羊,割草喂羊,是他的拿手好戏。每天放学,他就把小羊赶到村外,一边让小羊自己吃草,一边挥动镰刀去割鲜嫩的青草。不知不觉间,那只小羊长大了,不知不觉间,一只羊变成七八只,一群羊轰隆隆穿越李寨街道,那可是"流动的财富"啊,是他一颗汗水摔八瓣的结晶,也是一家人生活开销的钱罐子。

沈丘槐山羊是中国著名山羊良种,因其板皮质量优良,成为汉口路板皮"王牌"而驰名中外;槐山羊瘦肉多,脂肪少,肉质纤维细,鲜嫩多汁,不腥不膻,营养丰富,易消化,是我国山羊品种中唯一幼嫩羊肉品种。

李寨气候温和,无霜期长,有充足的水源,土壤肥沃,沙颍河水清澈甘甜,是多种粮食和经济作物产区,有大量农副产品和作物秸秆,特别是豆科类的秸、秧、藤,能够常年为槐山羊供应充足的饲草。因此,槐山羊养殖一直是当地传统的优势产业。只是当下村里的青壮劳力都外出打工了,养殖户屈指可数,难以形成规模优势。但李士强心里明白,只要养殖能让老百姓得到实惠,就会有人干,干的人多了,就形成了规模,有了规模,就可以产生巨大的效益。

槐山羊繁殖率高,生长发育快,生长周期短,售价高,销路广,最适合农民喂养。李士强当即决定,购进一批槐山羊,凡愿养的村民都可以无偿赠送,他要在李寨的土地上撒下"财富金种子",让种子生根发芽,开花结果。

"给俺一只羊吧,俺想试试这条致富的好门路。"有人找上门对李士强说。

"李书记,俺想要只母羊,产了羊羔,就能变成一群羊了。"有人心中已经有了长远计划。

"李书记,咱的羊要是多了,往哪儿卖啊? 这您可得给俺指条道儿。"有人还是有些担心。

看到人们如此踊跃,李士强高兴地笑了,说:"放心,只要你们愿意干,咱们的养殖业就一定能发展起来;只要咱形成了规模养殖,就一定有市场,有销路。"

看到李士强说得这么肯定,乡亲们也充满了信心。自从李书记回到村里,他心里想的,嘴里说的,手里干的,一件一件都成了现实,他们对李书记产生了巨大的信任。

果然,几天后,李寨村鞭炮齐鸣,锣鼓喧天,李寨农业开发公司隆重挂牌——这是一个属于村集体的企业,构建了第一个"财富孵化器",由亿星集团出人出资,收益全部归李寨村集体。有亿星集团做坚强后盾,这公司一上来就具有了高大上的气质。

村集体开公司,这是李寨历史上开天辟地头一回。李寨乡亲们欢聚一堂,连县、乡领导也闻讯而来,剪彩开业。好的开端就意味着成功了一半,李寨产业发展路上,披坚执锐,率先破局。

农业公司成立后,槐山羊养殖合作社也应运而生,他们从县畜牧局请来了专家,负责技术指导、产业链延伸,公司+合作社+农户,形成了一条龙服务。

羊来羊去长财富,

遍地青草食料足;

李书记送我一只羊,

来年不当贫困户……

李寨农业开发有限公司成立

　　村民们把这项事业编成了顺口溜,由一只羊到一群羊,赶着羊群奔小康。

　　忽然有一天,村东老刘家飘出一股诱人的羊肉香味,一开始,那股肉香很细,像做贼一样蹑手蹑脚地踅摸,慢慢地,放大胆子,放开手脚,轰轰烈烈地折腾起来。肉香吸引了很多人来到刘家,我的天呀,原来是老刘把他那只羊给杀了、炖了!

　　"老刘啊,我给你支持个羊,是让你养的,可不是让你吃的呀!"李士强看着他哭笑不得。

　　老刘也摇头叹息说:"我也很难过呀,不知道咋回事,昨黑里三更半夜,羊突然感冒了,发起高烧来,估计烧到七八十度,今天早起一看,死了。你说咋弄,不吃扔了也挺可惜的嘛……这技术的事儿,俺掌握不了。死羊没法卖,我就煮了。"

"还不知道你这成色?你就是懒,不愿放羊,也不想下地割草,故意杀了的。哪听说过羊感冒的?哪有发烧烧到七八十度的?撒谎都不懂基本常识。"一村干部揭穿了他。

李士强说:"老刘,到底是咋回事?你给我说清楚。"

老刘咂巴着嘴,没话说了。

"放羊、割草,是有点辛苦,可干什么不辛苦?你再这么好吃懒做,你家这日子还往前过不过了?孩子们转眼间都大了,你指望啥供他们上学?给他们成家立业?你这当爹的就不嫌丢人啊?"

老刘低下了头,小声说:"李书记,这羊真的是病了,我是怕它病死了就没法吃了,趁它还有一口气……我错了,以后,一定会对羊好好的……"

"羊都没了,哪还有以后?"村干部呵斥他。

"再给他一只羊吧,看还会不会感冒烧到七八十度。"李士强对村干部说,又对老刘说,"我再送给你一只,希望你拿出点精神头来,骑着山羊奔小康。"

李士强的真心诚意感动了老刘,也感动了李寨的乡亲们。自从开始养羊,村里闲聊唠嗑的人少了,田野里到处是忙碌的身影。

一只羊的"财富萌芽",男女老少飞奔过来,找到自己喜爱的"小宝",踊跃"领养"。农谚说猫三狗四猪五羊六,也就是说一只羊一年可下两次崽,若一次下两只或三只,那一只羊一年就可以增财五六倍!一只羊变成一群羊。这"小苗"就会在李寨沃野长成参天的摇钱树,长成茂密的森林,开枝散叶,诠释羊生羊、钱生钱的"财富密码"。

微信扫码
· 对话李士强
· 解码"亿元村"
· 聚焦新农人
· 数说新"三农"

第七章　我们的朋友遍天下

一

　　按照惯例,人物传记总要把主人公获得的荣誉一一列举的,这是对主人公的肯定,也是对一个人人生价值的昭示。

　　翻看李士强的履历,他走过了一串闪光而辉煌的足迹,熠熠星光璀璨。我不由心中感叹:他是个获奖专业户啊!

　　2000年荣获"全国内贸系统劳动模范";2004年荣获"国家西气东输工程建设先进个人";2007年荣获河南省"优秀省十届人大代表";2009年荣获"第三届河南省优秀中国特色社会主义建设者";2014年荣获"优秀中国特色社会主义建设者";2015年荣获"河南省五一劳动奖章";2016年被评为河南省"最美村官"。2016年荣获"全国五一劳动奖章";2018年荣获"全国脱贫攻坚奖奋进奖";2013年,在所有人的殷切期盼中,"老先进"李士强当选十二届全国人大代表……

　　但李士强却把我文章中罗列的他这些年获得的十几项荣誉,统统给画掉了。看着稿子上那十几行被红笔抹去的文

李士强（右三）荣获"全国脱贫攻坚奖奋进奖"

字，我笑了，他也笑了——这是一种心照不宣的笑。是的，从文章本身来说，删去了那十几行"赘文"，一下子简洁通顺了许多；而李士强的心思呢，好像过去的荣誉都已经成为历史，谈笑之间，都被他一页一页翻过去了。

"人，总不能戴着一头鲜花过日子吧？"李士强笑着说。

是啊，人生应该不断地创造辉煌，但不能老活在过去的辉煌里。说到底，还是应该朴朴素素、踏踏实实地生活和工作。

但是，我还是固执地留下了那诸多"头衔"中的一项——全国人大代表。因为我觉得这个"头衔"的"含金量"特别的高。实际上，我也正是通过他全国人大代表的职务认识李士强的。那时候我就想，李士强肯定是一个真正意义上了不起的人物,因为"全国人大代表"这个职务,标志着社会和组织对他的肯定和认可。

不然,他怎么能代表人民呢?

"李书记,快要去北京开会了,你在地里忙呀? 还不准备准备?"村民喜滋滋地围拢过来问。田野的气息扑面而来,李士强浑身都沾满了泥土,蹚两脚灰尘。

"大家看看咱们有啥需要解决的问题,有哪些想法、困难和建议,还有美丽乡村建设的金点子,都可以提提,敞开了说。我会形成建议带到全国人大会上去,为党和国家的决策提供参考。"李士强喜欢结合自己的独立思考,再听取群众的意见,集思广益。

"咱村里的贫困户,我看都是让病闹的,'一人病拖累全家苦',有啥都别有病。这手里刚有点儿积蓄,一病回到'解放前'。亏得有合作医疗,可这得了大病,花费也不少!"

"现在啥都在网上卖了,互联网联通各地,键盘一敲,啥交易都完成,手机一点,就可以赚钱。可这些在咱农村是弱项,咱农民很多弄不懂,应该办个培训班,好好学学。"

"咱农民有把子力气,可光有力气有啥用? 现在都是大工业时代了,咱农民最缺的就是技术,国家应该给咱们多培训,也好学门技术,赚钱就稳了。"

群众心里有很多想法,都想给李士强唠唠,像说家常话一样,纷纷打开了话匣子。倾听农民内心的声音,也能更好地制定出发展策略:农村如何发展好的产业,如何开展美丽乡村建设,如何更好地开展娱乐活动……大事小情,这也是李士强在苦苦思索、深深关注的问题。李士强面对面调研时,群众倾诉的揪心事、内心话、肺腑情,都被他带到了全国人大会上。

履职尽责,从十二届到十三届全国人大代表,李士强作为全国、省、市、县、乡五级人大代表,他以李寨为基点,延伸到冯营乡、沈丘县和周口市的乡村,甚至远到豫皖交界的安徽界首、临泉等地,他要将农民的心声、农民的喜怒哀乐、乡村的期盼,带到北京,带到国家最高决策层面,融入每年的"三农"工作。

从李寨金色的田野奔赴首都庄严的人民大会堂,李士强胸前佩戴着党徽和"全国人大代表"的代表证,和诸多意气风发的代表们一起,走进国家最高权力机构的殿堂。他步履从容,气度优雅,田野的风霜在他的脸颊流淌,乡亲的期盼在他的心底储存。

国徽闪闪,庄严肃穆,在这里,李士强的心,和祖国的心一起跳动。他摸摸胸前的党徽,内心升起无比的自豪;在这里,李士强以激动万分的心情,饱蘸着农民兄弟最深的情谊,幸福地握紧了习近平总书记温暖的大手;在这里,李士强真切地感受到习近平新时代中国特色社会主义思想,是全中国人民,更是李寨村最根本的行动指南。多年来,作为赤胆忠

李士强参加乡村振兴促进法落实情况专题调研

心的共产党员,那团热烈的火苗,一直在他胸中燃烧。很多场合他都是佩戴着党徽,那是他最珍爱的"荣誉"。读书、读报、看新闻联播,李士强孜孜以求地汲取着思想营养和精神滋养,在他心中打下了最鲜明的印记。作为基层党支部书记、著名企业家,他最迫切的,就是倾听党的声音。李寨村支部的门口,有一条鲜艳的标语"听党话、跟党走、传党声、感党恩",而李士强最坚定的信念,就是"永远跟党走"!

会议期间,那厚厚的资料袋,从不离手,他来不及休息,熟悉会议流程,阅读会议资料,圈圈点点记下学习心得。特别是对于《政府工作报告》,他一定逐字逐句研读,对牵扯到"三农"问题的,他都刻意画下着重线。

在参加第十二届全国人代会的代表审议时,李士强的发言引起了与会代表们的广泛关注。他开门见山地说自己是农民代表,面对"国之大者",他要代表农民发出来自田野的声音。

"审议政府工作报告我感受最深的是,党中央对农业、农村、农民的高度关注,作为一个农民代表,我感到十分温暖和鼓舞。特别是报告中指出今后要强化农村发展基础,推动城乡发展一体化,毫不放松粮食生产,建设高标准基本农田,保障粮食和重要农产品的有效供给,继续加大三农投入……情真意切啊,说到了我们农民心窝里了,让人振奋啊。"

很多人最初认识李士强,是因为他领导有方,让亿星企业集团的发展日新月异,而第十二届全国人民代表大会时,他却来了个华丽的转身,担任李寨村党支部书记,成了农民的代言人,不由得让人刮目相看。"行家一出手,就知有没有",李士强思路清晰,魄力十足,格局宏大,一番发言,让很多人都心悦诚服。几十年的商海历练,从白手起家到纵横驰骋,让一个民生型涉农为主的企业集团风生水起,无数次的惊涛骇浪,淬炼出一个睿智通透的"贤达智者"。

"这个农民不简单!"很多人都想跟李士强成为朋友。

而李士强也深深明白,来出席会议的全国人大代表,都是各行各业的精英,睿智的官员,渊博的学者,质朴的村支书,敦厚的技术员……可谓群贤毕

李士强代表参加全国人大会议期间审议发言

至。他真诚与他们交流,虚心向他们请教,一届人大会开下来,李士强在全省、全国各地形成了一个巨大的朋友圈,李寨村也与全省、全国各地的先进单位、村镇、优秀的人才结成了"亲戚"。

李士强满载而归,风尘仆仆地回到了李寨。

"李书记回来了!"

李寨村的村民闻讯放下手里的活计,纷纷涌到村头;连附近村的群众也飞奔而来,沾沾李士强带回来的喜气。

李士强来不及喘口气,就大步流星地来到村部,和李寨乡亲们分享会议精神。他将大会精神向乡亲们传达:耳闻目睹的见闻,亲身感受的盛况,亲自撰写的建议,都在大会精神的宣贯里。

"好! 好!"

李士强讲得绘声绘色,他用生动鲜活的实例,第一视角的见闻和感受,让倾听的群众感到无比豪迈。李书记能到北京参加全国人大会,依法履职,共商国是,不只是他个人的荣耀,更是咱李寨、咱周口、咱河南的荣耀,他是咱广大农民的代言人,咱老百姓高兴、放心!

"走出去,请进来,走得远"——这是李士强向村两委班子发出的号令,也是他为振兴李寨制定的发展战略。

大巴车从李寨出发,上了高速公路,从宁洛转大广,过连霍走兰南,风驰电掣,一路向北。肥沃的大平原,青翠麦田无边无

传达贯彻两会精神

村两委班子参观学习焦裕禄纪念馆

际,流淌着浓浓的绿意。李士强带领村两委成员,来到黄河最壮美的那道弯,走进焦裕禄精神的发源地兰考。这是习近平总书记数次踏足之地,李寨人前来补"精神之钙",恰逢其时。

伟岸的"习桐",洒落片片绿荫。

当年焦裕禄带领兰考人民发展的"焦桐",植根豫东大地,吸取着阳光雨露,葳蕤苗壮。顺着习近平总书记关注的目光,一件件实物凝固了那段艰苦卓绝的岁月,李士强他们看到共产党人的光辉楷模——焦裕禄,一个光辉而伟大的名字,他心里没有自己,全部装满了兰考的老百姓。他把百姓视为父母,将人民公仆的精神诠释的淋漓尽致,并把这种精神融进了为人民服务之中。这是一位伟大共产党员的风格,战天斗地"除三害",彰显着共产党人的坚定信念,在黄河边熠熠闪烁。

凝望着布满时代烙印的物件，在那把破了洞的藤椅上，李士强他们似乎能感受到焦裕禄的疼痛，他们仿佛看到大雪纷飞的夜晚，焦裕禄拉起板车，将救灾物资分发给受灾群众；暴雨连绵的天气，焦裕禄遍查激流，寻找排涝出口。这位县委书记的好榜样抱病工作，宵衣旰食，誓让兰考变新天。

百姓谁不爱好官，把泪焦桐成雨——这冲击力，胜过千万遍空洞的说教。

学习楷模看看咱，洗涤思想谱新篇——带着深深的震撼，落下了痛惜的泪水，很多人攥紧了奋进的拳头。

当大巴车来到三义寨的时候，李士强一行看到"中国梦"的愿景铺陈在滔滔黄河边。这里是乡村振兴的先行区，看新农村建设，看精神文明创建，看乡村产业发展，"农业引擎"开启经济跨越，"种养加"联动促进了强村富民。大家一个个摩拳擦掌、热血沸腾，他们群情振奋，纷纷向李士强请战。

精神是一个民族赖以长久生存的灵魂，唯有精神上达到一定的高度，这个民族才能在历史的洪流中屹立不倒，奋勇向前。是的，精神的引领，人的力量是无穷的，保持共产党人的坚定信念，始终把人民利益放在心底，"不忘初心，牢记使命"是李寨每一个党员干部的必修课；坚强的村支部，是李寨发展的"奋进引擎"。脱贫攻坚就如滚石上山，我们一定要砥砺前行，书写乡村振兴的最美篇章。

李士强先是从报纸、电视里认识李连成的，之后的几次会议，他和李连成成了朋友。他知道这个享誉全国的"村官"，带领老百姓把西辛庄村，变成了全国闻名的富裕村、先进村、乡村振兴的模范村。英雄相见，惺惺相惜，他想让李寨和西辛庄村结成"亲戚"，从李连成那里取得"真经"，为李寨的发展助力。

于是，李士强带着班子成员和村民代表来到了西辛庄村。

眼前的西辛庄，从传统的农业村落，华丽转身，变成了热闹繁华的小城，抖落掉传统乡村的穷气和土气,到处一派"城市范儿",农业产业和工业文明交相辉映,整洁有序的乡间别墅,给世代与土地打交道的父老乡亲提供了舒适宽敞的生活环境。

面对李士强,李连成像见到了从远方归来的老弟兄,毫无保留地将他的经验和盘托出:农业变革为基底,工业生产作引领,龙头企业带动,科技文化促进,因地制宜是关键。

同为全国人大代表,李连成对李寨的发展也寄予了厚望,他对同行的李寨村人说:"我不看别的,我就看你们有这么好一个带头人,格局大,站位高,思路清,干劲足,路子对。有用得着我的地方,尽管说,我肯定不遗余力。今后有空了,我也会去你们李寨。咱们常来常往,那才是好亲戚。"

地处三秦腹地的袁家村,让李士强一行人眼前一亮,思

到陕西袁家村学习交流

路大开。同样是贫穷落后的传统村落,袁家村如今已成为乡村旅游的胜地,原汁原味的关中文化,非物质文化遗产得到了深度挖掘和充分利用,形成社会主义新农村的传奇样板。

走在袁家村石板铺垫的老街上,李士强他们欣赏了老艺人的皮影制作、手绘年画;进入一个个传统老作坊,他们观看了老法榨油、酿酒的全过程;走进古色古香的茶馆,他们要一壶关中茯茶,听一曲《秦川怀远》悠扬的秦腔古调;徜徉在艺术长廊,与青年艺术家交流传统绘画与现代艺术的创新融合……

李士强带李寨人走着看着,思路也在学习和切磋中渐渐明晰。要说穷,袁家村最初的底子和李寨并无二致,甚至还不如李寨——袁家村资源匮乏、耕地贫瘠,而李寨土地肥沃,良田千顷;袁家村地处关中,有浓郁的"西部风情",却相对闭塞;而李寨村位于豫皖交界处,交通发达,中原文化积淀深厚……只是李寨村尚待字闺中,亟待人们揭开它神秘的面纱。

带着对美丽乡村建设的思索,李士强带领大家又来到了信阳郝堂村,看到这个大别山深处的小山村,规划缜密超前,建筑古色古香,风景美丽如画,游人熙熙攘攘,心中不由得生出万千感慨。

李士强一行人揣着一颗不脱贫不回头的决心,走家串户,在田间地头和群众家中,和乡亲们拉家常、取真经,从大别山的皱褶里寻找答案。十几双铁脚板虎虎生风,十几颗赤诚心如丹似金。李士强发自肺腑的热情,逐渐凝聚成村两委的铿锵决心:我不负青山,青山也定不负我,咱李寨肯定也不甘于人后的!

脱贫攻坚,一头连着贫困群众的热切期盼,一头连着伟大复兴中国梦,中华民族几千年发展史上将首次消除绝对贫困现象,这得有多大的历史意义!我们能成为最基层的践行者、推动者和贡献者,那是多么荣幸!能够投身这场战役,唯有扎实行动、不懈奋斗,赢来不含水分、实实在在的脱贫成果,才能不辜负党的重托,不辜负父老乡亲的期盼!

他山之石，可以攻玉。

对比先进，鼓舞振奋。这样的外出学习、实地参观先进典型的经验和做法形成了李寨村两委的共识，经过吸纳消化、融会贯通，迅速在李寨落地，学先进、赶先进，眼界大开，那种看得见的改变，在李寨渐渐呈现出来。

2018年，在全国脱贫攻坚奖奋进奖颁奖仪式上，李士强认识了内蒙古自治区通辽市科左中旗代力吉镇东五井子嘎查党支部书记刘金锁。两个人都是来领奖的，但奇怪的是，他们好像都没把自己当成获奖者，因为他们知道，来领奖的都是人中翘楚，都有两把刷子，因此，他们的眼睛在众人中寻找，想找到有缘人，拜见真菩萨，取得可以为己所用的真经。

李士强为人豁达豪放，喜欢广交朋友，一向都有好人缘，会议期间，在一次小型聚会上，李士强与刘金锁相遇了。草原汉子善饮，李士强的酒量也不差，何况"人逢知己千杯少"，聊得很投缘，两个人很快就成了无话不谈的好朋友。在刘金锁的一再邀请下，李士强来到了美丽的内蒙古大草原。

"天苍苍，野茫茫，风吹草低见牛羊"，李士强在小学课本里学过这首古诗，但身临其境，他还是第一次。在辽阔的科尔沁大草原，呼吸着湿润而纯净的空气，喝着醇香浓烈的马奶酒，吃着大块的牛腱肉，看着草原上成群的牛羊如吉祥云朵在蓝天碧草间出没，李士强敏锐地看到，属于李寨的商机来了。

来自天然牧场的草原牛，作为优质品牌，肯定能得到华东消费者的青睐，而李寨，正处在从北到南的连接点上。如果能引进来自草原的幼牛，在李寨养大育肥，可随时向黄淮平原地区输送优质鲜活的牛肉产品，一定有广阔的市场。李士强眼前一亮，向刘金锁和盘托出了自己的想法。

热情好客的刘金锁会心地笑了，说："老哥哥啊，你以为我只是请你来大草原观景啊？我也是给我的牛羊们找婆家呢。你那里有市场,有销路,我这里有货源,咱强强联手,一定能做一篇大文章!"

为了李士强的重托,刘金锁来到慢悠悠吃草的牛群里,伯乐相牛,观观毛色,摸摸牛腱,掰开牛嘴看看牙口,精挑细选出体格好、牛龄适宜的牛犊儿。小牛犊儿们看着眼前这个熟悉人,很亲切地用鼻子吻着他的手。一头头良种肉牛被选拔出栏,它们年龄在一岁半左右,500斤上下,毛色油亮,两角青涩,正到了快速满膘的茬口,呈现出将要开个儿的长势,预示着从牛犊儿到育肥牛的蜕变,马上就到了建功立业的时候。

对这群要远赴中原的宝贝,刘金锁拍拍它们的脑门,笑道:"马上要去广袤的大中原了,带上咱草原牛的气势,也带上咱草原人的情谊,让河南的乡亲们好好见识一下你们的本领!"牛犊儿们撒欢跳跃,发出兴奋的哞哞的叫声。

刘金锁忙得满头大汗,李士强的电话打了进来,询问选牛的进展情况。刘金锁哈哈大笑地说:"你老哥哥安排的事儿,我必当竭尽全力。我们两个村支书是兄弟,两个村子也是'亲戚',事关乡村振兴,关系着老少爷儿们共同富裕,我们的牛阵,也会为你们添一把蛮力的。"

李士强说:"兄弟啊,光有蛮力可不行。这养牛,说来说去是个技术活,没有现成的熟手,这么多牛儿有个头疼脑热的怎么办?你不能把牛送来就撒手不管了啊。"

他拜托刘金锁一定给牛犊儿们找个"保姆"——一位满腹牛经的技术员。

刘金锁想起了自己一个远房亲戚王全英,那可是草原上一顶一的养牛高手,就把他推荐给了李士强。

刘金锁一说李士强,王全英高兴地笑了,说:"这人我认识,那不是在电视上和你一块领'脱贫攻坚奖'的李书记吗?咱的牛儿能在中原大地茁壮生长、繁衍生息,也是一件大好事,能跟李书记交朋友,很荣幸啊,我去!"

李士强得知技术员是刘金锁的亲戚,自然很是放心。他跟刘金锁说,科技是第一生产力,技术员是我们的贵客,放心,我们绝对按最高的礼节对待,全方位照顾好王家兄弟的生活。

为了让远道而来的牛儿们住得舒适,在中原腹地的李寨村头,数天之间,建起了4座现代化的养殖棚,这里是牛儿们的新家。粗硕的钢柱搭起蓝色的顶棚,在深邃的天空闪着希望的光泽。养殖棚完全不用围挡,阳光从地平线上洒下道道金线,而棚内新鲜的软土可以让牛儿们徜徉,周边绿油油的麦田吹拂来清新的空气,沙颍河哗啦啦地欢唱,乡野清新而鲜亮,牛儿享受着田园牧场的生活。

从主干道到养牛场,平坦的水泥路可并行货车,新栽的矢车菊摇曳多姿,大型粉碎机全自动配料,整洁的青贮池填料齐备,一切都是牛儿喜欢的模样。李士强查看了一遍,再查看一遍,与大家认真揣摩每一个细节,务求做到尽善尽美。现代化的设备顺利入驻,犊牛饲喂设备、定位饲喂系统、悬挂式饲喂系统、传送带式饲喂系统、粪污清理设备、粪污处理设备等。其中犊牛饲喂设备可以实现自动清洗、自动消毒、自动疾病监测和联网警报通知等功能。

万事俱备,只等"贵客入驻"了。

对李寨的绿色循环农业来说,养牛场构成了关键的一环——牛儿用青草及玉米、豆粕、麸皮饲喂,依然保留草原牛最纯粹的精华;而李寨茂盛鲜嫩的青草,清纯甘醇的碧水,来自粮食核心产区的营养,也肯定不会辜负草原人、草原牛的希望。

为了把养牛作为一项产业快速发展起来,李士强选聘了河南大学高才生单亚洲担任"千头牛场"合作社的负责人。这个年轻人跟着李士强在亿星集团已打拼多年,有着丰富的管理经验,做事细致入微,管理认真负责,是把干事创业的好手。

带着李士强的重托,单亚洲带队远赴内蒙古大草原。大家来不及休息,就直奔选牛场,与刘金锁一道,对接犍牛筛选、购买、运输等事宜,他们心中都充满了热情,彻夜工作也丝毫不觉得疲累。

牛儿们哞哞欢叫,对远方神奇的中原大地充满了好奇。新家的一切都准备就绪,它们就要踏上新征程了。

李士强打来了电话,嘱咐单亚洲说:"王技术员是贵客,这么远的旅程,可不能坐经济舱,一定要给人家买商务舱;还要提前告知我航班的准确到达时间,我再忙,都要去接机。人才是宝贝,人才就是生产力,对待技术人才,咱就要厚爱。"

王全英听后说:"李书记真是客气了。什么经济舱商务舱,只要能赶到就行,我们李寨见。"

刘金锁笑着说:"李书记,我知道你是个真诚厚道的人。对王家兄弟,你不用太费心,你只管伺候好咱那些宝贝牛儿,就算对得起老朋友了。"

飞机从北国的天空呼啸向南,带着内蒙古大草原的热情,养牛技术员王全英出发了。舷窗外已经是繁星满天,地上的灯火和天上的繁星交相辉映,王全英俯瞰祖国锦绣大地,到处一片祥和富饶。飞机穿越广袤的华北大平原,顷刻间就来到了磅礴奔腾的黄河之滨,国家中心城市郑州敞开温暖的怀抱,欢迎这位来自远方草原的客人。

那天,李士强刚刚出差回来,在村里转了一圈,处理了一些要紧的事宜,看看手表,离飞机到港的时间已经差不多了。他饭也没顾得吃上一口,决定立即出发,去新郑机场迎接王全英。

司机心疼他,忍不住劝说:"你已经来回奔波好几天了,回来连口气都没喘匀,就别亲自去接机了。我自己去接回来就妥了,何必跟着颠簸呢?"

李士强坚决果断地说:"这位王技术员可是个人才,是宝贝,是咱'千头牛场'的顶梁柱。人家远道而来,一定要让人感受到李寨的热情。我不去,在家坐着更难受,快走吧。"

轿车两柱炽亮的灯光,划开豫皖边界漆黑的夜幕,从沈丘上宁洛高速,再转京港澳高速,直奔新郑机场。毕竟上了岁数,又劳累了一天,一股困意袭来,李士强在车上沉沉睡去。司机知道李士强有多累,他天天跟着李士强,亲眼看着这位昔日的董事长、如今的李书记把全部的心血都倾注在村里,白天黑夜连轴转,废寝忘食成了家常便饭,常常到凌晨以后才能睡觉。司机把稳方向盘,尽量让车子开得平稳一些,好让李士强睡得安稳一些……

夜里十一点多,王全英一出机场,就看到了神采奕奕的李士强,两个人热烈拥抱,亲切握手。

王全英见李士强亲自接机,感动地说:"李书记,这么晚,您还亲自来接我,太谢谢您了!"

李士强说:"你可是我们请来的农业科技人员,不远千里来支援我们,我肯定要迎接你啊。你来了,我们的肉牛养殖场就更有底气了。"

来到村里,王全英立即受到"贵宾"待遇——新被褥,新铺盖,整洁的房间温馨备至,配备了大屏彩电、洗衣机、冰箱。

李寨养牛厂一期全貌

牛场一角

李士强怕他吃不习惯当地的饭菜,专门为其开设小灶,让厨师为他做出更符合草原人习惯的饮食。

王全英被浓烈的热情包围,有一种宾至如归的感觉,他暗自下定决心,决不辜负刘金锁书记的重托,更不能辜负李士强和李寨乡亲们的期望,拿出自己的真本事,为中原乡村振兴贡献出自己的力量。

技术员前脚刚到,牛儿们也乘坐着围栏货车,从"天苍苍、野茫茫"的大草原,一路风驰电掣向南,来到了沃野千里、麦浪翻滚的豫东大平原。中原的风,少了刚烈苍劲,多了甜润温柔;同样是一马平川,同样是青青牧草,它们却多了一个现代化的"新家",一下车就扬蹄撒欢,对"新家"的喜欢,融化在此起彼伏的欢叫里。

单亚洲他们早已经为它们准备了鲜嫩的青草,并且成筐成笼地都淘洗干净,牛儿立即开启了饕餮盛宴。

中原气候温和湿润,处处景色宜人,果然是一块风水宝地。王全英走进蔚为壮观的养殖大棚,闻到了熟悉的味道,看到牛儿们也是活蹦乱跳,一副悠然自得的模样。

管吃管住,月薪一万元,王全英的工作热情十分高涨。李士强还给他配了几个年轻人作为助手,特别叮嘱牛场负责人单亚洲:"王老师在这里,你们都勤快些,不但要虚心,更要用心,等你们都学到了真本事,你们也当技术员,也顿顿吃肉。"

单亚洲牢牢记下了李书记的嘱咐,天天跟在王全英后边,用心看,虚心问,潜心学,不仅熟悉了养牛的全套技术,连牛儿的育肥、选购、深加工等,也摸得一清二楚。那几个年轻人一样聪明好学,不到半年时间,王技术员的"家底"就让他们掏空了,他们还根据中原的气候、植物特点,结合市场所需,摸索了很多新技术,为草原牛更好、更快、更健康地成长,创造了更加优越的条件。

不仅是单亚洲他们这些年轻人,就连李士强也学得格外认真。别看他日理万机,忙得不可开交,可他对牛场特别上心,不仅对各个环节都了如指掌,更是对养牛这项产业有着高屋建瓴的构想。其实,何止是这个养牛场,村里的每一个产业,他都摸得透透彻彻,一说就掐到点子上,一干就落到紧要处。不管是哪个环节遇到困难和问题,他一出手就能抓住要害,迅速处理到位。

村民们常说:"李书记真是神了!"

村支部副书记李鹏辉告诉我:"李书记'神了'的背后,是他长期坚持学习和默默付出,无论做任何事,他都是踏踏实实,从不投机取巧。李书记最喜欢毛主席那句话——世界上怕就怕'认真'二字,共产党就最讲认真。"

四

　　从草原引进到李寨的这批"架子牛",属西门塔尔优质品种,魁梧高大,体格健壮,当时尚待进入生长期,也正是长个儿上膘的"黄金期"。进入清爽舒适的现代化养殖场,四处飘来饲料的馨香,那精心配制的饲料给牛儿们的成长提供了充分的营养。

　　李士强带着乡亲们围拢在它们身边,看技术员用刷子给牛儿们清洁身子。抖落千里风尘,皮毛立即呈现出黄里透红的鲜亮,那铜铃般的牛眼骨碌碌乱转,感知了李寨人的善意,亲切地回应一声"哞——",摇头摆尾地将头埋进草料里。

　　也有一头小牛犯了倔脾气,把一个村民的好心当成了"驴肝肺",刚一挨身就支棱起牛角,喷着响鼻,尥起了蹶子,摆出了一副决斗的架子,对"挠痒痒"根本不领情,误认为是攻击。嘁,还真有点牛脾气呢!

　　"来,我来试试。"李士强接过专用刷子,轻轻地拍了拍小牛儿的肩膀,那头小牛儿顿时安静下来。这时,李士强先用刷子去挠它的后背,等小牛儿慢慢地适应了,才由点到面,为它清刷全身。小牛儿好像感知了李士强的善意,刚才的倔脾气荡然无存,欢快地摇尾晃脑,一副惬意舒适的模样。

　　在大家的喝彩声中,李士强笑道:"我小时候放过牛。都说顺毛驴,其实也有顺毛牛。这给牛刷毛,不能戗茬,要顺着牛脾气,跟它做好朋友,牛儿也能听人的话。"

　　这样的刷毛,每天都要进行两次。牛儿在宽阔的运动场上逍遥自在,温暖的阳光透过高大的牛棚斜射下来,成为牛儿们最喜好的"日光浴"。刷毛可以保持牛体清洁卫生,又能促进牛儿们皮肤新陈代谢和血液循环,那牛儿皮毛油光滑亮,采食量大增。

　　宽大的饲养棚与田野连为一体,使这些牛儿们成为名副其实的"溜达牛"，这些青草都是身为"股东"的李寨乡亲为牛儿们奉送的最鲜美的滋味，成为牛儿们尽情享受的"盛宴"。得到李寨人精心的照顾，牛儿们升膘增肉迅速，身体很快壮实起来，膘肥体壮自然指日可待。

每头牛都有自己的代号，用以标识它们的身份，根据它们不同的生长情况，单亚洲他们分门别类地建立了饲养档案，进行精细化、信息化管理，在不同的生长环节、不同的关键节点都遵循纯天然喂养，全程科学管理。饲料投喂就在嘴边，牛儿们静静地吃草；汩汩的甘泉流淌而来，咕咚咕咚地沁入肺腑；先草后料，料足饮水，吃饱喝足，还要定期进行保健、驱虫；特别是对那些怀孕的牛，通过机器扫描可以及时地甄别出来，这些"准妈妈"会得到加倍的精心呵护。

李士强告诉我，科学管理在养牛场贯穿始终，其中的诀窍是"五定"：定人、定时、定量、定期称质量、定时刷拭。"五看"：看采食、看饮水、看反刍、看粪尿、看精神。"五净"：草料净、饮水净、饲槽净、圈舍净、牛体净。"三观察"：观察牛的精神、观察牛的食欲、观察牛的粪便。

对于牛儿们的饮食，讲究真材实料，采用绿色原生态饲料，吃得好才能长得快。青饲料都是应季的鲜嫩可口的植物；精饲料中的粗粮、细粮都是李寨本地所产，经过精挑细选、研磨、搭配，具备充足的维生素、微量元素。

牛儿们排出的粪便，每天都要及时清理，送到不远处的发酵池，经过一定时间的微生物发酵，就成了天然有机肥料，再施回广袤的李寨农田，为有机农作物生长，提供了优质肥源。农田少了笔开支，餐桌多了层保障，味道多了份醇正。

养殖场初战告捷，还得益于畜牧专家的倾情相助。从中国农科院、省农科院到周口市农科院，经验丰富的畜牧专家都与李寨村建立了紧密联系，微信或电话连线，让牛儿进入他们的视野，远程问诊或视频连线成为常态；发现隐患及时预警，有了险情即刻排除，为李寨的"千头牛场"加装了一道科学"防护网"。

"一定要重视科学，要多请教专家，"李士强经常对单亚洲他们讲，"专家

牛场一角

在科技前沿,你们是实际操作,大家要真心拜师,不懂就问。每一个细节问题,都要格外谨慎,决不能自以为是。"

如今,"千头牛场"展现出一派迷人的田园风光。温和的暖风徐徐吹送,摇曳的麦苗铺展无边青绿,宁静的家园如此祥和,牛儿们发出了"哞哞"的欢叫,晃动健硕的牛角,闪着铜铃般的眼睛,抖动一排排腱子肉,看起来它们的小日子过得不错!

很多牛的肚子已经大了起来,有小生命正在孕育,过些日子,活蹦乱跳的小牛犊,就会撒蹄飞奔而来。这些"牛二代"依然保留着草原的印记,它们看着李寨独特的风景,倏尔转着圈飞跑,透着"初生牛犊"的天真烂漫、活泼可爱,新家园舒适惬意,一派欣欣向荣。

仅此一项,就给李寨带来了3000多万元的收益,养殖场成了妥妥的"聚宝盆"。

2022年8月中旬,刘金锁从千里之遥的大草原给李士强打来电话,透露了一个价值连城的信息——内蒙古那边疫情缓解,管控刚刚放开,加上天气正热,"架子牛"集中上市,市场上数量充足,而且价格便宜。

李士强敏锐地觉察到这个窗口期,机会来了,时不我待,他当即带着选牛工作专班连夜飞赴内蒙古,果然"架子牛"物美价廉,此时入手恰逢其时。

选牛工作立即废寝忘食地进行。40度的高温炙烤,潮热一阵阵翻卷而来,却没有一个人叫苦叫累,连吃饭也是路边随便扒拉几口,旋即又投入工作。几天之后,377头"架子牛"短时间内汇聚,很快就踏上奔赴李寨的征程。

转眼到了秋天,地处高纬度的内蒙古草原受到西伯利亚寒流的影响,气温一下子降了下来。随着冷空气来袭,刘金锁传来消息,那边每头牛的价格已经上涨了500多元。李士强打个时间差,消息准,行动快,出手麻利,仅此一项,就节省了20多万元! 对市场的敏锐把握,是李士强多年历练的结果;而广交朋友让他融通四海,足不出户就能够眼观六路、耳听八方。

李寨的优质牛肉成为百姓餐桌上的畅销货,随着生活品质的提高,人民对生鲜牛肉的需求大幅提高。而李寨育肥的肉牛,既有大草原良种之优势,又得到了草料谷物纯天然喂养的高品质,杜绝添加剂,绿色生态,与大草原散养的肉牛毫无二致。

随着养牛场的蓬勃发展,牛肉深加工也被纳入李士强的思路,他的心里又有了新的规划。经过请教畜牧养殖专家,与村两委和农业公司反复研究,广泛征求群众的意见,决定继续扩大养牛场规模,养牛环形牧场提上了李寨发展的议事日程。

这就是李士强——发展集体经济,实现乡村振兴,他始终围绕开掘农业这个宝藏来做文章,瞄准市场,用科技助力,用合作社来化解风险,向群众请教"智慧",始终走的是"为了群众、依靠群众、发展成果由群众共享"的路子。这条路子,正是党和政府为民服务的根本宗旨。

把养殖棚升级为环形牧场,扩大后中间的空地成为牛的天然运动场,而四周遮风避雨的设施,既方便牛儿进食,又与大自然融为一体。

如今,李寨的环形牧场已经颇具规模,围着牛场转了一圈,数千头牛在绿色的农田边悠闲地生活。作为行家里手的李士强,是千头牛场的名副其实的"总指挥",他走进牛儿们中间,这边瞅瞅,那边看看。一边不停地向"牛王"单亚洲询问着什么。他问得仔细,看得认真,说话干脆果断,三言两语切中要害,而单亚洲都能给他满意的答案。这一老一少开心爽朗的笑声,洋溢在波光潋滟的沙颍河中。

"千军易得,一将难求",李士强对这个得力干将很欣赏。李寨发展,因为有李士强而华丽转身,又因单亚洲们而锦上添花。

五.

2018年,李士强在参加"全国脱贫攻坚表彰会"颁奖大会期间,晚饭时,有一道清蒸鱼吸引了他的注意。这种鱼体侧扁,背部隆起,腹圆,眼大,头尖,口大,下颌突前。他是在沙颍河边长大的,后来走南闯北,各种鱼见过不少,也吃过不少,却没有见过这种鱼,就取了一条放进了餐盘;尝了一口,只觉得脍炙人口,鲜美异常,回味无穷,不知不觉就把一条鱼吃完了;又发现这鱼刺少肉多,吃起来方便又过瘾。

正在这时,一个人走过来,在李士强身边坐下,问:"老兄,这鱼的味道如何? 给提提意见?"

李士强疑惑地望着眼前这个人,心想,这道菜该不会就是这人做的吧?

那人喷儿的一声笑了,说:"老兄别误会,这鱼不是我做的,却是我们养的。"

说着,递给李士强一张名片。

李士强看了,知道此人是广西澳益农业发展有限公司董事长潘健章,连忙站起来握手致意,说:"你就是潘董啊,久仰大名!"

潘健章说:"哪里啊,我这是徒有虚名。"

李士强说："你可不是徒有虚名,粤桂两省(区)贫困村创业致富带头人、佛山市南海区九江镇河清经济社第四党支部书记,我没说错吧?"

潘健章说:"您的大名也是如雷贯耳啊,我对您也是心仪已久了。"

两个人都是最基层的党支部书记,又都是带领乡亲们脱贫致富的带头人,同为躬耕"三农"、脱贫攻坚的楷模,这次表彰大会,李士强获得的是"奋进奖",潘健章获得的是"创新奖",不免"互粉"了一番,大有英雄相惜、相见恨晚之意,成了一见如故的"忘年交"。潘健章作为"全国脱贫攻坚先进个人""全国优秀共产党员",对李士强董事长下乡带领群众脱贫致富的事迹赞叹有加。而他的高效智能渔业,让正致力于李寨产业升级、农业循环的李士强感到眼前一亮。

重又坐下,李士强迫不及待地说:"你快跟我说说这鱼的来头。"

潘健章说:"这是鳜鱼,唐朝诗人张志和的著名诗句'西塞山前白鹭飞,桃花流水鳜鱼肥',说的就是这种鱼。我那里已经开始养殖了,是奥运会和国家重大会议指定的鱼类产品。"

李士强问:"这鱼好不好养?"

潘健章说:"怎么,老兄感兴趣了? 要不,有机会您去我那儿看看?"

李士强说:"好啊好啊,正想到你那里取经哩。"

在"全国脱贫攻坚表彰会"颁奖大会期间,李士强对潘健章已经有了较深的了解,作为粤桂两省(区)贫困村创业致富带头人培训基地主任,潘健章带动五万多贫困户实现高效渔业致富。随后李士强又三次到"澳益"考察,他看到这里的高效智能养鱼模式,是全国智能养鱼行业的标杆,创新了一个集约高效、智能养鱼新模式,并成为奥运会、冬奥会等重要赛事的鱼类产品供应商。李士强下决心"南鱼北养",引进这个项目,巩固脱贫攻坚成果,拓宽李寨乡村振兴的路子。

在村两委班子会和村民代表会议上,李士强面对面地给大家算了一笔账:我们拿出20亩地,投资2380万元,建设6栋温室养殖大棚,12套标准化陆地循环水养殖设备及配套设施,运用数字化微生态调控技术,全程智能化管理。项目建成后,一年两季"出鱼",年产值可达1600万元,年利润达400万元,直接安排就业15人,带动就业30~50人,带动年人均收入4万元左右,全体村民均可入股分红。最重要的,技术无忧,效益兜底。李士强这笔账刚刚算完,立刻得到了全体班子成员和与会村民代表的拥护。

于是,当场拍板立项。

2022年冬至已过,广东佛山还像秋天一样,艳阳高照,地处南海区的澳益全国智能养鱼基地,潘健章正全神贯注地观察着鱼苗生长。这时,从外面走进来一个人,带着北方严冬的寒意,带着中原的风尘,也带着满满的诚心和迫切的渴望——李士强第四次南下佛山求取"真经"来了。

李寨渔业公司奠基仪式

领导讲话

　　潘健章赶忙起身，握住李士强的手说："冲您这份真情，我今天得亲自下厨，为您做'松鼠鳜鱼'，接风洗尘。"

　　一道"松鼠鳜鱼"，吃得别有一番风味。鳜鱼与黄河鲤鱼、松江四鳃鲈鱼、兴凯湖大白鱼被誉为中国"四大淡水名鱼"。肉鲜嫩而刺少，肉紧实而味鲜美，是淡水鱼中的"珍品"，有滋阴壮阳、养颜美容、和胃健脾之良效。

　　调研和考察结硕果，强强联合手牵手。李士强与潘健章签订了合作协议——李寨鳜鱼养殖基地由广州澳益帮建托管，实行效益兜底的"保姆式服务"。李士强终于吃了"定心丸"，一回到李寨，就马不停蹄地落实。

　　这个项目得到了沈丘县委、县政府领导的高度重视、大力支持、高位推动，县委田书记批示成立项目工作专班，县人大常委会主任许四军抓总推进，县政府各局委、职能单位协同支持，通力为项目报备，用地、用水、用电纾困解难，加速推进项目开花结果。

鞭炮齐鸣,彩带飞舞,2023年11月20日,寄托着李寨乡亲们希望和期盼的工厂化循环水鳜鱼养殖基地,从南国入驻中原,在全国美丽乡村李寨奠基动工;与此同时,李寨渔业养殖公司也挂牌成立。各级领导盛装而来,为养殖基地和养殖公司剪彩揭幕。村民们欢聚一堂,喜气盈盈。

机械轰隆隆怒吼,高科技智能养鱼项目工地热火朝天。混凝土地坪平坦如砥,高质量的温棚钢架巍然屹立,饱含科技"细胞"的智能设备开始安装调试……李士强抓工作的拼劲上来了,倒排工期,挂图作战,争分夺秒地要给鳜鱼安好家,让这些宝贝来到李寨就有个温馨舒适的环境,吃饱喝足快长大,生成财富兴农家。

在工厂化循环水鳜鱼养殖基地开工建设的同时,村里选定了徐齐海、王鲁宇为技术员,当即奔赴佛山"跟班学习"。

智能渔业养殖,占地少,养殖密度大,产量高,品质优,风险低,带动强,节水节电,质量可追溯,污染零排放,鱼菜共生,变废为宝,是一条科技助农、产业突破的好路径。单套设备占地460~600平方米、仅需300立方米水体,平均每方水体养殖密度达70~80斤,单套产量相当于20亩传统鱼塘;平均每亩土地年产值可达80万元,利润可达20万元;项目生产的鳜鱼、皇帝鱼两种名贵品种鱼,每斤净利润保守估计在9元左右,每亩收益是传统种植业的上百倍,是非常科学的土地利用,是以设施农业、科技农业、生态循环农业打造高效农业的成功模式;是实现"南鱼北养"、丰富中原人民高品质生活的有效路径;是发展壮大集体经济、推进实现共同富裕的创效爆发点。

至于鳜鱼的市场前景,善于调研的李士强早已经做足了功课。他根据黄淮大市场信息库连续两年的跟踪,发现鳜鱼价格最高每斤85元,最低也在35元,市场供不应求。

　　西塞山前白鹭飞,
　　桃花流水鳜鱼肥。
　　青箬笠,绿蓑衣,

斜风细雨不须归……

　　皂沟河穿村而过，李士强站在皂沟河边，脑海里萦绕着唐代诗人张志和的七言绝句，谁能想到有这么一天，李寨会与肥美的鳜鱼来一次跨越时空的约会啊。他的目光早就掠过李寨村，看到了未来广阔的发展前景。

　　智能渔业养殖基地的示范引领作用，必将"做优一个产业、引领一方经济、带富一方百姓"，打造中原农区"乡村产业振兴样板村"。把李寨这个点建好，无偿地向广大农区辐射开来，供更多的乡村借鉴和复制，示范带动周边地区养殖业和现代农业快速发展，为当地经济和社会发展注入新活力，为发展好高效循环农业闯出一条新路子。

微信扫码
·对话李士强
·解码"亿元村"
·聚焦新农人
·数说新"三农"

第八章　栽起梧桐树，引来金凤凰

一

　　李士强回乡，在李寨产生了人才回流、"凤凰归巢"的效应，那些在外务工、有所成就的李寨人，纷纷返乡，义无反顾地投入反哺故乡再创业的热潮之中。他们说："人家李书记那么大的董事长，都能放下自己的生意回村当支书，带领全村人共同富裕，咱们也回去，也要为李寨的发展添块砖加片瓦。何况，在家门口创业，自己一亩三分地，啥事都好办，不信找不到'聚宝盆'。"

　　李平亮一直在山西做包工头，他凭借自己的忠厚踏实、勤劳智慧，在业界闯出了名头、打出了一片天地。当他听说李士强回村当了支书，除了钦佩，更燃起了回到村里助李士强一臂之力的热情。当他风尘仆仆地从山西赶回来，找到李士强时，两位儿时的玩伴双手紧紧地握到了一起，万语千言在坚定的目光中交汇。

　　李士强打趣地说："你这个带工老板，不年不节地咋回来

引导本村大学生和创业能人回村发展

了？是不是也想回村创业了？"

李平亮坚定地说："你这么大的董事长都能回村，更别说我就是一个打工的了。我也想扎根李寨，跟着你干一番事业。咋样，不会嫌弃我吧？"

李士强说："瞧你这话说的，打虎亲兄弟，上阵父子兵，我巴不得你回来并肩作战哩。"

李平亮笑了，说："说实在话，外出这么多年，背井离乡的，在外干什么都不容易。外面再富也是人家的，咱也就是个客。回来跟着你干，心里踏实。我就不信，咱祖辈生息繁衍的福地，还刨不出个金疙瘩？"

李士强说："这万事开头难，你想好没有，干点啥？"

李平亮说："我计划好了，准备搞大棚种菜。老话说，一亩园十亩田。搞好了，比累死累活当个小包工头美气。"

"看来，你是胸有成竹了。"李士强笑道，"搞特色种植，从小到大，摸索经验，逐步形成优势产业，这思路不赖。你放手干吧，我支持你!"

李士强深知，李平亮是村里的能人，能吃苦，肯下力，脑袋瓜特别灵活。能回村搞高效种植，这正契合自己的发展特色种植产业的想法。一个李平亮，就是最好的"星星之火"，示范和标杆的作用，比行政命令效果更显著。

传统的小麦、玉米轮作，就是个"糊口"经济，一年忙到头，赚的钱实在是杯水车薪，也就是混个肚子圆。李平亮的架子撑起来了，145亩"试验田"生机盎然:绿豆喷绿滴翠，大豆破土绽碧，花生嫩叶娇蕊，谷子鹅黄妩媚，芝麻白花盈枝，红薯藤蔓旺盛，玉米排兵布阵，高粱红顶飞花……好壮观的一块杂粮田!

可谁能想到，干了不到一年，李平亮哭丧着脸找到李士强诉起苦来:"这农业活儿可真是不好干啊，看来，我还是去干包工头吧……"

李士强忙问怎么回事。

李平亮说:"我汗珠子摔八瓣，到头来赔了个精光，实在是撑不下去了。摸不透行情，看不清行市啊，心血煎熬种出来的农作物，价钱从天上跌到地下，血本无归，还赔了4万元。伤透了心啦。"

"你别急，咱去你地里看看。"李士强拉起李平亮就走。

到了李平亮的杂粮实验田，李士强一边在地里转悠，一边向李平亮刨根问底，很快就弄清了事情的原委——谷子无人收购，也无法进行深加工;虫灾突袭导致高粱蛀眼，难以出售;玉米因缺优质良种，产量不高，入不敷出;大豆、绿豆、花生等作物，品质不符合要求，收购商也不愿意要……

"平亮呀，你也是走南闯北、见多识广的人，怎么还是传统的农业种植思路啊? 没有优良品种，管理也不到位，更缺少市场调查，你这弄法还能不赔个底儿掉?"李士强惋惜地摊开双手。

"原想着庄稼活儿不用学，人家咋着咱咋着，谁知道庄稼活儿水也这么深啊……"李平亮有些无奈，"还真不如当我那包工头省心。"

"怎么? 这就打退堂鼓了?"李士强看着他一脸沮丧的模样，笑着说，

"唉,也怪我太忙了,对你的事过问得太少了。不要怨天尤人,干啥没有风险,摸索就会有代价,道路是曲折的,前途是光明的。我感觉,咱得总结一下经验教训,好的发扬,错的改进,继续干,哪里跌倒就从哪里爬起来嘛。"

"干,我有的是力气,出力咱不怕,可这些年攒下的钱都赔光了,腰里冰凉,没本何以求利?"李平亮沮丧地说。

李士强笑道:"资金的事你不用操心,咱公司给你投入,赚了是你的,赔了算我的。但仅是不怕出力可不行,吃了这次教训,再干,心里有数没? 我们还是得立足于调整农业产业结构,瞄准'新、特、优',别人没的咱有,别人有的咱优,别人优的咱特,别人特的咱新,等别人新了咱就撤,更新换代。按这个思路,总能蹚出一条财路来。"

听了李士强这一番话,李平亮脑洞大开,他惭愧地说:"李书记呀,我一向都觉得自己还有点小聪明,可这个跟头栽的,最后还得让你来给我兜底。我要是再干不好,可真是对不起您了,放心,我就算撞到了南墙上,也要把南墙撞碎,闯出一条血路来。有您给我做坚强的后盾,我接着干。不过这一次,我有了新思路,建大棚,轮作8424西瓜,品名我都想好了,'梦里甜'——在李寨会圆梦,干一番甜蜜的事业!"

"这就对了嘛,干啥事都没有一帆风顺的,只要肯动脑子肯下力,就没有干不成的事儿。"李士强说,"这办法好,一亩园十亩田。放心吧,你放手去干,我一定帮你帮到底。还是那句话,赚了是你的,赔了我兜底。你算一下,大概得多大投资,我好给你准备资金。"

第二天,李平亮就把投资金额算出来了。他找到李士强,有些犹豫地说:"这次……投资太大了,建100个大棚,加上种子、农药、肥料等成本,咋也得20多万元,我眼下两手空空,就是找亲戚朋友借借磨磨,大概能凑个10来万元,还有10万元缺口……"

李士强没等李平亮说完,就打断了他,说:"剩下10万元,亿星给你出。你放心大胆地闯,我觉得大棚西瓜选优良品种,打时间差,价格、销量都不成问题。"

李平亮喉头一热,哽咽道:"我的老哥哥啊……"

人误地一时,地误人一年,季节不等人,在李士强的关怀下,建设大棚的资金很快就到位了,李平亮加速大棚建设。不久,李寨村头便出现了近百个现代化大棚。李平亮以超乎寻常的干劲,催生出了一方茁壮的幼苗。有了四季如春的全方位温暖关爱,幼苗很快伸展开攀爬的藤蔓,枝丫间开出了嫩黄的金花,孕育出一枚枚碧玉般晶莹剔透的嫩果。李平亮像照顾婴儿一样精心照顾着它们,温度、湿度、阳光、肥料……生怕它们受到一丁点委屈。

在李平亮忙碌的日子里,李士强也经常光顾他的西瓜大棚,帮他浇水施肥,打杈疏果,还时常请来专家,给予技术指导。李士强成了李平亮的靠山,成了他的胆、他的主心骨!

转眼间到了初夏,那些西瓜一天天长大,终于上市了。

"如果没有士强哥的扶持,我咋能爬起来啊!"李平亮逢人就说。这个憨厚朴实的农民,用骨子里的倔强和智慧,在专家的指导下,西瓜终于喜获丰收,让大棚变成了发家致富的"聚宝盆"。

这时候,一位朝气蓬勃、血气方刚的年轻人,进入李士强的视线。这个小伙子叫李鹏辉,2012年考入重点大学,是个品学兼优的高才生。

与大多数年轻人一样,李鹏辉的青春也被大城市承载。2014年暑假,李鹏辉奔赴上海,与朋友联手创办了物流专线。大都市带来的人流、物流,加上小伙儿的和善真诚,聪明能干,事业发展得风生水起。他打心眼里喜欢上了上海这个经济中心,他打算毕业后就来上海,这个广阔舞台,足以放飞他彩色的梦想。

然而,一次回乡的机会,李鹏辉听说了李士强回村带领李寨乡亲们创业的事情,一时间让他心绪难平。其实,可以说他是从小听着李士强的故事长大的,李士强的励志故事和对家乡人民的深情厚谊,让李鹏辉心中充满了崇敬和钦佩。而这些故事的讲述人,就是他的父亲李平亮。

回到李寨,李鹏辉看到村里的发展,更是惊诧得心荡神摇——多年止步不前的李寨村,童年里"面朝黄土背朝天"的乡亲们,随着李士强的回归,脱贫攻坚轰轰烈烈地开展起来,各项产业蓬勃开展,李寨村里村外都遍地生金。这才是新农村建设该有的模样啊!

而这时候,李鹏辉的父亲李平亮已经返回李寨,开始了二次创业,现代化种植初见成效。父亲跟他讲了回村后三起三落,而李士强不弃不离倾力相帮的事情,更让小伙子心生感动。再到暑假、寒假,李鹏辉的社会实践活动主动下沉到李寨村里,当起了吃苦下力的志愿者。能跟随在李书记身边,与他心中从小崇拜仰慕的英雄靠得如此之近,见到了小时耳熟能详的榜样,他的心里激情澎湃。李鹏辉仔细观察,父亲口中的楷模、身家数十亿的董事长,如今忙里忙外地处理村里的大事小情,待人和蔼可亲,办事雷厉风行,让他心里钦佩万分。

李士强欣赏年轻的李鹏辉,所以给他的担子压得特别重,写材料、跑腿、通知、协调,林林总总。一天下来腿都跑细了,往往也不见功,更没有任何收益。他有点怀念上海大都市的摩天大厦和熠熠生辉的霓虹灯了,难道自己就这么陷入这些琐碎的工作中了吗?但看到李书记每天都风里来雨里去,从来没有叫屈叫苦,党员、村干部,也没见谁迷茫彷徨,大家都劲头十足,斗志昂扬,自己一个年轻人,难道就不能扎根乡村放飞理想吗?

都市梦依然在心头萦绕,飞速运转的物流,会送来源源不断的财富,这些依然让李鹏辉怦然心动。但是再看看李寨,随着李书记的脚步,所有信息网络化时代元素具备,高铁、高速四通八达,头条、抖音也已普及,电商早已深入人心。李寨,生我养我的李寨,李书记在这里领衔奋进,自己把梦想钉在故土,也照样能开出娇艳的花儿!

忙碌而充实的工作中,李鹏辉成了李士强的"小跟班"。这是李士强刻意培养的第二梯队。着眼于李寨可持续发展,对年轻人"传帮带",放手让他们发挥聪明才智,是李士强的英明远见。

培养是全方位的,不但对李鹏辉,李士强还注重联络村里在外闯荡的所有年轻人,像在江浙做服装的王彩亮、做"唐三粉"加工的李坦,村委委员王小丽……

一大批德才兼备、博学广识的年轻人心悦诚服会聚到李士强麾下,李寨村凤凰返巢,群贤齐聚。年轻人就是不一样,思路、想法、格局都别具一格,成为站在时代前沿的弄潮儿,朝气蓬勃的李寨村宛如八九点钟的太阳,明媚而璀璨。

二

以李平亮的大棚种植为开端,李士强向散布在全国各地的李寨新乡贤们吹响了集结号。那些在商海打拼、卓有成就、眼界开阔的"弄潮儿",看到李书记从家乡发出了招贤令,纷纷应召,从各行各业奔赴家乡,齐聚李士强麾下,共同扛起了振兴李寨的大旗。

王彩亮一直从事服装加工业,他的加工厂主要设在苏杭地区,经过他多年的努力,工厂规模不断扩大,就业员工不断增多,业务面也在不断拓展,当雅鹿、史努比等名牌服装来料加工也收入囊中时,他感到现有的厂房和工人都不够了,产销两旺,扩大规模已箭在弦上,势在必行。但当地房租贵、用电难、用工更难,听说家乡在招贤纳士,他主动把电话打给了李士强。

其实,李士强也早就想到了王彩亮。不仅是因为这个"服装大王"有头脑、懂技术、善经营,李士强想的是如果引进王彩亮的服装加工产业链,那村民就可以在家门口就业了。

"彩亮呀,你的电话可真是一场及时雨,是不是想回乡创业了?"李士强在电话里问道。

"是呀,我正要扩大生产规模,想把新建的服装加工基地放在咱李寨,这样,工人好找,用电也方便,更重要的是,有你李书记给我当后台,我也可以甩开膀子大干啊。"到底是在外闯荡江湖的能人,王彩亮很会说话。

"我知道你给我戴高帽子哩,不过这顶高帽子我戴着舒服。你回来给家乡建设助力,我双手欢迎。"李士强高兴地说,随即又加上了砝码,"叫我说,你干脆把工厂都搬回来吧。这些日子我一直想着你呢，我给你粗略算了一笔账，别的不说，光是房租、水电、工人工资这三项，就能给你省下一大块。"

"要是这样就太好了。只是我这么多设备，这么多年培养的客户和销售渠道，一下子都撤回去，可能会有点困难……"王彩亮有点担心。他的担心不是没有道理的，要把生产基地迁回李寨，这么多的机器、材料、市场，岂能一朝而弃？所以他将纠结的肺腑之言，尽数倾诉给了李书记。

隔着电话，能听到那边机器轰鸣，人声鼎沸，李士强知道此时的王彩亮，正在车间里忙得不可开交，可见他事业正处于蒸蒸日上的时期。

这越发让李士强对王彩亮充满了信心，说："这个你完全可以放心。设备的事好说，不就是运输吗？要多少车我给你派多少车，营销我也替你考虑过了，苏杭那边是前站，不可丢，要稳固，李寨做后方，做基地，有保障。你把生产基地放在咱老家，把接单和营销放在江浙做前站，渠道照常畅通，销路自然不用愁。重心一下移，成本就下来了，岂不更好？两便利，两不误。"

李士强说得胸有成竹，三言两语，就化解了王彩亮心头的疙瘩，王彩亮不觉眼前一亮。思路决定出路，回李寨做加工基地，有得天独厚的优势，成本降低，省下的钱就是利润，这可是天大的好事。两难选择变成左右逢源，果然是听君一席话，胜读十年书。王彩亮闯荡江浙多年，深耕服装加工领域，名气在外，是国内外多个服装品牌的代加工者，他名气在外，事业在外，一个人也长年在外，多年来，家里老人年迈、孩子幼小，一直疏于照管，是他最大的牵挂。这下，终于两全其美了。

书记贴心贴肺的关爱、苦口婆心的劝说，加上言辞客气地请教，让他感受到了一家人的温暖。他当然知道李士强的事业比他的大得多，可书记能和他共商李寨的发展大计，这是何等的信任！他更知道李书记回村后，村里的产业蓬勃发展，家乡正发生着翻天覆地的变化，如果把自己的服装加工厂迁回到老家，不但占地、人员、成本等困扰自己多年的问题迎刃而解，更是为家乡建设增砖添瓦的大功德。

王彩亮的服装加工基地全盘迁了回来，李士强在李寨村西专门划拨了

扶贫车间

一块土地，为他建了华盛服装厂，李寨的适龄女工也像蜜蜂一样纷纷飞了回来。李寨的媳妇、姑娘心灵手巧，勤劳善良，服装做工精巧细致，不用刻意培训，就能上电动缝纫机灵巧操作了，那堆积如山的原料，在她们手中变戏法似的做出了精致成品。那一张张青春靓丽的笑脸上，洋溢着幸福的光彩，以往需要跋山涉水外出打工，如今数百人在门口就业，收入却稳稳当当。劳动的收获、幸福的喜悦，在媳妇姑娘们光彩照人的明眸上跳动。

车间里一派繁忙的景象，缝纫机排列，像旋转矩阵，发出轰隆隆欢快的声音，将一件件五颜六色的羽绒服吞吐出来；堆积起来的成品，由质检员仔细检查后，迅速打包装箱。眨眼工夫，村里的物流班线厢货车如约而至，把成品服装送往全国各地。

王彩亮说："建成这扶贫车间，多亏李书记多方协调，他大事小事都替我把心操了,我这是背靠大树好乘凉,回老家来,真是好啊!"

李士强却笑着说:"只要是有利于李寨发展的事儿,我都会不遗余力。你在商海冲浪,村里永远是你坚强的后盾!"

我走进扶贫车间,在一排繁忙的缝纫机前停了下来,询问姑娘们的感受。姑娘们流珠迸玉地告诉我:"这是大好事呀,我们不用出远门就能上班,天天活儿不断,一天收入二三百元,放到以前,想都不敢想呢。大家都是李寨人,上班用心干活儿,下班有说有笑,比出门打工强到天上去了。现在多好啊,赚钱,照顾老人,辅导孩子,三全其美。"

"李书记,我想好了,我要回村养猪!"

李寨村服装加工厂

　　2016年新年来到之际，一直在镇上做水暖生意的李建领，找到李士强，说出了自己的想法。眼看着各路英雄豪杰纷纷回到村里发展，他激动得茶饭不思，做出了人生最重要的抉择，回村创业，养猪！

　　"养猪是好事，我肯定大力支持。只是，这养殖业风险大，最关键的是技术，你有把握吗?"李士强问道。

　　"我以前就干过养殖，技术有保障，整套流程我都熟。其实，我早就想回来了，在家门口创业多好。有您给咱掌舵，咱李寨日新月异，发展养猪产业正当其时，我也不能落在后面啊。"李建领说得很有把握。

　　"那好，咱李寨村就需要你们这些敢打敢拼的年轻人，你们只管往前冲，村支部就是你们坚强的后盾。"李士强表现出极大的欣赏。

帮扶村民搞养殖

"李书记,规划我是有了,现在最大的困难是……"李建领有些犹豫。

"有什么困难你但说无妨,只要我能帮忙的,绝无二话。"李士强干脆利索。

"我算过了,这个养猪场建起来,至少得30万元本钱,我一时筹措无着落,您看能不能帮帮我?"李建领的眼睛里充满了期待。

"没问题。"李士强毫不犹豫,一言九鼎,"那就让亿星集团给你作担保,我给你申请30万元助农无息贷款。只要干好事、干正事,咱村里绝对大力支持,希望你不要辜负脚下的这片热土。"

李建领喉头一热:"李书记,真是太感谢您了……"

有本好求利,资金很快到位,一串鞭炮炸开火红的欢笑,李建领的养猪场在早春开工建设了。

李士强专门找到李建领,叮嘱他说:"一定要注意品质,以优质品种冲市场,才有生命力,绝对不能短视。"

猪舍很快建起来了,猪娃们有了充足的空间奔跑,活蹦乱跳,嗷嗷叫着在"新家"里撒欢,"走地猪"身强体健;猪饲料配比,突出了绿色优质,用的是李寨大田里生产的豆粕、玉米,猪们吃的是绿色食品,营养丰富,喝的是清冽冽的深泉水,一个个长势良好;猪肉品质自然优质上乘,也更得销售商青睐;猪粪被发酵风干后做肥料,种植大棚和梨园都求之不得,养猪业成为绿色循环的重要一环。

以李建领的养猪场为基础,明发养猪合作社成立了,养殖技术也日渐成熟,从最初的100头,很快扩大到600多头,上千头规模指日可待。李士强并没有撒手不管,他牢记当初对李建领的承诺,主动上门排忧解难,无微不至地"保姆式"服务。

2018年8月份,眼看300多头成品猪就要出栏,市场行情风云突变,价钱不但大幅下跌,大宗销路还十分难找。李建领急得寝食难安,找到李士强,说明了他面临的困境。李士强二话不说,给淮阳屠宰厂的朋友联系,所有出栏的成品猪一下子全部销完。

　　李建领的妻子李彩丽为了感谢李士强对他们的支持和关怀,对丈夫说:"建领,咱这批猪养成了,给李书记送一头吧。人家帮咱这么大的忙,送头猪表表咱的心意。"

　　李建领觉得妻子这主意不错,但他不好意思跟李书记明说,就找到村副书记李鹏辉说了自己的想法。李鹏辉斩钉截铁地说:"你可千万别瞎想,李书记对村委啥要求、党性原则有多强,你不知道吗? 不拿群众和公家一针一线,这可不是嘴上说说。你要敢去跟李书记提这事,他必定劈头盖脸熊你。把猪养好了,把养猪合作社经营好了,能带动一些群众致富,就是对李书记最大的回报,他比啥都高兴。"

　　采访中,李建领告诉我:"李书记就是我们李寨的大家长,他一天得有多少事儿,但他总是不厌其烦,倾其所有,无私奉献,从没有半点私心。"

　　随着李寨村各项事业的蓬勃发展,需要更多的人才来支撑这座日益崛起的大厦。培养人才、留住人才,特别是吸引那些有知识、有文化、矢志扎根乡村的年轻人归根还巢,成为李士强心头经常琢磨的要事。

　　李士强做事,最大的特点是善于博采众议。对于所有的方案、想法、措施,他不但征求有关领导、专家的意见,还要向群众请教,开党员大会,村两委广开言路,更乐意礼贤下士,征求年轻人的意见想法。他知道,青年人的超前思维代表着未来的方向,青春如浪花奔涌,很得李士强的赏识。他常说:"雏凤清于老凤声,青出于蓝而胜于蓝,年轻人不可小觑,李寨的未来,说到底需要你们继往开来。"

　　梨花一枝春带雨,随着春姑娘悄悄到来,村里的梨园一夜间花开如雪。慕名前来的游客们一窝蜂地跑进梨园,看花蕊在春风中绽放,梨树仙子在大

李寨村梨园基地

平原上翩翩起舞。一时间，"李寨梨花"成为网红打卡地，人们飞奔而来，在花丛间徜徉放歌。

我随李士强漫步梨树林，一棵棵梨树张开粗硕的果枝，饱绽着芬芳的花朵，花瓣洁白如玉，环抱着细绒花蕊。风一吹，一树梨花飘，宛若仙女下凡舞动着水袖，一颦一笑间投射着柔情蜜意，花香扑鼻，令人流连忘返。

李士强欣喜地告诉我，这是来自中国农科院的新优特品种，叫秋月梨，成果色泽鲜艳，果形光滑美观，果皮乳黄，肉色纯白，口感脆甜多汁，是梨中极品。秋月梨属于晚熟品种，赶在双节前上市，是走亲访友的上乘佳果。

见李书记来了，梨园负责人房名扬一路小跑而来。看他皮肤黝黑，但脸庞却略显稚嫩。问了，才知道他是农业大学科班出身,对农业特别是梨树种植造诣颇深,待人接物像谦谦君子,说起果树来头头是道,井井有条,连老当益壮的技术员苏勇对这位年轻搭档也赞赏有加。

苏勇50来岁,刚过知天命之年,赤红脸庞浸润着田野的风霜,手里拿着明晃晃的高枝剪正在给果树剪枝。旁边村民告诉我,苏勇是远近闻名的"一把剪",房名扬刚刚来到梨园时,苏勇对这个稚嫩的房技术员是不屑一顾的,头一年剪枝,二人就起了争执——

苏勇剪枝,剪小留大,剪高留低;而房名扬却完全不按照老套路,明明很粗硕的枝条,咔嚓咔嚓几下就剪掉了,说是预留造型更高产。

"我剪树多少年了,闭眼我也能摸出果枝。十里八村,你打听打听,我的技术可不是吹的,要你来给我指导?"苏勇当仁不让。

房名扬并没有生气,笑道:"苏老师,你的剪枝技术真的很好,可你那都是老传统了。我跟着老教授们学了这么久,都是最前沿的技术,咱得相信科技不是?"

苏勇固执己见:"我这技术也是老师傅传的,一二十年了,年年花开果熟,还能错了? 你还年轻,不能光在学校里啃书本,技术要落到实践上。经验来源于实战,不能学赵括,纸上谈兵头头是道,一到实战全军覆没。"

知识与经验,科技与传统,理论与实践,这争执成了针尖对麦芒,二人谁也说服不了谁,矛盾似乎不可调和。苏勇是"老把式",深得村民信任;房名扬是大学生,深得果树专家的真传。这争执一起,就有群众跟着起哄,说眼见为实,你们两个各剪一半,到明年看谁的果树产量高,这一试不就分出高下了吗?

然而,牵扯到四五万棵梨树,耽误了就是一年,这可不能试。不可调和的争执就闹到了李士强那里。

李士强带着乡亲们来到果园,他认真地听,仔细地看,两人的观点在不断碰撞。春风缭绕在梨园里,一片浩荡,鸟儿们也在头顶穿梭,站在枝头看热闹。李士强笑道:"这事简单,专业的事,还是要找专业的人。咱弄不懂,就请魏教授，人家那可是权威。"

一通电话打到了农业大学，双方有争执也就统一了。既然是新品种，就得相信新技术。苏勇虽然是个"好把式"，就算当时没法苟同，可出于对专家的尊敬，也出于对李士强书记的信任，立即顺从地调整了思路，心里却想，那就让结果说话吧。大家也愉快地投入工作中，李寨的梨园，有权威专家保驾护航，高产量、高品质也就有了保障。

硕果累累的季节，苏勇和乡亲们来到梨园，看着黄澄澄又大又甜的果实，嘀，新科技，新技术，坐果率果真是又高又好又优，老办法终究还是落伍了。心里粗略一算，这片梨园得多拉半火车！兴奋之情溢于言表。这里既有对李士强及果树专家的钦佩，更有对年轻人房名扬的点赞。看来，农业大学高才生这墨水不是白喝的，年轻人技高一筹，科学剪枝更高产，所有人都心服口服了。

时代在发展，技术在革新，连种果树也应该与时俱进啊。大家吃着谈论着，思绪迈进繁荣昌盛的新时代。

作为梨园产业合作社的负责人，年轻的房名扬已经是业内的行家里手，他成功的诀窍就是勤奋好学。他带人去安徽砀山、宁陵酥梨等名优梨产地学习交流，得到了很多秘籍真传，并带出了一批技术骨干，其中就包括老把式、又掌握新技术的苏勇。书本上学的，有高度，李寨梨园的实践，最终证明科学技术是第一生产力。

秋月梨上市，时机也正赶在双节，市场行情火爆，他们利用"古李寨"品牌系列，制作礼品盒，有机绿色无公害品质，自然成了畅销品。

采访中再次来到梨园，500亩梨园即将进入盛果期，春来梨花闹枝头，秋来硕果醉人间。李书记向我介绍，中国农科院、河南农科院梨树优质品种——这是秋月梨，这是红香酥，这是玉露……他如数家珍，满眼充满了绵绵爱意。

房名扬自豪地说："我扎根李寨，跟着李书记干，觉得心里很踏实。新农村建设，从脱贫攻坚到乡村振兴，一步步地走来，很有成就感。将来我们还要办梨花节、采摘节,还要熬梨膏,做罐头,再深加工成冰糖红梨茶……我们的梨园,一定会成为李寨最美的景点!"

<h1 style="text-align:center">四</h1>

"来,尝尝,这是咱李寨黑土地出产的优质红薯。别的地方,你可吃不到。"李书记笑眯眯地把一块红薯递给我。

一块冒着热气的煮红薯,天生有着大自然馈赠的经典红。常年生活在城市,我还真是个"红薯控"。香喷喷的味道勾起了我的馋虫,干面软糯的口感,令人不能自持,我立即忘却了矜持,狼吞虎咽地吃起来。

说实话,我吃过的红薯不少,但这里的蒸红薯,果然是薯中极品,来自乡村的柴火灶,好像别有一番香甜滋味。李书

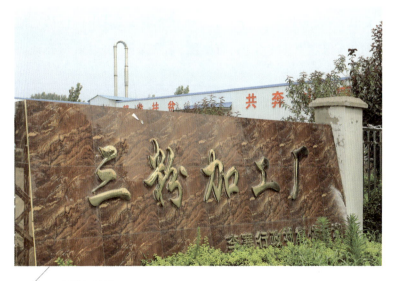

三粉加工厂

厂区一角

记说："我们这块黑土地，特别适宜种红薯，品质高，品相好，味道佳，出粉多，烤着吃味道更佳，更美。"

看大家吃得津津有味，我走进碧绿的红薯田。碧绿的叶片密密麻麻，如浓密的绿毯，阳光映照成一片翠海。有一群孩子在地里奔跑、打滚，发出银铃般的笑声。李士强站在红薯地，深情地说："如果我们不能把李寨红薯开发出来，就如同养在深闺人未知的大家闺秀，实在是可惜喽。"

首先响应的是一个名叫李坦的有心人。他一直在沈阳开汽配厂，还拉过施工队，是"先富起来"的活络人。沈阳是东北工业重镇，繁华无限。汽配行业也是蒸蒸日上，日进斗金。可李寨发展的呼唤，在他心底如春雷般炸响："李书记作为著名的企业家都能回村创业，我也应该回家建功立业。"他是听着李士强的故事长大的，作为远近闻名的"公众人物"，李士强的名字早就在李坦心里生根开花了。

在东北打拼的日日夜夜,李坦最怀念家乡的红薯,黑土地粉嘟嘟的精灵,是那么的醇香美味,是他儿时记忆里吃过的最好的食品。而红薯最奇妙的结晶是粉面,粉面经过纯手工制作,那晶亮筋道的粉条,唤醒了他的味蕾。有故乡的气息,有家的味道。李坦心头突然一闪,就风驰电掣地踏上了返乡的路。

漠漠的金色田野里,升腾起一股朝气蓬勃的热情,李坦跟随李士强的脚步,在大田地里来回转悠,黑土地还是那块黑土地,可种红薯的却寥若晨星;村子里面加工红薯的老物件,都落寞得裹满灰尘,只能偶尔一展身手。

可到了市场上一看,李寨红薯依然是抢手货,而红薯加工的粉面、粉皮、粉条,连自己都吃不够,市场自然难觅其踪。此时,如果利用李寨独特的农产品优势,投资建个"三粉"加工厂,正当其时。

李坦将详细想法跟李士强说了,并虚心地征求他的意见。

李士强看着眼前这个思想深邃、熟悉市场的年轻人,点点头说:"农业产业化、品牌化、市场化,拉长产业链条,是农业发展的必由之路。李寨黑土地红薯,营养非常丰富,口感与众不同,不怕不识货,就怕货比货。要是加工成'三粉',那一定是畅销货。早年我就给公家跑市场,卖'三粉',现在咱有黄淮大市场的营销渠道,肯定会发展壮大。我支持你!"

这里的黑土确实罕见。在黄淮平原腹地,沙颍河畔,一望无际的,全是黄土,可在李寨村,因为历史上淮河多次泛滥,黄土之下,竟然是黑油油的黑土,不但是最营养的天然肥料,也富含人体需要的各种微量元素,来自大自然的造化之功,给了红薯最独特的营养和美味,无意间给李寨人带来了好福气。

红薯吃法多样,煮、蒸、烤皆可,营养价值极高。就连生吃也脆甜爽口,吃起来别有风味。何况,还有红薯叶、红薯梗。红薯叶摘了,洗净沥干水,浇些香油,用面拌匀,开水上屉,蒸约莫5分钟,加盐、作料,用筷子拌匀,再蒸3分钟即可出笼了。拌上蒜泥,淋点酱油、香油,味道美极了。红薯梗更是好菜,油炸、煎炒、凉调均好吃,而且营养价值很高。红薯粉面好吃,酸辣粉、粉鸡、白丸子更是农家餐桌上的最爱。红薯刮片晒成红薯干，便于储存，煮粥别有风味，那是童年记忆中妈妈的味道。若将红薯粉碎过筛，运用传统工艺，就沉淀出红薯的精华——粉面，进而还可以加工成粉条、粉皮……红薯全身都是宝啊。

李士强一一盘点着红薯产业的蓝图，与李坦的设想高度契合。在村里的支持下，李坦的红薯产业很快就付诸实施了。

红薯的精华神奇地衍生出了粉面，变身为餐桌上美味的粉皮、粉条。李士强就因地制宜地建起了脱贫攻坚项目"三粉"加工厂，轰隆隆旋转的成套机器，代替了原本的水缸木拐。

2016年，他们成立了红薯种植合作社，纳入李寨农业公司。零星的分散种植经过土地流转，每亩地1000元的流转

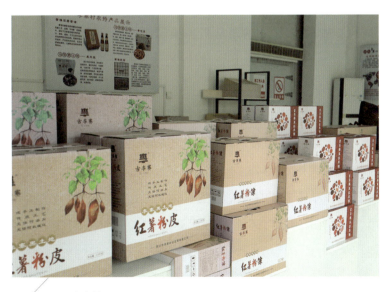

三农产品

费,高出外村一大截,群众自然乐意。一期上马,种植面积就达500亩。红薯是李寨的传统强项,群众有丰富的种植经验。如今李寨群众一块地不但有流转费用,还可入股,天天都有务工收入,实现了"一地生三金"的梦想,那热情就非常高涨了。

绿油油的红薯苗在春风里茁壮成长,红薯苗像长了脚,一场春雨过后,眨眼间就爬满了地面,枝叶蓬勃地生长。此时就进入梗、叶采摘期,天天采,天天卖,地里有摘不完的菜。鲜灵灵地来到市场,鲜嫩可口,极受群众青睐。

在采摘叶菜的同时,地下的红薯也在悄悄地孕育,很快就撑破了地皮,露出粉嫩嫩的一堆幼果,等到幼果越来越大,就有了一嘟噜一嘟噜的收获。这东西特别好养,皮实,不娇气,不计较水土,不在乎旱涝,只要种下去,都会如愿以偿。

李坦瞄准了红薯深加工,建起了"古李寨"唐三粉厂。在李寨村北头,白墙蓝瓦的硕大厂房里,传统工艺加上现代化的机器,那从黑土地里刨出来的红薯,胖嘟嘟、粉嫩嫩,经过清洗、粉碎、沉淀、制粉、过筛、出粉等一系列程序,从半成品粉面,进一步加工成粉皮、粉条。厂长兼村委委员的李坦,从外面风风火火地赶回来,脸上带着喜滋滋的模样,肯定是又拿到了大订单。工厂正在火热生产中,粉条从机器里源源不断地吐出,一段段地整齐码好,放冷库冷冻,全部结冰为上品,然后把冰盘掉,放在太阳下晒干,之后就可以走向市场了。

李寨姑娘正在灵巧地传送粉条,给她打下手的,是一位须发全白的老大娘。老大娘眉开眼笑,看着像年过花甲,可身板依然硬朗,动作麻利,一问,才知道老大娘已经73岁了。农村有句俗话说:七十三,女儿送条鲤鱼窜一窜。这该享清福的年龄,还在不辞辛劳地干活。大娘说:"反正在家闲着没事,来这儿活不重,还能锻炼活动身体,每天收入个百八十的,自己花着方便!"

一面硕大的浅盘里,晾晒着晶莹透亮的粉皮。李坦介绍说,我们这个厂,三粉产量每年有30多万斤,生产全程都是纯红薯。讲的就是品牌、信誉、良心。李书记要求，入老百姓嘴里的东西，那良心一定要放在最前面，千万不能造假，不能自己砸自己的牌子。昧良心的钱，李寨人一分也不赚。

如今，李坦的红薯加工厂，年加工能力已经突破了30万斤，实现年产值200多万元，安置了数十人在家门口就业。通过电商平台，产品畅销大半个中国，地地道道的原汁原味，使"古李寨"的系列农产品声名鹊起。

微信扫码
·对话李士强
·解码"亿元村"
·聚焦新农人
·数说新"三农"

第九章　扛着红旗闯市场

一

从地图上看李寨，只是一个小小的圆点，一个象征着村落的符号，甚至顶不上沙颖河的一粒沙子。可当你踏进这片土地，蓝蓝的天上白云飘，长长的河里浪花卷，广袤的田野，生长着绿油油的庄稼，两道回环的护寨河，拱卫着水墨画般的村落，纯朴厚道的李寨人，盈盈笑脸上，一样充满了对新生活的希望。

无数次，李士强站在这片肥沃的田地上，脚踏自己的"一亩三分地"，他知道这是祖祖辈辈李寨人的安身立命之本——这3400多亩土地，是李寨3200多口人的命根子。老辈人常说："土坷垃里有金子。"此言不虚，李士强决心从土里刨出"金子"来。他抚摸着胸前的党徽，心里说：我是村支书，我不带头奉献，就是不称职；我要干不好，就对不起共产党员的初心，也对不起自己的良心。

李士强回到李寨以后，党支部的堡垒作用得到了迅速加强。党徽熠熠,党旗飘飘,有了党支部的坚强领导,群众精神风貌焕然一新,萎靡困顿消弭殆尽,乡亲们有了主心骨。党员、干部铿锵有力的脚步,回响在李寨的角角落落;村两委办公室经常深夜灯火通明,放射着希望之光;李士强温文尔雅、风度翩翩,思路清,点子多,李寨村脱贫攻坚的战鼓擂响了。

作为著名企业家,李士强变戏法一般整合出一个个脱贫攻坚产业,在常人看不到的地方,他总能敏锐地发现商机,在人们司空见惯的行业上,他能够巧妙地捕捉、整合、包装,栽下一棵棵"摇钱树",创造一个个"聚宝盆"。

随着李寨的经济一天天发展起来,李士强和村两委班子也不断地总结经验,他们统一了思想:农村的"有源之水"和

李寨村乡村振兴规划评审会

李寨支前粮扶贫车间

"有本之木",在一个"农"字。土地、人才、空间等要素要集聚起来,围绕"农"字起步、深化、做强、提升,进一步拉伸产业链条。作为传统农区,李寨的优势产业,首先要围绕"种、养、加"来做文章,不能好高骛远,也不能空想——当地红薯种植面积广、产量高、质量优,那就拉长链条加工"三粉";温室大棚菜发展前景良好,经济效益高,种好了可规模推广;养殖产业已经初见成效,猪牛羊市场广阔,应该大力推进;李寨有能人在外做服装厂,他们返乡创业,建立了后方基地,可以广泛安置本村劳动力就业;市场上优质品牌梨供不应求,应该推进梨树种植……

在鲜艳党旗的指引下,精准的产业发展规划很快落地,"四集七专"横空出世,李寨的产业全面开花,产业框架迅速搭建起来。四个集体企业:光伏发电、服装、"三粉""支前粮",以此引领李寨主导产业规模化发展;七个专业合作社:

肉牛养殖、大棚蔬菜、精品梨、优质红薯、珍稀苗木、五谷杂粮、食用菌生产。与各个产业相交织的物资流、人力流、信息流，让李寨瞬间联通了外面的世界。每个项目都建立了合作社，发挥专家的主导作用、群众实践的合力，引领技术、销路，全程服务。每个合作社都建立了党小组，让党建落实在基层，成就在细节。

用李士强的话说："这不是我个人能力有多强，是党的脱贫攻坚的政策好，是李寨群众的智慧广，是亿星集团帮扶的后盾强。集体的力量是无穷的，我一个小小的村支书，不过起了点推波助澜的作用。"

但谁都知道，雁群高飞头雁领，正是李书记的热情，燃烧

李寨村食用菌大棚基地

了村民们的激情，让李寨沸腾起来了。

作为农业农村部确定的"农业龙头企业"，亿星集团旗下的黄淮大市场有成熟的现代化、信息化机制，成为全国农产品物流批发行业的标杆。市场辐射遍及广阔的黄淮腹地，商户星罗棋布，货物车来车往，物资进进出出，人流熙熙攘攘，成为农业供需和价格的区域"晴雨表"，其"菜篮子""米袋子"更是与民生息息相关。李士强回村担任支部书记的举动，牵动了亿星集团黄淮大市场的助农情节，作为李士强一手创办的农产品"孵化基地"，大手牵小手，把李寨的农产品纳入其中，更是有的放矢、胸有成竹。

李士强带着村两委和村民代表来到了黄淮市场，他想让这些土里刨食的乡亲们看看现代农业是什么样子，看看农业与市场、农民与市场是怎样无缝连接的。

作为豫东南蔬菜批发的集散地，这个现代化的市场与农业农村部信息中心同步联网，海量数据实时变动，一眼望不到头的市场里，温棚蔬菜销售规模宏大，品牌效应凸显，大车小车川流不息，把各种时鲜蔬菜源源不断地输送到千家万户。

"咱农民最大的筹码是土地，咱庄稼人想要的生活，都藏在土地里。可年复一年，都麦茬玉米、玉米麦茬，混个果腹遮体已属万幸，仅仅靠这种低附加值的传统农业怎么能发家致富？"李士强向乡亲们提出了这个问题。

各类新品种时鲜蔬菜，琳琅满目，种类繁多，香菇、白玉菇4元多一斤，番茄、大葱3元多一斤，辣椒、菠菜2元多一斤，茄子、西葫芦每斤也能卖到1元多钱……一路看下去，让李寨人眼睛放光，差点惊掉下巴——这哪里是蔬菜，完全是真金白银，标准的都是"摇钱树"呀！

随之，他们又提出了心中的疑问：价格问题、销售问题、运输问题……李士强都一一作了回答。

他说："蔬菜价格虽然有起有落，但这基本品种的正常价格，都不会波动太大，平均来算，一个大棚每年赚个万儿八千，还是手拿把攥的。"

他说："销售你们不用发愁，只要种植出来成品，有多少，黄淮市场就包销多少,兜底销售,绝不会出现卖不出去的难题。"

他说:"这都啥年月了,还愁运输?咱李寨可以开通物流专班,只要用车,随叫随到,点对点装送,全程高速,平稳安全,一路畅通。"

李士强的话让大家看到希望,可转念之间,又有了新的疑问:建大棚那得多大的投资啊,没有本金怎么办?种蔬菜得有技术啊,咱半辈子都是跟庄稼打交道,谁种过蔬菜啊?李士强好像看透了大家的心思,哈哈一笑,打消了众人的后顾之忧。

他说:"我们的大棚要采用现代化、标准化温棚,这由李寨农业发展公司全资投建,愿意种植的农户,可以先期免费使用,等你赚钱了,再一块商定合适租金。如果行情不好,入不敷出,咱公司分文不取。"

他又说:"不懂技术,我带大家去山东寿光参观学习,看看人家的现成经验,跟人家建立友好关系,请来经验丰富的技术员,给咱来个全程跟踪。李寨村没有笨人,要不了几年,咱不也熟能生巧了?"

李士强一边说,一边挥手,好像千难万难都在他谈笑挥手之间烟消云散了。实际上,在领着众人来黄淮市场考察之前,他把这一切都想好了。凡群众所忧,李士强皆有所思量。他能迅速抛出这一揽子方案,归根结底,发展温棚产业的宏伟构想早已在他心中绘就,只要有志于投身大棚种植的农户,凡你能想到的所有问题,他都已经想到了前头,扫清了思想上的"拦路虎"。

2014年初冬,小北风飕飕地刮着,可空气里却好像含着阵阵暖意。几辆大货车拉着一捆捆钢管,来到了李寨村北头。人们欢天喜地把钢管卸下来,每个人的脸上都是热情洋溢的笑容,天地间都是爽朗的笑声。老少爷儿们齐动手,专业师傅认真指导,在李士强与村干部的带领下,一眼望不到边的大棚,火热开建。钢管搭起来了,透明塑料棚盖起来了,阳光灿烂,把温暖蓄积在大棚里,暖棚里顿时充盈着融融的春意。

旋耕机翻转的飞轮搅动寂寞的土地,飞扬的尘埃氤氲着泥土的馨香,沤熟的黑黝黝农家肥,投身到土地里,蓬松暄软,为从中国农科院、省农科院远

周口市政府领导一行莅临李寨村指导产业结构调整

道而来的优质蔬菜种子,备好了一张张肥沃的温床。温棚里是全自动喷淋设备,将带来舒适的湿润度,用不了多久,那嫩芽就会破土而出,拱出一层鹅黄;小苗憋足了劲生长,眼看着肥硕的耳朵又大了一圈……

天上不会掉馅饼,但脱贫攻坚的春风,给李寨送回了一个好书记,新时代党的富民政策,给李寨铺好了一条金光大道!

有着黄淮大市场这一"嫡亲血统",植根乡村的李寨农业发展公司,从一开始就带着时代的遗传密码,专业的人做专业的事儿,结合李寨群众智慧,各项产业蓬勃发展。56个乡土品牌,畅销大江南北,走上了千家万户的餐桌。"古李寨"黑土地系列,"唐三粉"系列,"支前粮"系列……这些肥沃土地上生产出来的绿色无公害农产品,琳琅满目,通过黄淮电商、抖音直播间、拼多多店铺等多渠道营销,供需两旺。一棵棵"摇钱树"破土萌芽,从小苗迅速长成参天大树,在李寨的田野里结下了丰硕的致富果。

可这样无偿付出,李士强到底图个啥呢？在我的再三追问下,他坦诚地敞开了心扉:"我是一名共产党员,不忘初心、牢记使命,党的信念和宗旨融在我血脉里;我也是从李寨村走出来的,李寨的水滋养了我,李寨的乡亲们哺育了我,党和政府培养了我,新时代造就了我。我这一生,心怀感恩,永远跟党走。我们虽然是民营企业,却始终坚守一条铁律:财富取之于社会,用之于社会,永远将社会效益放在首位。"

一首耳熟能详的新民谣,飘荡在李寨村街巷陌,与蓝天碧水相伴,与清风明月相伴,引百花盛开、蜂蝶翩跹:

习总书记新时代,脱贫群众歌抒怀;
政策送来摇钱树,产业捧出聚宝盆;
土地流出产业链,直播电商气象新;

李寨村千亩蔬菜基地

车间忙碌人欢笑,土坷垃里刨金银;

乡村振兴金光道,共同富裕真欢欣……

二

"董事长来视察工作了,欢迎,欢迎啊!"蔬菜商王争林看到李士强,赶忙迎了上来。

"王老板生意兴隆啊,你可真有两下子,行情都让你摸透了,这些蔬菜进得精准及时,神了啊你。"李士强打趣道。

黄淮大市场的蔬菜区,是李士强经常转的地儿。这里是"菜篮子"工程中最大的"篮筐",是政府关注、群众关切的民生工程。这个王争林方额阔耳,豪爽仗义,阅历丰富,精明果断,早年在北京打拼时就经营蔬菜生意,是新发地蔬菜批发市场的"老炮儿",资深的行家里手。多年在生意场上历练,不仅精通蔬菜流通,连种养殖、加工都有所涉猎,是人精中的人精。近年来回到黄淮大市场,他的蔬菜批发点的门前,总是熙来攘往,人头攒动,货来货往,供需两旺。有的批发点产品还剩过半时,他家已经清仓盘点,不愧是市场销售的"王牌"。王争林不仅在黄淮大市场蔬菜批发做得风生水起,还在扶沟、鄢陵等地,有自己的温棚蔬菜种植基地,蔬菜销售关系从周口辐射全国,路子四通八达,有稳定的供货和销售渠道。

两个人早就是老熟人、老朋友了。李士强停下了脚步,与王争林攀谈起来。

王争林听说李士强回村任书记的事儿,内心感到十分钦佩。如今,又听说李寨准备建设温棚蔬菜种植基地,由黄淮大市场建设的大棚即将完工,正在招募种植商户,一直想扩大规模的王争林喜出望外,正想去找李士强,提出加盟的请求,不想李士强主动找上门了,这可真是一场及时雨啊。

李士强首肯:"争林,雁阵奋飞靠头雁,咱李寨要建设温棚蔬菜基地,你这销售、种植方方面面都是全能,去了肯定有用武之地。咱公司投资建好了现成的大棚,你入手就有利润,对你也是利好嘛。"

王争林说:"感谢董事长信任。这么多年,您对我一直这么关照,如今李寨搞精准扶贫、脱贫攻坚,您又回村当了书记,我也不能落后。温棚种植的路子,选得准、选得对。我很乐意到李寨去,给温棚蔬菜种植基地锦上添花。要干,就一定要干好,给咱黄淮大市场争光!"

跟随李士强的脚步,王争林马不停蹄地到了李寨。下车伊始,他便有了惊喜地发现,罕见的黑土地富含丰厚的营养,让菜籽有了成长的沃土。李书记带着群众,风清气正,团结奋进,这里到处洋溢着干事创业的激情,对他这"种植大户"那是全力呵护,尽心保障。在这样的环境中,跟着这样的领头人干事,心里踏实。王争林感慨地告诉我,别的先不说,就

黄淮市场订单种植基地

"李士强"这三个字就是金名片，就是金字招牌，李书记出思路、有魄力、敢开拓、知冷热，咱只有好好地种好温棚，强村富民，也能借着东风大展宏图。

其实，李士强心中也明白，大棚种植看似容易，可毕竟是技术活，需要王争林这样的种植大户加盟，也需要黄淮大市场全程呵护，只有这样，李寨大棚基地才能"高台"起飞，也才有坚实的基础。

市场风云变幻，价格起伏不定，谁也没有前后眼，有很大的赌的成分。要想做到啥贵种啥，啥贱避开，确实是个难题。可王争林一口气承包了数百个大棚，如果没有两把刷子，还真的是"老虎吃天，无从下口"。然而，王争林就是要"老虎吃天"，有了金刚钻，才敢揽这瓷器活儿。

李寨村一期蔬菜大棚种植基地

王争林的大棚菜有"台柱子"，上海青就是他的"当家花魁"。这种小青菜，一年出六七茬，管理简单，只要水跟得上，长得快，产量高，采摘容易，运输皮实，虽然价钱时高时低，但只要能卖个平均数，每年的收益也就十拿九稳了。

我走进王争林的大棚，看到小青菜支棱起青葱嫩叶，仿佛能听到它们舒展身子的声音。这样的长势，要不了十天半月，就可以采摘出棚了。采大留小，每天都有摘不完的菜。这种菜，煲羹炖汤，油炸煎炒，是最常见的绿叶配菜，与诸多同类蔬菜相比，价格也比较实惠，销量自然非同凡响。

"这时鲜的蔬菜，卖的就是个嫩，离土就蔫了。要是采量大了，如何储存？"我担心地问。

"哈哈，你说的这个问题，李书记早就替大家想到了。李寨农业公司为我们建了冷库，鲜菜临时存储方便了，有了冷藏，既能保鲜，也便于运输。所以，我们的温棚产业才能蒸蒸日上。我今年还要再扩大规模，大家都有这想法。"

王争林说话的当口，又有几个温棚工友围拢过来，商量蔬菜采摘的事情。他介绍说："这些都是咱李寨的乡亲，现在个个技术娴熟、全面，吃上了技术饭。将来，哪一个拉出去都能自立门户，独当一面，个顶个的行家里手。"

他带众人风风火火地钻进温棚，迸溅一阵欢声笑语，融进一片洁白碧绿里。

黄淮李寨绿色种植基地，获得了广州市农业农村局的绿色认证证书，形成了红头文件，被纳入粤港澳大湾区"菜篮子"生产基地。李寨绿野碧水孕育出的精品果蔬，富含人体需要的各种维生素，跨越大江南北，走上南国老百姓的餐桌,让他们放开味蕾,尝尝来自中原的馥郁味道。

"黄淮李寨绿色种植基地"大幅标牌被竖立在李寨村头,这不仅是一块金字招牌,也是粤港澳大湾区"菜篮子"工程办公室核发的"通行证"。如今,李寨生产的绿色蔬菜,不仅是本地"深闺秀女",更是走向粤港澳大舞台的"千金小姐"。

那么,黄淮李寨绿色种植基地的秘诀在哪里呢?

李士强介绍说:"我们绿色种植基地,严格按照生态农业模式管理运行,有机施肥,做到足量及时供应;建立蔬菜种植档案,确保每一种蔬菜的来源都可以追溯;定期对蔬菜进行抽样检测,确保符合相关标准和安全要求;建立完善的冷链物流体系,确保蔬菜在运输过程中保持新鲜和安全……这些措施,能够为粤港澳大湾区的居民提供更加安全、健康、新鲜的蔬菜,也能促进大湾区菜篮子货足价稳。"

过去,农户种植的普通蔬菜,1斤只能卖到1元钱左右,现在,通过品牌基地有机、绿色、无公害种植,精品类蔬菜1斤可以卖3~5元钱,品牌附加值增加了四五倍。同时我们采用阳光大棚种植,合理利用光能,这样下来,一年可以种6~8茬,亩产可达四五万斤,不仅品质好,而且产量高,让亩产效益从过去的1000~2000元达到现在的3万元,甚至更高。"

村民却从村内到村外,穿行忙碌着。放眼平坦辽阔的田野,浩瀚的白色大棚在浅灰水泥路和蔚蓝天空之间,如落雪盈野,一眼望不到头;温暖的棚内,一片生机盎然的绿色,各种蔬菜在李寨村民的精心呵护下,青翠欲滴,长势良好,新鲜的蔬菜气息,沁人心脾;摇曳多姿的身影欢喜雀跃,成为一年多茬的"摇钱树",千亩大棚每年可以实现产值2000多万元。"粤港澳大湾区蔬菜供给基地"的巨大标牌分外醒目,源源不断地为大湾区提供生活保障,也助力着大湾区的经济发展。

一座正在腾茬的温棚里,烘干牛粪源源不断地运来,这浅黑色的有机肥,蕴含着蔬菜最需要的纯正养分,它们是来自旁边"千头牛场"的馈赠,这些"小臭蛋"被清扫进发酵池里,按照规范的流程储存、烘干,成为各种蔬菜喜爱的营养大餐。

从农作物到牛场再到蔬菜温棚，这种闭环的"原生态"供给链，没有沾染一丝工业气息，更不必担心添加剂或农药残留，真正做到了"绿色、健康、无公害"，保证了老百姓餐桌的安全。

红彤彤的番茄，如繁星点点，瞅一眼就能想象出那酸酸甜甜的美味；肩并肩的"上海青"日夜兼程，争先恐后地生长，如翡翠般晶莹剔透的叶片，如白玉般娇嫩的菜柄，像一件件工艺品，人见人爱，它们两个月就可上市，一年可以收获五六茬；成熟的花菜像花朵一样绽放，菜花娇羞地藏在叶子深处，犹如一位娇涩的新娘；成排的香菇培养料袋正在填料下种，这项技术得到推广以后，翁婆上阵也可以轻松日入数百，小香菇一茬茬日夜生长，正应了那句谚语：香菇煮一半，口水流成串。无数红星在闪烁，一嘟噜一嘟噜的小番茄，像无数盏小红灯笼，又像一张张粉嘟嘟的小脸，鲜嫩可爱，吹弹可破，让人怜爱又不舍得伸手触碰。种植户李平亮告诉我，这叫圣女果，健胃消食，生津止渴。特别是女同志更喜欢，不但美容驻颜，还减肥平腹。赶在早春上市，是热销的紧俏货……

"你看这圣女果多喜欢人，随便一棵都能下十几斤，一亩3000棵，就是30000多斤果子，满满当当能装一货车。"李平亮的眼里洋溢着丰收的喜悦。

看着李平亮眉飞色舞的样子，我想起他曾经历过两次种植重挫，都是在李士强的鼓励和强力扶持下，他才重新站了起来。从最初的灰心丧气，走到今天的风生水起，既凝结着他个人的汗水，也凝结着李士强和村支部一班人的心血；而那一串串丰收果，缀满了他劳动的幸福，眉宇间的喜悦在汩汩流淌。

"要不是李书记的扶持，我早就叫压趴了。你想呀，咱技术生疏，连亏两年，血本无归，李书记甘做咱群众的靠山，贴心人。我终于拔出稀泥窝，飞进艳阳天！"李平亮感慨万分。

挨着一大片圣女果，旁边是生长旺盛的芹菜。粗壮的茎支棱着片片叶子，苍翠欲滴，放眼望去，犹如碧色的海洋。李平亮看着它们，宛若看着自己

李寨有机西瓜种植基地

的孩子,眼睛里满是慈爱。

"这正大脆芹,一掐出水,爽脆可口,是泰国正大公司最近选育成功的芹菜新品种,抗热耐寒,抗病性强,生长速度快,株高60~70厘米,叶片较大,淡绿色,黄心,白梗,质地脆嫩,清香味浓,商品性好。看看,漂亮不?"李平亮如数家珍,"芹菜有降糖、降脂、降血压,养目、养颜、养发的功效,深受食客们的欢迎。"

种西瓜是李平亮的拿手绝活,现在还不到成熟季节,黄色的小花和鸡蛋般的西瓜交相辉映。李平亮蹲在瓜地里,一边给旺长的瓜秧打杈,一边告诉我,哪些开的是谎花,哪些开的是坐果花;一秧连开几个瓜花时,他能一眼辨出哪个是最优的果花。

"瓜身再好看,弄些个谎花,也结不出西瓜。"李平亮笑道,"这西瓜是极品,沙瓤,爆汁,糖度极高,还有奶香的味道。

客户都争抢来拉,根本不愁销路。想想这些西瓜成熟的季节,我梦里都能笑醒。"

他给自己的8424品种命名为"梦里甜",寓意为西瓜孕育着甜蜜蜜的李寨梦,西瓜成熟之日,就是李寨人梦想成真之时。

从李平亮的大棚里出来,我遇到了一个手里抱着包菜的精壮汉子,这是种植户王峰。阳光赐予他麦色的皮肤,让他看起来更加精壮健硕。在王峰的身后,跟着一群帮工的村民,他们的说笑声爽朗纯净,完全没有老板与员工的界限,亲似一家人,场面非常温馨。

大棚里的西兰花已经成熟了,村民们呼啦啦拥过去,手中镰刀上下飞舞,那粗硕叶片间精心护卫的"花仙子",就一跃而起,飞到了竹编篮筐里。而剩下的那么多青叶,王峰慷慨地说:"你们谁家喂鸡喂羊,尽可以砍走。剩下的,我都送到牛场去,多好的青饲料!"旋即,他又说:"花菜也别忘了拿几个回家炒菜,算我送大家的!"

李寨村的千亩大棚,仅土地流转费一项,就已经让群众吃了定心丸。现在,大棚内各种蔬菜的精耕细作,需要的人手自然不少。在李寨村,凡是想干活的,都可以到种植大户那里去帮工。我不由在心中感慨,即便是帮工,他们也赶上了好时代——蔬菜不停地生长,他们的活儿就不会间断,收入也滚滚而来。当下机械化已相当普及,大棚里的活儿已不再那么繁重,便是那些年纪大些的老人,也照干不误。

只是我有些好奇,在帮工的人群里,有不少老大娘、老大爷,他们有的年届花甲,有的已年过古稀,在家享清福不好吗? 何必还要如此辛劳呢?

李大娘喜笑颜开地说:"咱庄稼人闲不住,老在家里坐着,还不习惯哩。这活儿可中,一天干下来能弄个百八十元的。人老了,手里有俩活泛钱,花起来便当、气势,也不用让儿媳妇嫌弃了。应时不应时地,给孙子孙女们买些好吃的,儿媳妇的脸色可好看了,一家人和和美美,孝顺着呢。新时代真好!"

一圈人都说:"过去谁能想到,咱李寨能建起千亩大棚、千头牛场? 做梦也没想到,咱李寨人也过上城里人的生活了。你看看,这就是人间天堂!"

刘大娘说:"干完活,晚上我们歌舞队的姐妹们,都去广场跳舞去,打腰鼓,多得劲。这好日子得感谢共产党给咱李寨培养了一个好书记!"

这就是人情式的乡村社会。李寨的生态农业,最大程度地安置了农村的闲散劳动力。

一大早,李士强就带一帮人风风火火地从远方走来,一路不停地比比画画,看来又有新的规划蓝图。走上前一问,果然是又一个好消息:李寨绿色种植基地的蔬菜不但受到了粤港澳大湾区的欢迎,更受到了省、市、县老百姓的青睐,为此,市里做出决定,要在李寨建设番茄小镇示范点,希望以点带面,在全市推广普及。

李寨村休闲广场

我参加了李士强召集的会议，与会的有村两委班子，有种植户代表，也有技术专家，还有施工方，各方人士各抒己见，群策群力，认真商讨番茄小镇的建设事宜。会议开始后就直奔主题，这是李士强带给李寨班子的工作作风，办事干净利索，说话直击要害，绝不拖泥带水。遇到问题，需要研讨的，立即开会研究；能现场解决的，李士强当场拍板。

作为李寨农业公司的负责人，张文樵首先汇报了番茄小镇基础大棚构建情况，从原材料购置进度、产品规格品牌，到施工预期进度，他都一一明细罗列，公开透明，并分析了施工需要注意的事项。

李士强仔细听着，认真地做着笔记，并不时地就细节发问，明察秋毫，直指本质。这是一个管理者的顶层设计，高屋建瓴，细致入微。

但是，面对张文樵的回答，种植户们却结合种植需要，提出了不同意见。而此时，施工方已经按照规格备料，意见就此产生了分歧。

平时和颜悦色的李士强，对张文樵提出了严厉的批评："这大棚建设，为何不提前跟菜农沟通？你们怎么可以想当然？不结合种植户的实际需求，就是盲人骑瞎马，很可能就脱离了实际情况。要广泛充分地征求群众意见，集思广益，才能建出最优化的大棚，才能更快地提高种植效益。如果凭空臆断，这不是纸上谈兵是什么？不接地气就会给群众添堵。"

这就是李士强一贯的行事风格。群众利益无小事，为民服务，好事也要精心细致，办到群众的心坎上。番茄小镇是市里的重点项目，也是李寨的品牌和形象，要最高标准建好，打出一个叫得响的番茄品牌。

张文樵不好意思地搓着手，把眼睛看向施工方。可施工方也知道自己有些草率了，谁都没敢多做争辩。

"你不用看别人。你作为农业公司负责人，与群众结合得不够，工作做得不细致，这就是失职。什么是标准？农户的需求就是标准，让农户满意就是我们工作的目的。你不能让群众满意，我就对你不满意，就要提出严厉批评。这件事一定要举一反三，其他方面的工作再细化，任务再落实，融合专家和群众意见，倒排工期，挂图作战，推进新大棚建设尽快到位！"

李寨乡村振兴产业园——番茄小镇

　　李书记的工作节奏就是雷厉风行,爱之切、责之深,不会给任何人留任何情面。作为闯过商海的李书记,以爱作舟,却以严作桨,是非分明,直面问题不隐瞒。方案拿出来了,果然"快、准、狠",全是满满的干货,节奏明快,让人钦服。

　　在与种植户恳谈的时候,李书记立即切换为"温良恭谦"的态度,他详细询问每位种植户的需求,耐心解答他们的疑问。王争林、王峰、李平亮、吕东亮等种植大户悉数畅所欲言。

　　吕东亮赤红脸庞,是个精壮的汉子,说话如洪钟,嗓门大,直来直去。他大棚里主要种羊肚菌。羊肚菌是食药兼用菌,其香味独特,营养丰富,富含多种人体需要的氨基酸和有机锗,一直被欧美等国家作为人体营养的高级补品。但现在吕东亮对种植番茄也充满了兴趣。随着李寨绿色种植基地的兴盛,番茄种类繁多起来,从最新优质番茄,到小番茄"圣女果",应有尽有,酸爽可口,而且具有观赏价值。

李士强把这次会议称为"诸葛会",大家集思广益,为群众排忧解难,才能撑开蔬菜种植的航船!

随着番茄小镇的建设,李寨村引进了各类番茄品种,果形繁多——扁圆形、圆形、高圆形、长形、桃形等;色泽纷呈:粉果、红果、黄果、绿果、紫色果、多彩果等;成熟期也各自不同,确保一年四季都有供应:早春保护的品种、早春露的品种、越夏保护的品种、越夏露的品种、秋延保护的品种、越冬保护的品种……

如今,番茄小镇建设如火如荼,倒排工期如同上紧了发条,每一个节点都清晰明确。李士强每天都要查看进度,检查问题,全村上下都铆足了干劲,又一个新项目很快就要在李寨的致富蓝图上落地生根了。

四

李士强的目标,就是要彻底拔掉李寨的穷根子,他的愿望,就是脱贫致富的道路上,乡亲们一个都不能少。让乡亲们全都富起来,让他们的腰包都鼓起来,生活才会更美好。于是,在村里各项产业发展的同时,李士强就考虑让群众共同参与,对于李寨农业公司及所有的产业,他提出了让所有村民共同参股的方案,凡是李寨的产业,村民尽可以入股,年底按照利润12%的比例分红。

既然是参股,那就得遵循市场规律,市场经营,有赚就有赔,利益共享,风险也应该共担。可是,农村人就是那么现实,有了大家都想得,对于风险却谁也不想承担。所以,共同参股的方案一开始并没有引起人们太多的热情。

人家在商海扑腾多少年了,咱懂个啥呀?市场的水深着呢,咱没那好水性,弄不好就掉进去淹死了,不干不干,咱担不起那风险。有人说。

人家可是家大业大呢，不怕赔钱。就咱这点家底，赚起赔不起啊，咱不冒那个险。有人说。

算盘珠子在人家手里呢，利润咋算？赚了赔了谁知道啊？有人说。

其实，这些情况，李士强早就想到了。很好理解，凡是生意，谁也不能确保稳赚不赔，可乡亲们都穷怕了，日子刚刚有点起色，都把腰里的钱袋子捂得紧着哩。对此，李士强拍着胸脯对乡亲们打了保票：他不但要让李寨的乡亲们安安生生地做股东，更要年底稳稳当当地分红。对于可能出现的风险，由亿星集团兜底！

村干部中有人劝他："这投资入股可不是小数，让群众保底收益是好事，可万一有了市场波动，这风险也不能全让亿星集团担啊。就算收益少点，大家也理解，怕的是万一真的亏了，那可是一个大窟窿啊，你就是拿钱往里砸，咱群众也不忍心哩。我看，可多可少，规定个幅度，不能所有的风险都让你来承担。"

李士强语重心长地说："我们党和政府的宗旨，就是为人民服务。而我们李寨两委班子的宗旨，也是一切为了群众。群众的日子过好了，咱村两委才能松口气。现在脱贫攻坚正处在滚石上山的关键时刻，咱搞产业，是为了壮大集体经济，而最终的目的，还是为了群众共同富裕！"

也有家族的近门苦心相劝："士强啊，你光是这样燃烧自己，照亮他人，你能得到多大好处？有点钱不往自己腰包里装，统统掏出来给群众，你是咋想的？费了这么大的老牛劲儿，值不值？谁不为自个着想，你咋心里总是装着别人，从来没有自己啊？"

李士强说："我知道你们这都是替我想，为我好。我是咱李家人，也是李寨人，更是李寨村的当家人，所以我就得为全村所有的乡亲们考虑。过去咱家困难，村里的老少爷儿们都没少帮咱，现在我的日子好过了，也要带着全村乡亲们一起奔小康。往小处说，这是乌鸦反哺、羊羔跪乳，报恩哩；往大处说，我是村支书，为老百姓谋幸福，是共产党的初心和使命，我责无旁贷啊！"

李士强的这一决策,解除了乡亲们的后顾之忧,由亿星集团兜底,赔了是公司的,赚了是村民的,年底确保本金分红,这样的收益,让群众收益"落袋为安",而市场可能的风险,都被李士强和亿星集团挡在外面。人们兴奋起来,纷纷报名参股。

我来李寨采访的时候,在大棚干活的村民纷纷围拢过来,掩饰不住内心的喜悦。

"你看看,李寨这么大的产业,俺们都有股权,坐家就能分红,个个是小老板了。"

"你看看,俺们李寨的家业有多大! 发展得越大,俺们越高兴。这脱贫攻坚真好,咱群众借东风也发了。"

先是有了丰厚的土地流转金,然后在公司的各个项目帮工,在有了两份固定收入后,现在李寨村民又有了稳定的第三份收入——"股权分红"。助农惠农模式,发展成果要让村民共享,是落实党的精准扶贫的具体体现。

天上真能掉馅饼啊! 不过,这馅饼是李士强送给乡亲们的。群众发自内心地感谢,那心情和赞誉是溢于言表的。见了面,大家都要竖个大拇指,夸党的政策真好,夸李书记真心为群众,是咱们的大恩人。

可李士强说:"幸福是大家共同奋斗出来的。我们应该感谢党和政府,感谢我们伟大的祖国!"

信任就是金字招牌,看着村里的产业蓬勃发展,稳稳妥妥,红红火火,党支部的威信有了空前的提高,可谓登高一呼,应者云集。而这些,恰恰都是李士强带给村民的福祉,一份丰厚可观的福利。共同富裕,不能是一句空话,就要让群众得实惠,发展成果就要由群众共享。

共同参股,共同富裕的惠民政策,激发出隐藏在全体村民心中的潜能,在李寨,群众干事创业的热情空前高涨,月落日升,昼夜更替,没有一个人拈轻怕重,只要是村里的事儿,大家都坚决拥护,众人拾柴火焰高。党旗飘飘,群众对党支部的号召,那是言听计从,李寨村呈现出朝气蓬勃的和谐局面。

　　"人民,在习近平总书记心中如此之重;而落实在李寨村,群众始终在党支部每一位干部党员的心坎里。"——李士强笔记本的首页,这句话熠熠生辉。

第十章 那100级台阶

一

　　厚重——当我们用这个词表述河南文化时，常常会伴随着崇高、神圣和自豪的地域情感。"厚"，是一种深刻，是历史长河几千年积淀下来的基石；"重"，是一个量级，是先祖几千年跨越的登峰造极的高度。的确，每当李士强站在沙颍河边，回望历史，感知脚下黄土深处先祖的脉动，心中的热血便熊熊燃烧起来。

　　历史有多长、成就有多高，恐怕不是数学概念能够度量的。李士强回村担任支部书记，转眼已走过了十个年头，每年办好"十件实事"，年年推进，雷打不动，一步一个脚印，步步向上，干成事，干实事，这十年已经完成了100件实事，100个繁纷复杂的工程。

　　2013年"十件实事"，完成投资1121.42万元；2014年"十件实事"，完成投资2400万元；2015年"十件实事"，完成投资1320.88万元；2016年"十件实事"，完成投资1405.52万元；

2022年,亿星集团定向捐赠李寨村1000万元幸福家园建设资金

2017年"十件实事",完成投资2405.47万元;2018年"十件实事",完成投资1320万元;2019年"十件实事",完成投资2280万元;2020年"十件实事",完成投资1235万元;2021年"十件实事",完成投资2581万元;2022年"十件实事",完成投资7839万元……

十年间,亿星集团帮扶资金投入已经达到2.39亿元,李寨村的集体资产已经超过亿元。李士强发展集体产业,而不让村集体背负一分钱债务,等到产业发展壮大,全部交付村里,造福村民。十年来的变化就在老百姓身边,这些都是看得见、摸得着的事情。人们还能看到,李士强付出的是汗水和心血,换来的是皱纹和白发,这勾勒出他人生十年辉煌的年轮。

2022年11月24日,下午两点半,我有幸作为特邀嘉宾,参加了李寨村2022年工作总结及2023年"十件实事"工作计划部署会议。李士强代表村两委做工作报告,年轻的村支部副书记李鹏辉,宣读了2022年"十件实事"落实情况,以及2023年"十件实事"征集讨论稿。

每年"十件实事",每一项任务都有分工跟踪表,上列"工作项目、责任人、完成时间",有规划措施、有检查节点、有布置落实、有计划反馈。李士强是第一责任人,负总责;而"村两委"委员、亿星集团驻村队员、党员代表负具体责任;完成情况的调度落实会,一月一开,形成会议纪要,下发到各个项目,事项进展节点被一一捋清,事情进展到哪个环节,取得哪些进展,存在哪些问题,下一步的改进计划和措施,一目了然。

对待每一个项目,甚至每一个环节,李士强的要求都十分严苛。好的表扬,差的批评,都摆在明面上,不留半点情面。

有一次,李记程例行向李士强汇报工作,内容包括:欧盟

李寨村"十件实事"一览

出口标准、非物质文化遗产申报、邮寄产品认证、QS认证、小麦检测、土壤检测及地域保护，等等。负责这些工作的责任人，自然不敢有丝毫马虎。整个汇报过程都很顺利，李士强一边听一边记，当时并没有多说什么。不料，一周后李士强却又主动问起："那几项工作，你说说啥情况？"

李记程心里咯噔一下，笼统地说："都在推进着，只是还没有大的进展……"

李士强接着问："你们是如何推的？你一项项详细说说。到哪阶段了？遇到啥问题？下一步打算咋办？"

李记程一下子蒙圈了，李书记问到的这些，有些他做了，有些还没做，甚至有些还没来得及细想。他红了脸，说："我回去准备一下，马上向您详细汇报。"

李士强的态度立刻严肃起来："假如现在专家就在跟前、客户就在跟前，是不是需要马上知道详细情况？工作再多，咱都需要一项一项推进到位，遇到什么问题，都事先有预案，不能打马虎眼！"

李士强对于部署下去的工作，随时随地都会检查、落实。他的一双脚板，每天都要踏遍产业的每一个环节，眼见为实，才能做到运筹帷幄。村民都明白，每一件事项，起起落落，反反复复，哪件事想办成都要脱三层皮。100件实事，就是100座金山银山，生生地让李士强搬到李寨来了。

2022年李寨成绩单分外亮眼，"十件实事"圆满收官，投资金额达7839万元。"一中心两馆三区"工程建成，并开始顺利运营；千亩大棚、千头牛场、千亩优质良种试验田，建成并进行了优化升级；村内行道树更换为栾树、海棠、红叶李等绿化树种，彻底解决了过去杨絮纷飞的问题，美丽乡村再上新台阶；得益于县"三边四化五美"村居环境整治，投资购进了洒水车、环卫车，

投资购进洒水车

村容村貌大幅提升；升级改造6100米排污管道，生态环境质量迅速改观……

李寨的"一中心两馆三区"即乡村便民综合服务中心，乡村农耕博物馆、乡村特色文史馆，乡村创新产业展览区、乡村振兴教学研培训区、乡村生活体验区。李士强投入了大量心血。毒辣辣的日头，繁忙的工地，复杂的图纸，李士强成为最敬业的"总指挥"和"特别监理"，他每天检查进度，发现问题随时处理，一天天耸立起来的李寨"标杆工程"，成为李寨乡村振兴的里程碑。

当500头育肥牛，从内蒙古飞赴李寨时，初春的天气乍暖还寒，李士强心里装着这些宝贝，每头牛都牵挂着他的情感。一次次检查安排，一遍遍要求落实，沟通协调，谨小慎微，塞外的风儿吹在他的脸上，北国的寒霜落在他的心里，他的心随着运输车一路颠簸，直到牛儿安全抵达。

李寨村党群服务中心

　　李士强一次次来到河南省农科院与专家对接,他要主动扛稳粮食安全责任,播种千亩优质小麦试验田。他说:"我们李寨的黑土地肥力高,养分足,最适合搞试验田。"他的真诚感动了农业专家,让最先进的耕作技术与李寨黑土地有了缘分,在省农科院技术指导下,李寨村建起了1500亩优良品种试验田。

　　李士强做事坚定执着、事必躬亲,认准的事儿总是孜孜以求,快马加鞭,从不懈怠。他善于团结一切可以团结的人,利用一切可以利用的因素,为了理想而上下求索,遇到问题和困难,从不退缩,用心血和汗水,浇开了李寨的幸福花⋯⋯

　　2022年"十件实事"完美收官,打赢了一场波澜壮阔、彪炳李寨史册的"乡村振兴战役"。365个日日夜夜,李士强穿越酷暑严冬,带着李寨乡亲连续奋战,焚膏继晷,废寝忘食,勇毅前行,用汗水换来丰硕耀眼的结晶。十年,100件实事,构成李寨村翻身逆袭的华彩蝶变,走过"精准扶贫、脱贫攻坚"，走进"乡村振兴""五星支部创建"，一个平原国家级贫困村，嬗变出"全国美丽乡村""全国乡村产业振兴示范村""全国幸福家园建设试点村""全国集体经济共同富裕先行村"。

回顾过去，群情振奋；展望未来，蓝图宏阔，落实和谋划，成为这次会议的重头戏。脚步不会停歇，成绩还在延续，李士强已经将根须深深扎进李寨的土地，对认定的目标，他走得虽然步履匆匆，但坚定自信。

2023年的"十件实事"已经在李士强心里萌芽，那是十个带着露珠、迎着朝阳的希望，它们需要大家共同呵护，然后栽种在李寨来年春天的田野上。

李寨村综合便民服务中心

"大家仔细看看,结合各自分管工作和宏观发展,提出具体可行的意见。要开动脑子,畅所欲言,要把这实事列好。"李士强提醒大家。

所有这些实事,是李士强凝聚各方智慧的闪亮结晶,作为领头雁,他熬了无数个夜晚,将来年的具体目标打磨提炼,酝酿、谋划、思忖、绘制出来又一张宏伟蓝图,为了检验这幅蓝图的契合度、可行性和实际效果,他提出召开这次村两委恳谈会,就是要在村两委充分酝酿,问计于众人,发挥集体智慧,凝聚众人的共识。

恳谈会的气氛是热烈奔放的,围绕李士强的工作思路,紧跟新时代的发展步伐,大家都畅所欲言,认真磋商。李士强一边听,一边记录,一边点评或追问,宛如战前动员会。村两委作为战斗堡垒,果然是快捷高效。

李士强思路开阔,高屋建瓴:"格局再大些,要有鲜明特色""规模太小了,要高规格、高标准、快速度,向最好的看齐""不能拘泥于眼前,要看长远发展,看未来走向,又要可持续发展"……这是李士强一贯的风格,他考虑问题不但很全面,而且具有思辨性,不但有整体思维,战略思维,还有全局思维,对未来的前瞻性思维。

"十件实事"经过村两委的反复磋商,有了一个大致轮廓,亿星集团驻村工作队、李寨农业公司、县人社局驻村工作队、村民代表也加入进来。每一件实事都逐渐清晰起来,实施措施、路径都得到了丰富补充。

李士强整理完2023年"十件实事",汇报给了冯营乡党委书记董启超和乡长王巍。书记、乡长都很上心,他们几乎每周都会到李寨,走过了李寨的角角落落,对李寨了如指掌。他们最常用的口头禅是:李寨兴则冯营旺,李寨是样板,李寨是标杆,是乡里的头牌,县里的排头兵,省里模范村支部,全国美丽乡村建设走在了最前沿。

董启超书记早就把李寨村作为乡村振兴的"前哨",举全乡之力推进李寨发展,全乡脱贫攻坚、乡村振兴等现场会,多次放在李寨举行。"李寨脱贫攻坚、乡村振兴得到全国最高奖,这是李书记的付出,也是李寨的骄傲,更是咱冯营的福气。我们要以点带面,让冯营群众看到李寨,让各村书记看看李

李寨村乡村振兴成果展览馆

士强,学有榜样、干有奔头,我们冯营的工作才能年年大踏步,有声有色。"启超书记动情地说。

书记、乡长拿到"十件实事"征集讨论稿,认真仔细地精研细磨。2023年,乡村振兴再添大手笔,总预算投入达到了3200万元。产业持续升级,技术优化转型,康养旅游加持,番茄小镇成型……说是"十件实事",可要仔细看来,每件事都是一项艰巨复杂的挑战性工作,有的干起来需要从年头到岁尾,有的做起来千头万绪,有的要分阶段实施……李士强毅然如同一个勇敢的登山者,将自己交给了青山,便只顾风雨兼程。

建设番茄小镇项目,初期投资300万元,这也是书记、乡长主抓的项目,早已经箭在弦上、蓄势待发了。董启超、王巍同时画了着重号,共识达成。

开设乡村大食堂,方便老人和外来务工人员就餐,这想法实在太好了,既解决了特殊人群的后顾之忧,又能节省时间,提高工作效率;全员技能培训,针对村里种养加项目,请专家前来授课,人人持证上岗,成为各个领域的行家里手;新进500头育肥牛,让养牛场规模稳步扩大;康养旅游示范村建设,将80多处闲置宅基地进行绿化美化,升级改造成优质星级民宿,既可以增加村里的收益,又可以吸引外地游客,把李寨的新风貌宣传出去。

"十件实事"征求讨论稿发到群众手里,在村民间激起强烈反响。这是聚人心、鼓干劲的催化剂,李寨的村民人手一份,积极进行家庭讨论会,村组、网格的研讨会,大家各抒己见,不断地进行增益、修正和补充,并把意见不断地反馈到村部。"智者藏于民间",李士强就是要聚心合力谋发展。

这"十件实事"之所以能受到群众的欢迎,归根结底,想法还是来自广大群众。繁忙的工作之余,李士强但凡有时间,就会与群众话家常,他问得最多的,都是村民对来年有什么期待?咱李寨该如何发展?有问有答,凝聚着乡情,也让他对来年的思路逐渐清晰。

与此同时,县市相关领导、记者、学者、专家教授也接到"十件实事"征求意见稿,李士强不断地给各路精英打电话,诚恳地表示:"您站位高、格局大、见识广、点子多,多给咱提提建议和意见,我一定洗耳恭听。"意见一条条反馈回来,有很多都中肯到位、切实可行。

2023年的"十件实事"最终确定下来,预计完成投资达3221万元。这凝聚着李士强一腔心血的方案,让他心里充满了兴奋,更是信心百倍。"向上攀登的路,注定坎坷不平,可只要走过去,就又是一片广阔的天地!"

新华社题为"解码'亿元村'——中原乡村振兴的李寨探索"的节目,报道了李士强的宏大格局和人格魅力,他下定决心,要在新时代为乡村发展探

村企共建推进乡村振兴

索出一条路子，以完美的答卷，回答着乡村振兴这道"时代考题"。

李士强说："恰逢盛世，咱就要撸起袖子、甩开膀子大干一场。时不我待，不但不能落后，而且要走在时代的前列。新时代是出卷人，作为最基层的村党支部，我们就是乡村振兴的答卷人，能不能交出满意的答卷，能不能出彩，要让人民群众批阅打分。"

其实，真正破解李寨乡村振兴密码，你会发现，要交出一张满意的答卷，谈何容易！连续十年，亿星集团的"万企帮万村"活动，不但为李寨贡献出了他们的董事长李士强，还派驻了由精兵强将组成的驻村工作队，累计向李寨村投入2亿多元。

亿星集团坐落在三川交汇的周口，辐射广袤的中原腹地。当年靠酒类流通掘得了"第一桶金"，随后，集团不断拓展,主打业务为农产品批发、酒类销售、糖肉类储备、天然气储存、热电等,这些都是与"菜篮子""米袋子"相关的民生业务,价格非常透明,利润甚微。而作为有2000多名员工、带动两万人就业的庞大产业集群,随着成本价格、原材料的不断上涨,企业正处在战略发展的优化调整期,可以说,用钱的地方多得难以胜数。很多时候,李士强和亿星集团,都会为钱发愁。无论如何,对李寨2亿多元的投入,对以民生为基本盘、微利为本的亿星集团来说,这都不是一笔小数目。

但李士强始终把社会效益放在首位,以品牌取胜,靠优质服务和质优价廉取胜,让利社会和消费者,让亿星集团的美名不胫而走,赢得了广泛赞誉和良好口碑。亿星集团早把帮扶李寨村,作为一项服务民生最重要的工作,不遗余力、全力以赴。这注定是一项没有任何回报的投入,但李士强无怨无悔,亿星人也无怨无悔。

很多人都心存疑问,李士强放着好端端的董事长不干,抛下风生水起的企业集团,却反过来将一段最辉煌的人生,与一个落后贫困的乡村进行深度绑定,毫不犹豫地付出、投资、奉献,到底图个什么? 但只要你了解李士强的经历、了解他的为人,就会明白这是一种何等的境界、怎样的胸怀。作为一个民营企业家,他知道自己的成功离不开伟大的时代,作为一名共产党员,他不能忘记初心、放下使命,作为从李寨土生土长的农村人、作为一名人大代表,他把自己完全地奉献给了这片多情的土地,为了"三农"问题鼓与呼,为父老乡亲的幸福倾尽全力。

我采访亿星集团总裁刘俊友先生时,专门问过钱的问题,他叹了口气说:"钱? 我们集团看着大,花钱的项目更多,咋会不缺钱啊。没有钱却要办花钱的事儿,硬挤呗。老董事长说要钱了,我们就知道李寨那边吃紧了,带着感情支援乡村发展,为乡村振兴助力,所有的难我们来作吧。"

采访中,亿星集团党委书记、董事长李超峰说:"起初,都觉得老董事长回李寨任支部书记最多也就干个三两年,也许就打道回府了,可谁曾想到,他一去就是十年,在李寨扎了根,豁出了全部的心血,真正践行了习近平总书记说的'三牛'精神。十年间,集团不仅为李寨投资2亿多元,还响应全国工商联、国家乡村振兴局、中国光彩会'万企帮万村'号召,挑选企业的精兵强将,组成强有力的帮扶工作队,驻进了李寨村。"

李超峰还告诉我:"我专门做了要求,老董事长的话,就是我的话,上上下下都要无条件立即执行,不仅要做,而且一定要做好。对老董事长的要求,要优先办理,他在乡村一线太难了,咱亿星要全力以赴进行支持。"

一句话,支援李寨的钱,真的是亿星集团省了又省,节俭了又节俭,缩减多项开支,硬生生从牙缝里抠出来的。

李超峰虽然年轻,但作为河南省总商会副会长、著名青年企业家,做事风格沉稳,思路灵活清晰,格局宏大开阔。李士强回李寨担任支部书记以后,李超峰接任了亿星集团董事长,他对"万企帮万村"活动是不遗余力的,对李寨村也有着浓厚的感情。

李超峰告诉我,李士强舍得为李寨花钱,可他对自己却非常抠。一个身家过亿的企业家,吃好些,穿好些,用得也高档些,本来也无可厚非,但李士强吃穿总是普普通通,连牌子都不在意,只要合身舒适都行,跟高档、奢侈丝毫不沾边。他一身衣服,穿个十年八年都是常事,不是万不得已,不会换新。对于吃,那就更随意了,李士强最爱吃杂面条,"古李寨"牌的杂粮面,他吃起来津津有味。有时到外地出差,路上时间太紧来不及吃饭,就在街边随意弄个肉夹馍也能凑合。

"我小时候挨过饿,穿补丁衣服,知道啥叫穷、啥叫苦,如今这生活,吃穿不愁,全面小康社会,多幸福的日子啊!我们应该打心眼里感恩新时代,感谢我们的党和政府,感谢我们伟大的祖国和人民!"李士强的谆谆教导总是挂在嘴边,"李寨人永远跟党走,要有一颗感恩的心。"

疫情三年,亿星集团的发展在困难中不断调整优化,虽然基本盘健康发展,但受客观因素影响很大。集团的开支更是精打细算,既要保证2000多名员工的工资,还要保障"菜篮子""米袋子",这都需要竭尽全力。可即便如此,李寨的发展却不能停顿,集团对李寨的帮扶投入也一如既往。仅2022

年疫情最严峻的时期,亿星集团投入李寨的资金就达7839万元,对每一分钱都想掰成两半花的亿星集团来说,这可是一笔不菲的巨款。

李士强信心百倍,对建设"美丽幸福新李寨"坚定不移。李超峰咬紧牙关,刘俊友咬紧牙关,亿星集团领导层都咬紧牙关,只要李士强需要,只要李寨村需要,他们都会毫不迟疑——"李寨的根连着亿星的魂儿,优先支持"。

四

"一天接一天,一年又一年,十年磨一剑",李寨村发展的每一步,都在李士强的心上。如果把李寨比作一艘航船,李士强既是"掌舵人",同时也是"瞭望者",每到关键时刻,他总是挺身而出,主动担当,责无旁贷,决不会离开一线。

起初,李寨的蔬菜大棚种植,只是一个小小的萌芽,现在发展到供应粤港澳大湾区千亩蔬菜大棚基地,就成了一个质的跨越。

当时,恰逢李平亮返乡创业,将目光也投向大棚菜种植,李寨农业公司成立以后,李士强对种植户进行专项扶持。2013年,李平亮亏本了,他找到李士强说:"我没有干好,可我实在不甘心,我有信心干得更好。"

李士强笑着鼓励他:"只要你有信心,我就全力支持。你的亏空,我给你全部补贴。我觉得你种植大棚是把好手,路子是对的,方向也是对的,市场瞬息万变,但也有规律可循,只要不懈努力,就一定会成功!"

2014年,还是亏了,李平亮倍受打击,开始灰心丧气。李士强主动找到了他,劝他不要放弃:"遇到困难、挫折,是坏事,也是好事。起码积累了经验。我们总结一下教训,调整方向,让我们的产品适应市场,肯定会成功的。"

李平亮沮丧地说:"其实我也不服气,我觉得坚持下去,就会成功在望。可是,我连本钱都没有了……"

李士强说:"有亏空,没本钱,这都是小问题,我继续补贴,村支部做你的坚强后盾。"

由李寨农业公司担保,银行给李平亮提供了无息贷款,他的大棚种植坚持了下来。2015年,李平亮终于见到回头钱了,技术摸透了,大棚菜生长得郁郁葱葱,市场也熟悉了,蔬菜销售供不应求。

李平亮的"大棚菜"历经风雨后终见彩虹。在李士强眼里,这个"点"活了,他从一片郁郁葱葱的农田,想到了"一亩园十亩田"的大棚菜高效农业,随之又想到了黄淮大市场。黄淮大市场是豫东南的农业产业化龙头企业,已经有了丰富的运营经验,如果把李寨的大棚种植与黄淮大市场结合起来,作为重要的蔬菜供应基地,岂不是一举两得的好事?

于是,发展"大棚菜",每年都列在李寨的"十件实事"里,从无到有,从小到大,从弱到强,从单打独斗到大户引领,从小户示范到联户规模发展,一年又一年,李寨的大棚产业年年都在茁壮成长。李士强常说:"对认准的事儿,要咬住发展不放松,紧盯产业不放松。静下心,沉下去,潜到底,钻进去。把一口井淘深,就一定流淌汩汩甘泉。"

李士强发展眼光明确,他要求村两委班子要不断拉长产业链条,让一、二、三产业充分融合,大家要开动脑筋,用好互联网思维。眼光不仅要盯住李寨的点,更要放眼全国、放眼市场,把微观做精,把宏观做优。

李士强思路很清晰,长期的经营活动中,他形成了一套独门绝技,那就是推进工作善用"专班",细枝末节都落实到具体责任人头上。大项工作有"大专班",重点工作中的"大专班"再分出"小专班",中心工作要分工明确,合作为本。而他,就是大家的靠山和后盾:"你们能办的事情,要全力以赴;你们办不了的,都交给我!"

村里蓬勃发展的"四集七专",集体产业、专业合作社都有了产业链链长,村两委的委员们、网格长、党员都成了"工作专班"的成员,所有的工作专班都有责任人,每个人头上都戴"帽子",身上都压着担子,分工协作,全力配合。谁都知道,第一责任人非李士强莫属,他每天都用脚步丈量李寨,哪里有问题,就到哪里去开现场会,到跟前看看,现场指挥,当场拍板;最艰巨的困难,李士强总是亲自上阵,出现了问题,他全部揽在自己身上——"成绩是你们的,有了问题我顶上去!"

从饥荒年代走出来的李士强,"千亿斤粮食工程"是他最心心念念的项目。粮食安全大如天,而如何实施好这个电气化浇灌项目,那就要从基础设施做起。

分田到户以后,李寨的土地被零刀碎割了,3000多条"面条田",2000多块"豆腐块",鸡零狗碎地散乱在田野上,大集体时修建的那些水利设施早已废弃,这些土地成了"望天收"。李士强看着眼前的状况,心急如焚,"国之大者",粮食安全是根本,基础不牢,地动山摇啊!

李士强在心里盘算着:以李寨的耕地面积,要实现全覆盖,至少得打50口机井。田间沟渠早已损毁,剩下的断断续续的部分,也早已经被污泥杂草阻塞,不但失去了灌溉之用,而且到了雨季,还会成为排涝的"肠梗阻",要实现灌渠成网联通,至少得重修5000米。村里的生产道路,坑坑洼洼,坎坷不平,雨雪天更是泥泞不堪,在好几处紧要关口,赫然出现了"断头路",群众下田干活要绕来绕去的,苦不堪言,还需要新建三座桥涵……基础设施建设是农业的根本,解决这些问题,都是迫在眉睫的事。

李士强又一次走进了乡政府大院,从书记办公室,到乡长办公室,挨门"化缘"来了。书记邢子田看着满头大汗的李士强,总是习惯性地倒上杯热茶:"李寨的问题,也是全乡普遍存在的问题,这是难事,也是好事,咱想法办好。"

从冬天到春天,项目筹划到位。从春天到秋天,农田水利基本建设如火如荼地进行。如何布局设点,这是李士强的功课。他会同农业、水利专家,蹚着湿漉漉的泥土,在李寨3400多亩农田上,来回地实地踏勘。

"李书记呀,这是我们的工作,你就不用跟着,在村部稳坐钓鱼台就行。"

小伙子们劝他。

"走吧，走吧，专业上你们是专家，但人生地不熟的，总是不太方便。我对这里的一草一木，都熟悉得很，就给你们当个向导吧。"李士强事必躬亲，健步如飞。

钻机的轰鸣声响彻碧绿的原野，高高的井架下，旋转的钻杆带出浑浊的泥浆，李士强在钻井边一身泥巴一身水，脸上却如沐春风，满是喜悦的笑容："这下好了，机井打成，浇地就再也不愁了，就可以旱涝保收了。"47眼机井，如清澈的"龙眼"，将李寨黑土地下的甘泉引出，随时滋润干旱的禾苗。

5000米的沟渠中黑色的污泥、疯乱的杂草，被挖掘机的铁掌抓出来，畅通无阻的排水渠，雨季把积水排出，旱季把甘洌的井水送进农田，实现了灌溉和排涝功能；轰隆隆的压路机开进来，坎坷不平、泥泞不堪的生产路被瞬间压平，商砼车里倾泻而出的混凝土，生产路顿时旧貌换新颜，2800米水泥路，实现了从村寨到大田的联通；三座桥涵也破土动工，打通

畅通无阻的排水渠(左)和生产路旧貌换新颜(右)

了梗在群众心头的"闹心路";一座水站,将深井水输送进千家万户,清凉的甘甜滋润着李寨人心田。

耕地,是李寨的命根子,这片"靠天吃饭"的农田,终于成了旱能浇、涝能排、旱涝保收的"高标准农田"。李寨的乡亲们心里甚为欣慰,如今,农田水利设施完全配套,他们终于不再听天由命,饭碗终于端在自己手里了——李士强一回村,梦想就照进了现实。

2019年3月8日,作为全国人大代表的李士强,亲耳聆听到习近平总书记在河南团的关于粮食安全的讲话:"要扛稳粮食安全这个重任。确保重要农产品特别是粮食供给,是实施乡村振兴战略的首要任务。"

李士强说:"咱这是粮食主产区,保障国家粮食安全,任何时候都不能松了这根弦。我们有3488亩土地,必须确保耕地面积,种植优质小麦,优质玉米。扛稳粮食安全责任,确保把饭碗牢牢端在自己手里,我们义不容辞。"

李寨村夯实产业振兴,始终不忘抓好粮食生产,首要的就是确保小麦、玉米种植面积,推动藏粮于地、藏粮于技,稳步提升粮食产能。农田水利基本建设完成以后,李士强乘势而上,利用优势产业,开始围绕利润最大化做起了大文章。

李士强的办法,还是问策于专家、问计于群众,向行家里手请教,这是他一贯的法宝。很快,李士强就成了省农科院、市农科院专家的"座上宾",交流相谈甚欢,种植优质粮的想法不谋而合。

作为国家粮食主产区,省、市农科院对李寨的黑土地情有独钟,大力支持李寨村建设"优质良种试验田",1500亩优质小麦、1500亩优质玉米,都是与河南省农科院、周口市农科院合作的优质粮品种。"产学研"完美结合,李寨的田间地头来了一批权威的专家,一个个斯文儒雅,说着一连串新名词,开阔了李寨人的眼界,李寨群众也成了"科技助理",跟着专家学农活儿,也很快能说个门道了。

一条良性循环的生态绿色粮食生产链,在李寨肥沃的田野里延伸。粮食作物粗壮的秸秆成了新鲜饲料,成了牛儿们嘴里的"美味";堆积的牛粪装进发酵池,化身为有机农家肥重返田园,氮磷钾诸要素齐备,多种有机酸和肽类构成丰富的营养元素,为农作物提供全面营养,肥效长,增加和改良了土壤有机质,促进了有益微生物繁殖,成为粮食作物最敦厚的营养;高效、绿色、无污染,实现了"绿色循环,吃干榨净,物尽其用",让粮食生产保质又保量。

小麦播种了,从出苗就非同一般。这是实验的小麦新品种,抗倒伏,耐旱涝,抗病虫害。麦子抽穗了,穗多、个大、籽粒饱满,看着就喜人,李寨群众啧啧称奇。

阿公阿婆,

割麦插禾;

麦子黄了,

打场垛垛。

布谷鸟咕咕鸣叫,衔来了丰收的麦季。赤田烈焰照原野,麦苗捧着麦梢黄。大型联合收割机扬眉吐气,像抱金娃娃一般,将金色的麦穗拥进怀里,吐出金灿灿芬芳的麦粒,映照着丰收的欣喜。

围观群众聚拢在一起,纷纷猜测今年亩产量。保守地说肯定有1000斤出头,大胆地猜到了1500斤上下。最终的结果出来了,平均亩产1400多斤,实验取得了预期效果,自然皆大欢喜。

李士强把麦粒捧在手心,心里感慨万千。看来,吨粮田建设真的提前实现了。

专家含笑不语,但那高兴劲还是溢于言表:"李寨,真是好地方呀!"

往日填锅底的麦秸,今日堂而皇之变身为牛儿的珍馐佳肴。一捆捆整齐地码进储存室,以后的日子里,麦秸将在牛儿肚里转一圈,丰盈的营养将变成美味的肉食,剩余的渣滓会迅疾变身发酵的有机肥重返田间。周而复始地循环,漠漠原野生机无限。

"铁牛"嘶吼地里忙,忙了麦收奔秋粮。

玉米同样是浸透科技含量的新优品种,亩产突破了1700斤大关。循环农业让玉米浑身成宝,玉米秆粉碎成为青贮饲料,玉米芯化为食用菌基料,菇类采摘完毕后,又会再度发酵为肥料还田。绿色循环农业,名不虚传。

李寨的大棚菜在黄淮大市场热销之后,李士强的目光盯上小杂粮种植。想当年,刘邓大军千里跃进大别山,李寨的小推车满载小米、烤红薯和杂粮面条,有力地支援了子弟兵,如今,当人民的生活水平极大地提高以后,多种类小杂粮成为当下健康饮食的抢手货。在村两委的号召下,人们利用时间差,采用套播技术,开始了小杂粮种植和深加工。他们品质为上,主打优质产品,黑豆、绿豆、红豆、黄豆、黑芝麻等品种已经形成了系列,年产量达到了10万斤以上。经过分拣、灌装、打包等工序,各种小杂粮送往黄淮大市场和电商平台,"古李寨"杂粮面条已成为名牌产品,为李寨的父老乡亲带来了丰厚的收益。

"我们打的是'固定靶',李书记打的是'移动靶'。"村委副书记李鹏辉说,"很多工作非李书记不可,他的工作量之大,是常人无法想象的,天不亮就起床,一睁开眼到夜阑人静,两头见星星,天天满负荷,哪有半点闲工夫休息啊。"

"'不驰于空想,不骛于虚声'。踏石留印,抓铁留痕,从来不空谈,李士强就是一头为人民服务的孺子牛、创新发展的拓荒牛、艰苦奋斗的老黄牛,这'三牛'精神,是他身上最显眼的标签!"省社科院原院长、省委咨询组高级专家张占仓调研李寨后,啧啧称赞着告诉我。

李士强说:"要想穷根断,人民赞,必须撸起袖子加油干。五加二,白加黑,抢时间,不论点。孺子牛、拓荒牛、老黄牛,我要做一头不知疲倦的钢铁牛。"

然而,这世上哪有什么"钢铁牛"啊?

村委副书记李鹏辉告诉我，高标准、快节奏、大力度的工作，让李士强经常出现头晕目眩的情况。每到这时候，他就会说："你们接着讨论，我先躺十分钟。"十分钟后，李士强便会满血复活，精神如初。有几次，他因劳累感染了风寒、咳嗽、胸闷、头重脚轻、高烧不退，大家都劝他卧床休息，可他不过吞几片药，好像连躺下都成了奢侈，工作忙碌照旧。

村委委员王小丽说："建设牛场，正是脱贫攻坚的关键节点，李书记连轴转，重感冒半个月都不见好，他却说轻伤不下火线，吊着水还在研究文件，一拔掉针头，又若无其事地来到项目上。十年间，李寨村民人均收入增长了8倍，成为赫赫有名的'亿元村'。说实话，我们这么多的成绩，都是李书记带领大家硬拼出来的呀！"

扎根李寨十年来，李士强皮肤晒黑了，头发变白了，皱纹加深了，可他却砥砺躬耕、无怨无悔。李士强说："人的一生追求有两点：一是生活必需，二是社会贡献。钱挣得再多，每日不过三顿饭，夜眠也是五尺床。钱，生不带来，死不带走，财富、名望、荣誉，都如过眼云烟，应该为家乡的富裕、文明再多做一些贡献，真心实意为人民做事的人生，才最有价值。"

微信扫码
·对话李士强
·解码"亿元村"
·聚焦新农人
·数说新"三农"

第十一章　美丽乡村是我家

一

"十件实事"里,李士强倾注心力最多的重头戏,是"美丽幸福新李寨"建设。最初,李寨一穷二白,集体资产几乎为零。村子里到处布满废坑塘、窝子林,土路泥泞,老屋破败,宅基地无规划,散乱如被风吹来的草窝,村里的年轻人都外出打工了,只剩下老人和孩子守着空心村,过着艰难的日子。

李士强每年确定了"十件大事",从零基础起步,小步快跑,一年一小变:推动土地整理项目、升级寄宿学校、打井修路……三年一大变:皂沟河治理、文化墙绘制、装路灯、修下水道……十年发生了巨变,沧海变桑田:建成了"一区两馆三中心"、建成了文化广场、水系治理……李寨出落成闻名遐迩、风光旖旎的"大家闺秀"。

"你能想到吗?"李士强指着前方说,"以前,眼所能及的这一片,有300多亩吧,都是废弃地、垃圾场、臭水坑。现在你看看,旧貌变新颜了。"

一眼望去,一片朦胧的轻雾中,是吸取了中国古典建筑精华,更融合了现代建筑元素的新民居,雕栏玉砌,如蓬莱仙境,是李寨村的灵魂所在。

刚回李寨时,李士强常常徜徉在垃圾场、臭水坑旁边,不免痛心疾首、无尽辛酸。这是李寨皲裂的"伤疤",坑坑洼洼的废弃地上,杂乱无章的"窝子林",俯仰萧疏,述说着无奈的凄凉。杂草垃圾混杂的臭水坑,散发着阵阵恶臭,那是李寨身上最悲痛的"脓疮"。

土地是我们的命根子,我期望每一寸土地,都有丰硕的收获,每一个坑塘都能碧波荡漾。如果我们被杂树、臭水包围,心中就永远不会痛快。李士强下定决心,一定要变废为宝,要为李寨穿上美丽的盛装。

李士强这样想着,他的心里就描绘出美丽乡村建设的路线图。想好了就干,没有条件创造条件也要干,绝不拖泥带水。这是李士强一贯的做事风格。李寨历史上,很快上演惊天动地的"大变脸"。

李寨村乡村生活体验中心

　　正赶上"全国美丽乡村试点"申报,李士强一看,这来自农业农村部的喜讯,让他心里如沐春风。"美丽乡村,是习近平总书记心心念念的牵挂,美丽乡村也是'金山银山',我们应该抓住机会,立即着手。我们不负青山,金山银山就一定会来到我们面前,我们不负这个繁荣昌盛的时代,时代一定会回报我们笑脸。"

　　大家提出质疑:"李书记,咱村基础差、底子薄,是国家级贫困村啊,申报全国美丽乡村试点,是不是有点好高骛远了,咱真能够得着吗?"

　　李士强笑道:"我觉得,这恰是我们的优势。一张白纸,好绘出最美的图画。我们就按照全国美丽乡村试点要求,高标准规划,建设美丽乡村,我们李寨志在必得。"

　　李士强要干一件事,那可不是说说就完了。他把具体工作排上日程表,定出领导组和责任人,制订好详细的计划图和实施路径,挂图作战,定期研究跟进措施,确保取得实效。

　　废坑塘、窝子林,构成李寨丑陋的"伤疤",如何变废为宝,也成为李士强心头的牵挂。"土地整理项目"实施,给他送来了"橄榄枝"。自然资源部门专家在省自然资源厅耕保处李处长带领下应邀来到李寨村,从右到左、从左到右地踏勘,一幅详细的图纸就设计出来了。

　　180亩的土地整理,紧锣密鼓地进行。曾经的坑坑洼洼、废弃闲置,鸟不拉屎的李寨"伤痕",各种机械往来穿梭,平整出一方肥沃的良田。

　　飞扬的尘土打在李士强身上,他却有说不出来的高兴:"我们国家虽说是地大物博,可人口众多,粮食安全大于天。我们要像保护眼睛一样,珍惜每一寸土地!"

　　接着,第二批400亩土地整理项目顺利立项,评审已箭在弦上。

　　"看你们李寨,土肥水美,真是个好地方。咱这一整理,耕地可以重新利用,更可以腾出指标,一举多得。"李处长盛赞道,"有了沙颍河边这片新良田,古李寨应该焕发新风采!"

　　白手起家的李士强,深谙专业的事儿要请专业的人,他干每一项工作,都注重听取行内人士和专家的意见，再结合群众意见，征求各方面建议，反复酝酿出最优方案。

2014年年初，喜讯从北京传来，全国"美丽乡村"创建试点揭晓，李寨村赫然在列。而几乎同时，省发展改革委"新农村建设引导点"公布，李寨也被纳入其中。成绩的取得，来自实实在在的汗水，浇灌出了明艳艳的花朵。

美丽乡村建设有了"国字头"加持，李寨村建设紧锣密鼓地开展。李士强要求：从细处入手、人人动手、全员参与，每件事情都要有时间表、有标准、有结果，要做成标杆、样板。"百尺竿头，更进一步"，用成绩交出满意答卷。

所有人都憋足了一股劲，一个干事创业的群体，紧紧围绕在李寨村党支部周围，打响了美丽乡村建设的突击战。

2021年9月，李寨便民服务中心外面，"一中心两馆三区"建设工程如火如荼，美丽乡村建设的节奏骤然加快。李寨是县人大常委会主任许四军的联系点，在李寨美丽乡村建设的新节点上，许四军主任会同县职能部门的领导们、乡党政负责人，涌进了李寨村，他要前来现场办公、督导。

李士强和村干部迎上来："欢迎领导来检查指导！"

冯营乡党委书记董启超说："李寨村作为沈丘县乡村振兴示范村，李寨兴则冯营兴，李寨成样板则冯营成标杆，冯营乡党委、政府举全乡之力，助推李寨打造乡村振兴样板。"

许四军跟李士强开玩笑说："李书记呀，你作为全国人大代表，带领李寨建设美丽乡村，也为咱人大增光添彩。我这联系点要出彩，在全乡出彩，全县出彩，还要全省出彩，全国出彩！"

一行人热烈地交谈着，迈步进入工地。从里到外、从上到下，实地踏勘了一圈。随后，来到村委会门口，原地围成一圈，当面锣对面鼓，开始现场办公。乡村振兴局、交通运输局、水利局……依据各自的职能汇报工作情况、施工进度、目标任务、工期计划；冯营乡、李寨村、包村干部也依次汇报工作进度、现场解决问题；党员、群众代表畅所欲言，人人都献金点子。

李士强介绍说："'一中心两馆三区'项目，是李寨美丽乡村建设的重点项目，我们的项目因为亿星集团的全力支持，资金已经全部到位，各项工作已排出进度表。请各位领导大力支持，形成合力，我代表李寨父老乡亲表示感谢！"

董启超表态："李寨乡村振兴项目干不好不行、慢了也不行。必须加快步伐，决不允许拖拖拉拉。要做好时间进度表，倒排工期，挂图作战，争取李寨乡村振兴项目一天一个新变化。"

许四军点卯式询问，挨个点将表态，说具体进度，说时间节点，也说困难、道问题、定策略。许四军强调：责任人要认真负责，各部门要分工合作，这样工作成效才能显著提高。李寨乡村振兴有标杆示范作用，项目建设工程起点高、格局大，一定要保质量、保安全、赶进度。各单位要实行四专：专人、专班、专职、专抓。目前工程施工中人员少、机械少，一定要抓紧解决，配足人员、机械到位，确保十月底项目完工，我们11月1日将对工程项目进行验收。

"我再忙，也会一周来督导一次。下周这个点，我一定来，相信到时候都会拿出具体成绩实效。我们要做到干部上前、工作上心、责任在心，确保项目按照节点，保质保量推进。如果谁有困难现在就提出来，我们立即研究解决。"许四军对大家说。

现场会布置任务简明扼要，落实措施具体有力。许四军善用"一线工作法"，不善空谈，下边的行动也干脆果断。

一周后，到了许四军开周例会的日子。那天，淅沥下起雨，紧一阵慢一阵。田里的麦苗青绿可爱，村里村外烟雨蒙蒙。人们来到李寨村头的建筑工地上，有村干部说："今天这天气，许主任预定的周例会，怕是要泡汤了。"

李士强摇摇头说："以许主任一贯的工作作风，他肯定来，风雨无阻，不会有误的。"

旁边的群众摇头道："县里都是油光的柏油大马路，不沾一星泥，当然不误出行了。可咱这是乡下，今天又下着雨，没有停的迹象。工地上有半尺深

崭新的柏油马路

的泥窝,一走三拔腿,人家穿皮鞋的会来踩咱这烂泥窝?"

　　说话间,许四军他们已披着雨衣进村了。雨水淋湿了许四军的衣领,冷风吹乱了他的头发,可他一点也不在意,每周一次的推进会雷打不动地召开。进度、问题、计划,督导工作严丝合缝地进行。会议虽短,督导却实,推进雷厉风行,问题迎刃而解。

　　这样的会议,一周一次,前后持续了近十次。许四军每次都亲临现场,实地踏勘,一线指挥,现场办公,工作节奏提纲挈领、短促有力。

　　现在,一片鳞次栉比、精美绝伦的建筑群,成为平原上一道亮丽的风景。美丽风景会说话,一进李寨,烂泥塘不见了,臭水沟、垃圾场不见了,下再大的雨,一走三拔腿的稀泥窝找不见了,呈现在眼前的是和城里无异的柏油马路。

　　"全国美丽乡村"的美誉,花落李寨。

　　走进李寨,就如同进入画中,许四军和李士强行走在人

建设生态宜居村

间仙境里,笑声爽朗,笑容灿烂,那是他们最幸福的时刻。

春风拂过满眼绿,处处美景惹人醉。

然而,李士强走在村头温棚边,一团团棉絮一般的东西飞扑而来,地上如落下片片白雪,他被迷糊了眼睛,呛了喉咙。村民围拢过来说:"一到春天,这杨棉刮得到处都是,飞入鼻孔,吸入肺内,沾到皮肤上,不但不卫生,还有不少人因此过敏。"

李士强看着,也摇摇头。这杨树,长不成材,过去都是当柴火烧,现在有了天然气进村,连烧锅也用不到了。年年杨絮满世界乱飞,实在是百害无一利。何不种上果树,春有繁花秋有果,村庄坐落在一片花海果园里,多美气!

村里拿出奖励资金200万元,彻底消除杨棉的事宜被提上议事日程。

然而,有个别群众想不通,杨树虽然用处不大,可毕竟是自己的私有财产,就这么白白给砍了? 种果树虽然是好事,果树虽说免费发,可猴年马月才能见到效益? 再说,房前屋后有"嘴头食",一眼瞅不到顽皮孩子就偷摘跑了,找谁去?

思想工作是"开心鼓",李士强层层开会,就是要把好事落实到群众心坎上。个别人想不通,李士强就来到群众家里,那真是春风化雨,谈笑间化解心结,思想很快拐弯了——整治后杨棉没了,花香果甜,住着也舒心畅快,才是我们想要的幸福生活。

"先砍我家的树,咱村干部得带头。"李士强家的8棵杨树很快就换上了石榴树、桃树、梨树,幼枝已经萌芽,往日的废材变身花果园,看着煞是喜人。村干部、党员也跟上了,很快形成了热潮。群众绝大多数是通情达理的,为了李寨美丽乡村建设,为了住进馥郁馨香的花果园,那是砍伐杂树没商量。

"李书记和村支部定好的弦,还能弹错了? 往年迷得人睁不开眼的杨棉,孩子吸进鼻腔里,过敏几天都不好,真是百害无一利,早该刨!"群众围拢起来,众口一词。

李士强和村干部走村入户,谈笑间拉的是家长里短,说的是百年大计,润物无声,以情动人。

群众一看书记一次次登门,人心都是肉长的,人家李书记图啥? 还不是为了咱大家过上好生活。栽植果树对你有坏处没? 利己利人利大家的事,还犹豫啥?"得嘞,砍了杨树栽果树,我这两天家里有事,过两天一定刨,一定!"

600多棵杨树,被700多棵石榴树、桃树、梨树、苹果树替代。讨人嫌的杨棉偃旗息鼓了,李寨成了天蓝水碧、空气纯净,人人欢笑的一方新天地。春来,花儿芬芳飘来馥郁的馨香,夏日,石榴似火如闪闪红星,红彤彤的柿子,葡萄紫红饱满,与优雅别致的民居相互辉映,呈现一种属于乡村的原生态的宁静,美丽不请自来。

乡村一角

　　看,李寨路边、村边、水边,"绿化、美化、净化、文化",打造出一方美丽新天地。抬望眼,小公园清风习习,小菜园瓜果诱人,小果园硕果飘香,小花园姹紫嫣红……目之所及处,都是美丽的花、诱人的果。

　　你利用,你种植,你收获,我奖励——美丽家园建设评比活动火热开启,根据自家庭院内外环境、卫生、布局、物品陈设等进行考评,评比出优秀、良好、较好的标准,分别给予3000元、2000元、1000元的奖励。家家户户,建设美好乡村的积极性,真正调动起来了。犄角旮旯,边角闲地,污秽自行清除,新绿蓬勃生长。乱堆的废柴,废弃的高岗,丛生的野草,蓬松的杂树,都被清理掉了,都被开垦出来了。宜树则树,宜花则花,宜果则果,宜菜则菜,皆从自愿。

　　庭院内外很快焕然一新,不仅有了下锅的时鲜蔬菜,看起来更是赏心悦目。种果树、种菜成为时尚,昔日被忽略的边角地,被绿色缀满。毕竟,淳朴的农村人,最看重的是生活,是实惠。

　　果树飘香,一步一景,相映成趣,到处都有田园小趣的生态美景。农家别墅宽敞明亮,内室外庭,花果飘香,青菜葱茏,人与自然和谐成一幅美丽的画面。黄发垂髫乐在其间,狗儿猫咪穿梭其内,蜜蜂蝴蝶翩翩起舞,蓝天白云悠闲安适,多么恬静富足的乡村生活画卷!

乡村一角

皂沟河是沙颍河的支流。在李士强的记忆里,儿时的皂沟河,清清的河水,绿油油的水草,欢快的游鱼,呆头笨脑的甲鱼……夏天,小伙伴们来到河边,一猛子扎进去,或畅游,或嬉戏,欢乐无穷;岸边洗衣的女人挥舞棒槌,激起一河欢快的涟漪,整个河道都是欢快的洗衣谣;大人们谁摸到了一条鱼,中午的桌上就多了一道美味……皂沟河,装点着李寨的风景,也承载着李寨人的梦。

然而,岁月荏苒,剥落了皂沟河的靓丽容颜,杂草丛生,秽物遍布,死水污染,让它窒息落寞,成为形如伤疤的"臭水沟",散发着刺鼻的怪味,人们避之唯恐不及。皂沟河是怎么啦? 接连着的村边的两个废弃坑塘,也成为一汪臭水,宛如哭泣而浑浊的泪泉。

"全国美丽乡村"建设,始终萦绕在李士强的心头,而皂沟河的治理,成为横亘在他心头的"梦魇山"。

李士强来到水利局,他要向水利局专家寻求李寨碧水长流的计策。拜访是诚恳的,言辞是谦逊的,着眼的也不仅仅是李寨一村一域,而是沈丘县东部的综合治理,这让水利局领导也相当感动。

"你看看,沙颍河是长流水,这皂沟河就是它的毛细血管,牵扯到付井镇、冯营乡这么大的区域,应该疏浚引流,也好发挥水系的抗旱排涝功能。"李士强从宏观高处,寻求破解河流疏浚难题。

李士强看到的问题,自然也引起了水利部门和乡镇党委、政府的高度重视,皂沟河的疏浚、引流纳入了沙颍河引水议事日程,从沙河到石槽集,越赵德营,过冯营乡,入李寨村,形成了一个系统工程。群众利益无小事,实施日期也很快定下来了。

轰隆隆的挖掘机开进了皂沟河,巨大的轰鸣声震荡着安详的李寨,那沉积多年的黑淤泥被清理出来,眼看着臭水沟般的河床,拓宽成为一条畅通的河道。生态护坡用红岩板铺就,节制闸引而不发,等待驯服水流。

李寨村中心的两眼废弃坑塘,昔日像个巨大的垃圾箱,污秽不堪,挖掘机、装载机轮番作业,清淤达4300立方米,与皂沟河联通,长河挽平湖,成为一池春水向东流的吉祥湖、红旗湖。湖中央预留出湖心岛,盖起了一座八角凉亭,秀美婉约,飞檐流丹,初露出绰约风姿。

与皂沟河疏浚同步,李士强开启了为李寨"梳妆打扮"的"神奇变脸":河两边的护坡全部用红岩板拼接,美观大方,坚固结实;河两岸栽植绿化树木1700多棵,建成绿化带2000平方米,改造人行道1800多米,往日的野河荒沟,华丽转身,成了一道亮丽的风景。

对每一项工作,李士强都靠前指挥,每一棵树苗,都要仔细查看,栽种时与群众一起挥锹铲土、浇水、填土,干得披头流汗,干得细致入微。从晨曦微露,干到月亮东升,李士强早就筋疲力尽,手下的铁锹却没有停歇。"小树只有安好了新家,才能枝繁叶茂,长出一片葱茏。"他忘情地说。

"我们李书记总有使不完的劲儿,饱满的精神头,村里的年轻人也撵不上!"李寨的乡亲们说。

对工程质量,李士强都要拿出"放大镜",反复仔细地搜寻,火眼金睛地盯住每一个细节,每天从早到晚巡检,用他的话说,质量是百年大计,就是要鸡蛋里挑骨头,发现问题,咱就及时整改,等到建成了再说,那就费工费力了。李士强要的就是"优质工程""民心工程",不容许出现半点瑕疵。

风来了,他迎风劳作;雨来了,他穿雨而行;毒日头肆意狂虐,他全然不顾。"歇歇吧,李书记你也该歇一会儿了。"乡亲们都劝他。他推着工作走,常常废寝忘食。

有时,从早上忙到了半下午,突然感到有些饿了,原来午饭还没顾上吃,赶紧抓个馒头就咸菜充饥,依然津津有味。"搁在以前,别说白面馍,就是黑窝窝也没得吃。人只有享不起的福,没有受不了的罪。今天的幸福生活,还得感谢党感谢政府。"李士强总会这样说。

建设引沙河水入村水利工程项目

有时，会连会，事赶事，连续工作七八个小时，李士强突然感到有些心慌，明显是体力透支了。他却说："没事，没事，我躺个十分八分钟就好。还有几件事一并说完。"

有人提议明天再说吧，今天太累了。

李士强眯着眼说："今天再晚，也比明天早上早。事不过夜，今日事，今日毕。"

他就是这样一个"拼命三郎"。

"来水了，来水了！"

疏浚引流工程如期竣工。哗啦啦，久违的淙淙清水，从浩渺沙颍河欢快而来，注入皂沟河河道，扑起的清新的水汽，激起如歌般的水声，响彻2016年的新春。

"好啊，李书记引来长清水，皂沟河又活过来了！"群众围拢着李士强。

李士强百感交集，掬起母亲河的甘泉，洗去积累的疲惫，迸溅起无数碎玉般的水珠。看着乡亲们欢歌盈野，心中也涌起无限感慨——李寨，我亲爱的李寨，因皂沟河碧水涌流，而顿时灵动妩媚。

> 皂沟河，浪花起，
> 流奔到李寨瞧亲戚。
> 乡亲们给你巧打扮，
> 开河感谢李书记！

清水来了，碧波欢腾出层层涟漪，皂沟河久违的明媚，吸引着游鱼跟随而来，水草在水底招摇，河两岸的垂柳倒影，引来鸟群游弋嬉戏。

村里那两个水塘，如两颗明珠灿亮，送来诗情画意。李士强已经在心里构思，如何给镜湖布局，他说："种些莲藕如何？春有荷花，夏有莲蓬，秋有莲子，冬有嫩藕。鱼在莲间游，虾在水里嬉戏。出淤泥而不染，濯清涟而不妖，咱也写一篇《爱莲说》？"

乡村一角

众人皆说:"太好了,妙极了!"

四

2018年5月底,沈丘县锦华酒店会议室,规划论证评审会如期召开。李士强神采奕奕,笑容可掬,欢迎资深规划专家、县各职能部门、乡村干部、群众代表参加。

电子屏不断切换精彩的画面,李寨美丽前景惊艳亮姿。

"李寨村大手笔呀! 祝贺祝贺!"人们说。

"李寨就是有这个发展魄力,李士强就是有这追梦鸿鹄志!"人们都说。

恭祝声阵阵,气氛热烈,与会人员给予了高度评价。

李士强看着规划设计,不由得欣慰颔首,他细心地听取各方面意见,糅合所有的意见,将规划提升到新高度,并按照程序上报。"乐居、乐业、乐游"的李寨村,在新时代的春天里,迈开火热的发展步履。

建设"全国美丽乡村""李寨新农村建设引导点",规划先行。2014年年初,李士强要求"起点要高,向真正最高的标准看齐",委托南京苏城建设规划设计院开展系统规划。专业设计人员来到村里,仔细实地踏勘,结合古李寨文化底蕴,结合最新规划设计潮流,乡村发展方向,汇合集体智慧,李寨美丽乡村总体发展规划新鲜出炉。

接着,李寨村进一步延伸,与"全国改善农村人居环境示范村""河南省新农村建设示范村""河南省水美乡村""河南省传统古村落""六村联创"接轨,好的基底成为这些"国字头""省字头"的"新宠"。

一个村庄的整体宏伟蓝图,开了平原农村的先河。汇聚

李寨村乡村振兴项目实施推进会

了各方意见后的规划,高端大气上档次,那是李士强心底的蓝图,也是李寨群众的期待。李寨村排出了时间表,凝聚了共识。"六村联创",通过李寨文化遗存的复原,留住"绵绵乡愁";结合"首善社区"建设,聚合"悠悠民生"。

很长一个时期,李寨人每家都有一个压水井,这种地下浅层水时清时浊,还受到不同的污染。李士强牵挂着乡亲们的吃水问题,启动了"户户通自来水"工程,深井泉水直接到家。现在一拧水龙头就解决了"安全饮水"的问题。哗啦啦的清水,丝丝润喉甜,让人们喝上了优质深泉水。

"这可是过去做梦都不敢想的事啊。吃水不忘挖井人,李书记处处想咱村民,咱可不能忘了书记的大恩德。"群众说。

李士强却说:"我做的事微不足道,不值得一提。我们应该感谢伟大的祖国、伟大的党!"

2016年,李士强协调投入资金300多万元,在全县率先实施天然气入村,"户户通天然气"工程。李寨人告别烟熏火燎的传统灶台,洁净环保的能源,家家户户迎来簇簇蓝光,随着蓝色火苗的跳动,农家的饭香瞬间飘荡。

2021年,李寨村"四纵四横"道路升级。压路机将路基压得坚固结实,粗石铺出坚实的基底,细石裹满柏油,活泼的黑色小精灵冒着丝丝热气,从摊

建设李寨村天然气调压站

铺机上纷至沓来,在压路机大脚板下延伸出平坦如砥的通途。

群众都围拢来拿烟递水,师傅们看到一片欢乐景象。在工程监理上面,李士强的眼光盯住了每一个细节。尽管他的态度友善,可对发现的问题,那是绝不留情面地当场指出。先是散烟递水,笑容可掬,然后再用非常尊重的语气,妥帖地提出问题。

"看看,人家李书记是全国人大代表,见的都是大领导啊,对咱工人那是真心好。这烟不能白抽,水不能白喝,干,咱就掏出最大的力气,不但要干,而且要干好。"师傅们虽然费工费力,却喜欢李士强这种工作的方式。

沟通的融洽凝聚了最大的合力,这也是李士强人格的魅力。

四通八达的柏油路,联通所辖7个自然村,走大街,串小巷,穿越落雪生香的梨园,路过绿意盎然的温棚,在无数哞哞牛叫声中遥相凝望,在茁壮禾苗的摇曳中放飞心情。

李士强骑上自行车,风驰电掣地从刘寨到东村,从王庄到新村,从一家家庄户的门楼前闪过,不颠不簸,太好了!

路两边护坡上栽上了绿植,下水道随着道路延伸也修好了,随即村里掀起了"厕所革命",从室外传统的旱厕,改成清洁卫生的冲水马桶,自来水如

护坡栽上了绿植

此方便,一按一压的功夫,方便快捷。

　　李寨的夜色也该霓虹闪烁了,要不这么好的路该多么落寞!于是,路灯亮化工程开始了——路刚修好,大耳朵、长身材的白色太阳能路灯,沿村道拔地而起,照亮了李寨村的夜,辉煌着中心广场上欢天喜地的腰鼓,也点亮了每个人心中的梦。

　　李士强晚饭后有散步的习惯,那天,我和村委几个委员陪他同行时,蓦然发现,看似闲庭信步的李书记,走到哪里,哪里就成了名副其实的"现场办公会"。他用脚步丈量的地方,眼光也在仔细地打量,大脑更在审慎地思忖。

　　走到中心广场,他发现了绿化树填土问题,吩咐正在干活的人:"树栽要深坑、软埋、勤浇水,我们费这么大劲儿搞绿化,管护的每一个细节都要用心,确保成活率,一棵树都不能死。"

李寨村中心广场

李寨村农耕文化博物馆

走到某一个村户门口,他吩咐随行的人:"加紧统计一下,愿意加入农家乐的,都要落到实处,我们要升级民宿。首先基础要好,然后硬件条件合适,我们再评估。千万不能感情用事,得看实际效果。"

我来到"乡村农耕文化博物馆"和"乡村特色文史馆",两馆临河而居,高耸洁白的马头墙,古色古香的小青瓦,白墙青瓦,错落有致,贝阙珠宫,飞阁流丹,皂沟河轻吟浅唱,传统村落的古韵与恬静凝练的现代风格交相辉映。馆内陈列着具有乡土气息的农家老物件,从各种农具到日常用品,原汁原味,一应俱全。

　　　磕走圆盘故事多,石头功劳起豪歌。

　　　转来日月流金玉,碾碎春秋汇颍河。

　　　知坎坷,未蹉跎,热风冷雨又如何。

　　　襟怀久炼心如铁,落拓沧桑算什么。

　　李士强停留在一个磨盘前,回忆起自己五六岁时的一个雨夜,听父亲讲故事的情景,他说:"我父亲虽然不识几个字,但他肚子里有很多故事,讲也讲不完,我们小伙伴听也听不够,磨面到三更,谁也没有睡意。"

　　展馆里的陈列品,从历史时空穿越而来,有着鲜明的农耕文明的烙印,涵盖中国乡村的耕作收获、衣食住行、民风民俗,寄托着乡愁,复活了历史,也见证着新农村建设飞速发展的脚步。

　　"这一片,原来是废弃坑塘、乱河滩,杂草丛生,臭水刺鼻。我们经过土地整理,推平填坑,变废为宝,如今成为村民娱乐休闲的场所。其实,村里到处都是宝,只要你用心去发现挖掘,到处金光闪闪。"

　　拾级而上,二楼的乡村振兴大讲堂正在开讲。变换的PPT画面内容丰富,设计新颖,村民们座无虚席,全神贯注。县人社局的科技培训专家,正用电脑投影讲解着前沿电商知识、网络时代的新技术,为乡村振兴插上了腾飞的翅膀。

　　"这次科技培训,涵盖面非常广,每天都有市里、县里的资深专家来授课,内容都是妥妥的干货。你看在家的年轻人都主动跑来了。知识技能培训,是乡村振兴的第一生产力,年轻人是最强劲的引擎!"

　　移步换景,路过村民李士中的家,他热情地邀请我们务必进家坐坐。

　　"这是我弟弟的家,"李士强笑道,"走,参观参观他的新房。"

　　还是那个农家院,往日那柴火农具、鸡鸭牛羊、篱笆土墙统统不见了,呈现在我眼前的,是典型的"文化"雅居,有着精致的"书香范儿"。草坪、青石、绿树、花坛,都是浅红大理石铺就。

"看看,我这房后就是世外桃源,再往外就是寨河了。"李士中自豪地说。

庭院在前,果园在后,菜园居中,小河在外,独栋别墅的优美,实在让人艳羡。我不由得惊诧:"这小别墅,城里也没有几家,李寨处处都是宜居之地呀!"

室内的布局也十分雅致,客厅红木家具考究,地板锃亮,奢华而低调;餐厅敞亮,整洁而温馨;屋顶全部用条条红木,流线造型古朴典雅;厨房、卫生间一应俱全。

看起来,憨厚纯朴的李士中,打扮出古朴清雅的文化味儿,不离厚重的乡土,在全国美丽乡村李寨,坐在新时代的光阴里,拥有了满满的幸福感、获得感。

站在温棚边向东望去,一眼就能看到焕彩拱廊,缀满满天星星般的瓜果,在头顶上迎风摇摆。一群孩子欢呼着飞跑进去,欢快如翻飞的花蝴蝶,从背着的书包看,是李寨小学的花朵们。

李士强告诉我:"这片采摘长廊,是为了打造乡村游、农家乐的体验游、亲子游、快乐游。沉浸式欣赏农家田园景观,让游客体验最纯正的李寨味道。"

以田野为舞台的长廊,是蔬果们的天堂。我信步漫游在采摘长廊里,种类如此繁盛,让我的双眼应接不暇,简直就是果蔬争相赶赴一场乡村"约会"。攀缘的凌霄花、牵牛花,清丽的花朵赏心悦目;硕大的观赏南瓜黄红相间;造型别致、寓意吉祥的宝葫芦,蛇瓜、丝瓜长长的婀娜身姿,呆头笨脑的巨型冬瓜宛如力士,碧绿的苦瓜密密麻麻,唾手可得;紫葡萄如串串玛瑙,散发着馥郁醇香令人沉醉的香气。

正是丰收的秋季,徜徉其间,顺手摘颗葡萄撂进嘴里,让味蕾享受久违的惬意,李寨的味道把最淳朴的乡情奉献出来。

李士强说:"我每次走过这儿,都感到田野的灵气,一天的劳累也就顷刻消解了。"

李寨村采摘长廊

五

　　2023年的"十件实事"已经敲定。李士强老骥伏枥,矢志在田园播下崭新的希望。

　　李士强倍感振奋,意气风发:"我将带领乡亲们听党话、感党恩、跟党走,在全面推进乡村振兴的伟大征程上,重整行装再出发。在深入落实党中央各项重大决策部署上奋斗不息、驰骋不止。"

　　在李士强身后,村两委班子、一大批共产党员、3000多名乡亲,步步紧跟,昂首阔步前行。

　　还有亿星集团驻村工作队的队员们,老成持重的集团总裁助理吕凤生,李寨农业公司经理张文樵、牛场负责人单亚洲、梨园负责人房名扬……一个个朝气蓬勃,活力四射,他们是乡村振兴的急先锋。

　　你听,春天的歌唱激荡,悠扬的二胡奏响,高亢的音符飘

荡,李士强作词的《李寨振兴之歌》,激荡在李寨村希望的田野上:

> 咱们这里每寸土地都蕴含着美好的梦,
> 咱们这里每缕和风都诉说着旷世的情,
> 咱祖祖辈辈盼富裕,
> 四季芬芳好光景,四季好光景,
> 哎嗨嗨嗨嗨!
> 铁锤开出,开出一条康庄路,
> 镰刀收获五谷,五谷好收成,
> 每粒种子长出新希望,
> 每棵禾苗绽放致富情,
> 小康路上,小康路上抒豪情……

"不让村民出一分钱、不让村集体背一分债务、不让村民担任何风险",亿星集团帮扶行动持续深入,乡村振兴、共同富裕的路子越走越宽。在累计投入2.4亿元的基础上,2023年,亿星集团再次定向捐赠1500万元,用于村内"长寿基金""教育基金""医疗救助基金"等社会保障和特殊群体兜底救

为村里70岁老人发放2012年度"长寿金"(左),发放"升学奖励金"(右)

美化村容村貌

助,以落实"全国农业产业强镇"项目和创建"全国康养旅游示范村"项目为抓手,建设红色文化党建馆、非物质文化遗产传习展览馆、康体养生保健馆等,推进李寨乡村振兴走深走实。

"十年,100件实事,走过多少艰辛历程,凝聚老董事长多少心血啊。亿星集团作为党领导下的民生型民营企业,一定义不容辞、不遗余力,把李寨这个窗口擦亮,踔厉奋发,助力乡村振兴、共同富裕。"集团党委书记、董事长李超峰告诉我。

2022年12月初,李寨村入选河南省文旅厅、省乡村振兴局"全省第二批康养旅游示范村创建单位"。一年10件实事,十年100件实事,一件件落地生根,开花结果,李寨的入选,自然是实至名归。然而,高兴之余,李士强在灯下对照创建标准,几乎看了一个通宵。

第二天,李士强召集村两委班子成员和村民代表开会,上来就说:"大家说说,要论创建A级标准,以咱李寨现有条件,能达到几A?"

大家自信满满,七嘴八舌地议论起来,最后归结为统一标准:以我们现在的产业振兴、组织建设、美丽乡村、文明创建成果……这些硬件和软件,咋也得给咱个4A级吧?

"我怎么听起来大家的话没底气啊?"李士强笑着说,"十年了,大家的心血和汗水浇灌着李寨这棵大树,才有了鲜花灼灼、硕果累累的今天,给咱个4A级没有问题。可咱就这个目标?省里的最高创建标准是5A级啊。"

众人的目光都集中到李士强脸上,难不成李书记要创5A?

"有最高标准,咱就决不能退而求其次,这是我一贯的行为准则。"李士强坚定地说,"我们要做到农、文、旅三产融合发展,要充分认识到美丽乡村就是块金字招牌,要以此为基础发展康养旅游,要挖掘出属于沙颍河独特的乡村文化,对照5A级创建标准,确保康养旅游示范村创建工作开门红。"

李士强把调子定下,众人的激情立马高涨起来,创建工作也就如火如荼地展开了。

十年耕耘,为李寨村打下了坚实的基础,"全国美丽乡村"的金字招牌,已经产生了巨大的影响力,那就立足"特色"做文章——景色主打自然优美的原生态,饮食主打绿色无公害农家味,康养旅居、旅游产业、生态环境、公共服务四个板块融为一体,产业与旅游同步发展,让游客一进入李寨,就能感受到与众不同的自然风光和独具特色的乡村文化。

"5A级康养旅游示范村"建设拉开了序幕。

端庄优雅的二层洋楼喜迎贵宾,中西合璧,金碧辉煌,庭院绿化,室内美化,都在专业人员的巧手里展露新姿:"着眼自然古朴,突出情致雅趣,挖掘出属于咱乡土文化的底蕴,让人们住得舒心,吃得天然,锻炼多元,举目怡情,有了咱颍河乡村最淳朴的特色,就是最好的风景。"

独具特色的李寨乡村康养点,群众参与意愿火热,初步纳入盘子的有80多处,改造提升工程投入800万元,突出"乡村景物、自然山水、星级享受"。推窗而望,水波激滟,春风拂澜,飞鸟翔集,花丛招展,菜蔬旺盛,曾经藏在深闺人未识的李寨民宿,巧梳妆,靓打扮,一转身的工夫,已然出落成"大家闺秀"。

通过农业+旅游,发展田园养生、研学科普、农耕体验、民宿康养等休闲农业新业态,推进"景区+农家""生态+文化""农庄+游购"等多种乡村旅游发展模式,农田广袤、作物摇曳、水网密布、荷田飘香,推动农业从种养环节向三产延伸,促进农业农村高质量发展和农民共同富裕。

"康养旅游"沿乡道形成的乡村旅游景观带。以村文化广场为核心,乡村康养游憩和田园休闲游乐"双线交织",游客通过乡村食养、蔬果养生、滨水乐养、田园颐养,体验原生态农业+旅游,田园养生、研学科普、农耕体验、民宿康养别有风景、独具滋味,乡村特色不乏星级服务,过上悠闲自得的山村生活。

几排新建成的漂亮小楼,是寿星们的安乐窝——老年安置房。看到李士强到来,老人马上起身笑脸相迎:"我们这把老骨头,全托士强的福了!"

李士强立即纠正说:"我们所有的人都享共产党的福,感谢感恩党和政府。我们经常挂在嘴边那句话咋说的?"

老人们张嘴就来:"听党话,跟党走,传党声,感党恩!"

笑容如此纯净,话语如此淳朴。

李士强看看屋内置办的家具用品,询问老人们还缺什么、少什么,他一一记在心里。老有所养,孝字当先,在他的心里念念不忘。

"咱中午都去乡村大食堂,我请大家吃红烧肉。"李士强笑着对老人们说。

党在我心中,我在群众中,党群服务中心二楼的乡村大食堂,窗外的皂沟河潺潺流淌，绿树枝头翠鸟鸣叫，室内一排排圆形纯木桌椅，高雅质朴，饭菜香气氤氲诱人。寿星们围桌而坐，小酌一杯怡然自乐，欢声笑语如珠玉溅落，幸福如花儿绽放。

"哞哞……"我听到了"千头优质牛场"的欢叫声，看到二期扩建工程正如火如荼地进行，环形草甸牧场，契合纯天然的养殖模式，让牛们享受着大自然的阳光雨露。"二期扩建，投入2500万元，建成后可实现存栏3000头、年出栏3000头，实现年产值6000万元。围绕牛场延伸产业链，下一步还要开发生鲜牛肉、冷链物流、熟牛肉加工厂，让乡村旅游的贵客大碗喝酒、大块吃肉！"李书记谈笑风生。牛们欣喜地知道，属于它们的"新家"正改造升级。

电商直播间里，村委委员王小丽正联袂本地网红进行着火热直播。"大美李寨"的主题，原生态的农产品，让抖音、快手等直播间人气陡增。我看到"古李寨"牌农产品果然与众不同，质优价廉，随即掏出手机，痛快下了三五单。

王小丽早已不再是那个羞涩村姑，她早就熟稔了电商逻辑，支前粮、红薯三粉、棉纺织品，都是自家生产的绿色纯天然产品，她的讲解，宛如一首行走的散文诗，视觉冲击力让人先抢为快。

皂沟河哗啦啦歌唱，摆动一池碧荷、青青芦苇；鱼儿不时跃出水面，溅起水花朵朵，引来成群的野鸭子畅游嬉戏；"一中心两馆三区"的恢宏徽派建筑群，白墙青瓦，错落有致，精巧雅韵，古色古香；农耕馆荣膺中国人民大学农耕文化研学基地，村史馆留住了李寨人心底的乡愁；自然浸润文化，乡音诠释天籁，画在春风展，人在画中游。

番茄小镇里，一座座生态农业温棚内的各色西红柿缀满枝头；李平亮的西瓜园里，绿油油的西瓜溢糖流蜜；草莓园里的鲜果已涂上了胭脂红，等待着心仪者前来采摘；精品梨园连缀成片，春送雪蕊，秋献金果。

骑行道两边，麦浪滚滚，游客跨上心爱坐骑，奔驰穿梭在乡间大道，让畅快的心情放飞；乡村大食堂和农家乐饭馆，李寨黑土地上现磨的面粉、粉条，刚采摘的绿色无公害时鲜蔬果，柴鸡炖上名贵的羊肚菌，带着乡村的原汁原味，真是上好的滋补佳品。

李寨村"千头优质牛场"

　　旖旎美景惹人醉,游人如织,纷至沓来,网络红人穿梭其间,5A级康养旅游示范村实至名归;荷塘瑜伽、茶道、理疗、武术、SPA等康养模式一应俱全;非遗产品"文狮子"玩偶一路畅销;帐篷酒店、旅居车星空露营基地、共享民宿,舒适宜居;村民吴春影刚将自己的精品民宿上了美团、抖音,订单就接连不断。

　　美丽乡村已成为一个产业,在城市住久了的人们,来到恬静安适的乡村,在李寨彩色田园间,放空属于钢筋水泥森林的焦躁疲惫,还自己一片宁静和淡然。

　　采访中李士强欣喜地告诉我:"2022年以来,李寨康养旅游接待游客5万人次,综合旅游收入50万元以上,旅游从业者占本村劳动力5.6%,脱贫人口占旅游从业人员总数的38%,辐射带动作用非常明显。"

我们相信,李寨作为5A级康养旅游村示范点,可谓上得天时,下得地利,中得民心,对引领平原乡村因地制宜、充分挖掘特色优势,发展康养农业,助力更多乡村实现全面振兴具有十分重要的参考意义,也必将让村民在家门口实现康养旅游的美好生活。

李寨村一角

第十二章　托起明天的太阳

李士强刚上任,就一步跨进了李寨小学。学校年久失修,教室风雨飘摇,有些教师不满教学条件差,纷纷离去,更多的家长为孩子们的学习考虑,更为孩子们的安全考虑,实在没有办法,只有把孩子转学。县教育局下了最后通知,如果再收不到学生,李寨小学要砍掉,合并。

就在这关口,李士强来了。他听完校长的汇报,严肃地说:"学校是知识的摇篮,孩子们是明天的太阳,我们可不能放任自流啊。不管多艰难的事情都会过去,水到绝处是瀑布,人到绝境是重生,事情到了绝境就是转机。我们自己想办法,重建校舍。"

刘廷修等村干部顿时喜出望外,心里的石头总算落了地,激动得紧紧抓住李士强的手:"有你这句话,啥都有了,村两委感谢你,全村老少爷儿们都感谢你!"

村小学承载了一代代李寨人的求知梦想,也曾是李士强的母校。一年又一年,黛青色砖瓦房,在岁月的风刀霜剑里如一艘风雨飘摇的破船,但它不甘心就此沉没,摇摇晃晃地前行着。十几年里,也有过三五次大修小缮,费用大多是村里找到李士强化缘,李士强也从没让村里失望过。

刘廷修记得1997年的年关,他作为村书记,也曾是李士强的小学老师,当然心里记挂这个品学兼优的弟子,平常日子里,只要没有要紧事,他每天都到李士强家的宅院看看。要过年了,士强也该回来了吧?刘廷修一边想着,一边朝李士强家走去。是的,李士强早晨刚刚到家,他也正想去给他的老师拜年。一出门,师生俩就顶头碰到一起,他们热情相拥,寒冬立即变成暖春。多日不见,二人有说有笑,边走边闲聊。一抬眼,就到了村小学跟前。

刘廷修说:"想你上学那会,这学校还好。你再看看现在,晴天漏光,雨天滴水,冬天漏风,夏天热得像蒸笼,老态龙钟都成危房了,不知道哪阵风雨就把它刮歪了,淋塌了。村民都说,该建所新学校了,孩子们在里面读书,都心惊胆战啊。"

李士强仔细看着说:"这房子是该修修了。那么多年了,确实破旧了。"

刘廷修说:"可村里有难处啊,村里没有集体经济,村委会一分钱也拿不出,没啥好办法。要想让乡亲们集资,也难呀。这事,还得有赖于你鼎力支持,否则的话,再好的愿望,还不是镜中月、水中花?"

李士强当即说:"没问题,百年大计,教育为本,我大力支持。咱们李寨一定要建个最好的学校,适龄儿童一个都不能失学,所有的孩子都能走进窗明几净的校园。你跟乡亲们说,凡上学遇到困难的,我李士强一律帮到底!"话语掷地有声,铮铮回响。

春节期间,免不了走亲访友,李士强所到之处,乡亲们欢天喜地之余,也说出了很多担忧:"破烂不堪的小学,成标准的危房了,咱家长们提心吊胆。早该建所新学校了,士强呀,可就指望你了。"

"刮风、下雨、落雪,孩子们课都上不成,娃娃们坐在里面,这万一有个差池,牵扯到这么多孩子,建新学校是迫在眉睫了。"

　　李士强听着乡亲们诉苦,一边安慰大家,一边心里有了主意。他找到刘廷修,提出先让乡亲们集资。

　　要说大家的事儿也应该大家办,集资建校本也无可厚非。可李寨实在太穷了,老少爷儿们你三十他五十,好点的出个三百五百的,千儿八百的也有,林林总总,凑起的钱一数,三分之一也不到啊。

　　所有的人都泄了气。仅仅建个教学楼,没有几十万元根本就立不起来。整个学校建下来,就是再精打细算地节省,咋也得五六十万元。村干部泄气,群众彻底沉默,整个李寨村陷入了忧愁。群众心里酸溜溜的,要建新学校,只怕要"黄汤"了。

　　说来说去,还得找李士强。可就这点微薄的集资款,连个平房也盖不拢,如何跟李士强开口?然而,学校安危事关百年大计,刘廷修等人只有硬着头皮找到李士强,将实情和盘托出。

　　"看来,村里太穷,乡亲们的家底都薄啊,就算有再高的热情,差别实在太大。只有敲敲打打、修修补补再将就一年了,实在没再多的款项了!"村干部黯然伤神。

　　"差距确实太大,我们只有等等了。咱这么多人,集资不到三成,没法了。谁让咱李寨太穷呢?"

　　李士强却说,不能再等了,学校不但要建,而且一定要高质量建好,差多差少,不增加群众任何负担,统统由他来筹措。

　　其实,李士强之所以先让乡亲们集资,是想通过这件事把村里的人心给拢起来。建校办教育,是功在当代、利在千秋的好事,他不能一个人把这个好名声独占了,大家的事大家办,没多有少,就是一分钱不出,只要能搭把手、出把力,也能增加村支部的凝聚力、向心力。这一点李士强没说,乡亲们自然不知道。

　　还有一点,乡亲们也不知道——当时,李士强经营的业务,由于行业效益普遍下滑,压货压款现象严重,公司铺货面太广,账上的现金已经很紧张了。可建校刻不容缓,李士强硬是咬着牙,就算砸锅卖铁,也一定要将资金及时足额到位,坚决要将建校进行到底。

"我就是再难,也不能让李寨父老乡亲发愁;我就是再苦,也决不让李寨的娃娃们受苦。不建好学校,我食不甘味、夜不安寝。"

我问李士强,这么大的缺口,当时你一口应承下来,心里就没有任何波澜吗?

李士强告诉我说:"我刚卸任董事长时,新任董事长问我为什么舍弃优渥的生活而自愿到最基层的乡村受苦受累,我告诉他,人生在世,你的价值不是你拥有多大的财富,多舒适的生活,我个人认为,人生不过百年,你的价值在哪儿? 在于你这一辈子为社会、为父老乡亲尽了多大的责任,做过多大的贡献。"

李士强的鼎力相助,让昔日破烂的小学光荣退役,而新建小学筹备工程紧锣密鼓,村子里如过年般的高兴,特别是孩子们,一听说就要有新校园了,就像欢快的小麻雀一样,又蹦又跳、又唱又笑。

新校建设终于破土动工了。

建校工地堆满了建筑物资,还有许多事项急着要推进,可以说千头万绪,总得找个稳妥可靠之人来料理。可当时大家都忙得不可开交,哪有闲人呢? 找谁呢? 大家正在商讨的时候,外面传来轻轻叩门声。

"建校是咱村里的大事,工地进料这么多,你们天天忙活,也该休息休息了。我闲着没事,也为娃们发挥点作用。"大家扭头一看,是一位鬓发苍白、慈眉善目的老人,所有人顿时热泪盈眶。

这位可敬的老人,正是李士强的母亲。大家赶紧搀扶让座。别看她年近古稀,拄着拐杖却精神矍铄。

"咱村里建这个学校,大头让士强拿了,大家都感激不尽,你这么大岁数了,咋能再让您老人家劳心出力啊? 建校盖房是大工程,折折腾腾得四五个月,我们正商量花钱雇个人呢……"大家都劝老人家回去歇着。

"建校的每一分钱,咱都要用在刀刃上。我毛遂自荐,一分一文也不拿村里的报酬,我心里高兴哪。给娃娃们建好学校,都考个好成绩,考上好大学,咱李寨人有了福气,也有我一份功劳。要是钱不够了,还找俺家士强去!"老人家说得豪情万丈。

一群人眼圈红了:"老太太,您可真是个'活菩萨'呀……"

施工机械轰隆隆开进来,村头飞扬起一片烟尘,砖石木料堆积如山,一座临时简易帐篷搭建起来,老太太成了"工地总监",她虽然年事已高,却目光如炬,尽职尽责,主动承担起照看工地的责任。

暴雨突然而来,狂风阵阵,惊雷滚滚,工地上需要遮蔽的东西太多了。大家慌作一团,劝老太太赶紧回家,到处湿漉漉、水汪汪,这帐篷里咋能再住啊。可老太太说:"别管我,快把物资盖好。夏天是车辙子雨,下一阵就过去了,啥东西我最熟悉,我更不能走。"

说完,穿着雨衣就冲进了茫茫雨幕。电闪雷鸣间,老人家一脚深一脚浅地踩着雨水,查看每一处情况,跟大家一起将沙子、水泥盖得严严实实。

一夜风雨过后,老太太顿时觉得头重脚轻,浑身一阵阵发冷。可她根本没放在心上,喝了两碗滚烫姜汤,浑身出透一身汗,满以为扛过去了,不料重感冒却向她袭来,入夜,浑身发冷打哆嗦,被人连夜送到诊所,体温计一量,高烧近40度了。

"这怎么行,抓紧回家休息,千万别见风。"医生谆谆叮嘱。

"呵,拿点药,我再喝两碗姜汤,不碍事的。建校工地正缺人手,我不在工地,在哪里也睡不安稳。娃儿们学校建不好,我茶饭不香。"老太太斩钉截铁。

医生说:"上了年岁,千万注意身体。您老人家主要是劳累所致,又着了风寒,咱可不能跟年轻时比,千万不要硬撑。"

老太太轻描淡写地说:"我这把老骨头,头疼脑热的,算个啥。想想以前旧社会,老百姓想上学,也上不起呀,现在日子越来越好,掉福窝里了,没那么娇气。咱建好学校,娃们考大学,喝到肚里墨水,以后才能有出息。"

小小的工地帐篷里,夜晚亮起橘红色的灯火,夜风一阵凉一阵,外边但有风吹草动，老太太总会提着马灯四处查看。新校园的雏形慢慢显现，老人家的笑容渐渐舒展开来。她住在工地生火做饭，一步都不曾离开，村民亲切称她为"定海神针"。

4个多月的坚守，100多个日日夜夜，一座明晃晃、亮堂堂的新校园拔地而起。开学时孩子们欢天喜地奔跑在新校园里。这位平凡的母亲，看着娃娃们围着她欢呼雀跃，终于了却了一桩心事，打心眼里高兴。

二

2018年暑假结束，为了给基层教育系统补充新鲜血液，上面给冯营镇分来一批公考新老师。其中亭亭玉立、秀外慧中的李玉乐，是个硕士，最引人注目。李士强得知县里分来的这批新老师里，有一位硕士生，尊重人才的他，就找中心校领导"挖人"："这个研究生，给我们李寨吧。看看李寨这些年的成绩，没有骨干教师怎么成？"

中心校领导有些为难："这个硕士生，我们想留在镇中，毕竟人家学历最高，咱也要高看一眼。再说，人家愿不愿意去李寨？要是人家就愿意回老家学校呢？这得通盘考虑，我可没有把握。"

李士强笑道："李寨小学需要您倾斜一下嘛，要是没有镇中心校的支持，如何能从落后到先进，成为设施完备的寄宿学校？给我们个研究生，能发挥更大作用。"

中心校领导终于点了头："您李书记给教育立下汗马功劳，对教育的这份赤诚，我们都时刻铭记，放心吧，这个硕士生的工作我替你们做。"

谁知，这个李玉乐早就心仪李寨了，那可是一个远近闻名的"明星村"，李寨小学也是佼佼者。她上研究生时的研究方向是农村区域发展，因此对全国人大代表、村支书李士强耳熟能详。而且她谈的对象就在沈丘县冯营镇，离李寨一步之遥，他们还专门来李寨游玩过呢。

那次,李玉乐和她对象来李寨打卡游玩,走到李寨小学门口,可真是百闻不如一见,她立即就被这鲜花簇拥的校园折服了,等到逛完李寨村,她发现新时代的李寨村,美不胜收,果然是阆苑仙境。从那天起,她的心里已选定了李寨。更重要的,她听说李寨有"书记教育基金",是李士强自掏腰包设立的,为的就是激励老师扎根基层。对外来老师,研究生一个月补助600元,本科一个月补助400元。这浓浓的心意,对老师们来说,是关怀,更是一份尊重,也难怪李玉乐如此痴心。

后来,有人问李玉乐为何要选定偏僻的李寨小学,难道去交通、生活、娱乐都方便的镇中,不更能发挥你的优势吗?李玉乐高兴地说:"我来李寨,是选对了地方。你知道李士强的'书记助学基金'吗?放眼望去,哪个地方能做到啊!"

李玉乐给我介绍说:"每逢教师节,李书记都会给老师们准备丰厚礼品,还一定要上门一一道谢,粉条、粉皮、黄花菜、月饼、饮料、杂粮礼盒……都是李寨特产,吃着放心,嚼着筋道。李书记说是自家地里收的,一定要先让老师们尝尝鲜。"

学生们也有奖励,每次期末考试,班级前5名的学生,每人奖励100元。钱不在多,这份精神激励,让同学们自觉地捧起书本,更加发奋努力,课堂沸腾起来,激发了学子求知欲,勤奋好学,蔚然成风。

结婚以后,在县银行工作的老公,三番五次想让李玉乐调到县城里,无论如何,总能图个夫妻团聚。可李玉乐却感觉李寨很好,这里啥都不缺,生活成本低,幸福感却很高,就敷衍说:"李寨多好啊,这里美如仙境,我都成仙子了。"

在全国打响脱贫攻坚战役的关键时刻,2017年10月13日,循着李士强脱贫攻坚的足迹,李寨小学红旗飘飘,鲜花簇拥,笑声沸腾,由共青团河南省委、河南省青少年发展基金会、河南省副食品有限公司、贵州茅台酱香酒营销有限公司共同主办的"情暖童心、王子筑梦"希望工程关爱留守儿童公益活动火热举行。各界爱心人士送来了教育教学器材,捐助了图书室和体育室,向李寨小学75名建档立卡贫困家庭学生发放了助学金,每人1000元,以此向亿星集团董事长李士强致敬。

李士强掷地有声地说:"宁可不食不寝,也要把贫困留守儿童教育关爱放在首要位置。"

激励措施,无形中让李寨学子铆足了心劲,每年考上大学的学子都在增多,一茬茬的李寨青年走出小村,走向外面广阔的知识海洋。

李峰亮从周口师专数学系毕业后,一直在冯营一中当数学老师,因出色的教学成绩,他评上了教师中级职称,是镇一中数学课的"扛把子"。李士强回村出任党支部书记,给李峰亮极大的震撼,人家那么大的老板、著名的企业家、全国人大代表,为了家乡都能不顾个人利益,回村带领乡亲们脱贫致富奔小康,他家也住在李寨,李寨小学也是他的母校,眼下村小学缺数学老师,所以他铁定了心要回村教学,为振兴李寨教育发一份光和热。

"家门口教本村娃,好呀!"李士强赞赏有加,"咱学校又多一员大将!"

但也有人好心劝李峰亮别犯傻,说你一个中教职称的人才,如今"屈尊"去李寨小学,如同大马拉小车,大材小用嘛。可李峰亮没有半点犹豫,他觉得,李书记回村担任支书以来,将教育作为"头等大事",李寨小学正是发挥才能最好的舞台。

果然,李士强没有让李峰亮失望,学校给他评了优秀教师,村里还让他兼任了会计,李峰亮才华尽显,英雄有了充分的用武之地。

李士强没回村那会,李寨小学全面落后,校园连大门都没有,教师人心涣散,学校松松垮垮,教学质量评估基本上年年"垫底",很多人都把孩子送外校就读。学生不断流失,又形成了恶性循环,一年换了3个校长,哪一个都是凳子没暖热,就拍屁股走人。

如果说李峰亮是李寨村人,回李寨小学任教还有一份乡情所系,那么朱中文可是李士强三顾茅庐请来的"诸葛亮"。

李士强面对李寨教育落后的局面,痛心疾首。他认为,教育是兴村之本,孩子们是李寨的明天。教育振兴的核心在教师,而请一个好校长更是至关重要。回村不久,就盯上赫赫有名的优秀教师朱中文——冯营一中英语教学的台柱子。

2014年的一个春日,刚下课的朱中文走出门外,就看到特意上门请贤的李士强。

"李书记,您咋来了? 有啥指示? 快进屋,喝茶喝茶。"对李士强这个大名人,朱中文赶忙热情相让。

"来看看您,我这是请贤来了。"李士强笑容如此真诚可掬。

"哎呀,"朱中文受宠若惊,"我一介书生,踏三尺讲台,怎敢劳您董事长、全国人大代表的大驾,有事您尽管吩咐。"

李士强笑道:"那我就直说了。现在李寨小学教学质量不容乐观,我想让您来李寨小学掌舵? 您要肯出马相助,我代表李寨父老乡亲诚挚感谢!"

"这……"朱中文很感动,一时间思潮翻滚,说,"我没问题,只是牵涉到人事调配,还得县教育局同意才行。"

"好,有你这句话就够了,教育局那边我去协调。"李士强的心放下了一大截。

李士强马不停蹄就赶往县教育局,软磨硬泡,总算把朱中文调到李寨小学。朱中文来到李寨小学后,让校园风貌焕然一新——全方位精细管理,教法革新改进大幅度推进,教学相长的热潮滚滚,从内到外、从现象到本质都有了很大的起色。

李士强就一句话:"你只管安心抓教学,遇到困难交给我。"

朱中文点点头说:"我感觉我来李寨是对了,如果说老师是学生们的伯乐,您就是我的伯乐。遇到您,和李寨相遇,是天大的缘分。"

以后的日子里,朱中文和李士强一道,见证了李寨小学从落后到先进的奋进历程:从最初的100多人,迅速扩展到近300人,建成了高标准寄宿制学校,设置了标准化的食堂、寝室。以前李寨群众都将孩子往外送,现在,外村孩子心生羡慕,都盼着来李寨小学就读。

两年后,朱中文有了更好的发展机会,李士强知道了,爽快地说:"朱校长,您来咱李寨两年,学校的变化是有目共睹的,我代表乡亲们谢谢您! 现在您有了更好的发展平台,我也为您高兴,您高就了,对咱学校的支持力度会更大嘛。"

朱中文调走后,李士强又瞄上了声誉日隆的韩莉。韩莉同样是来自冯营一中的"实力派教学行家",而立之年的她年富力强,研究生学历,气质优雅,知识渊博。

"朱校长在李寨的这两年,李寨小学的发展一日千里,我觉得这是我回村后最好的选择。可是,水往低处流,人往高处走,朱校长有了更好、更远大的前程,我也不能成了人家的绊脚石,放走朱校长,虽然有点遗憾,但同样是我最好的选择,我不后悔。"这是李士强第一次跟韩莉见面时说的话。

韩莉没想到李士强会说出这样的话。既肯定了朱中文对李寨小学的贡献,也表现了对朱中文的赏识,同时,对朱中文的离去也给予了充分的理解、尊重和支持。这是多么豁达大度的胸怀啊。

李士强话锋一转,又说:"朱校长离开时,向我推荐了您,这也是我非常感谢朱校长的地方。李寨太需要像您这种专家型、德才兼备的带头人了,所以,我才大着胆子邀请您了,希望您别嫌李寨小学的庙小,山不在高,有仙则名;水不在深,有龙则灵。有了您,李寨小学很快会发展壮大起来的。"

"我谢谢朱校长的引荐,也谢谢李书记信任。能去李寨工作,我求之不得,也倍感荣幸。只是我不知道自己能不能胜任,可别辜负了您的殷切期望。"韩莉对李寨的发展早已心生敬佩,也对李士强的盛情充满了感动。

说起这段往事,我注意到李士强对学校的校长和老师的称谓,一律尊称为"您"。乡下人很少用尊称,但李士强对学校的老师们用了,一方面表现了他在读书人面前的谦恭,另一方面,也表现了他对知识、对人才的敬重。

"接力棒"到了韩莉手里,这位在教育方面造诣很深的女校长,温文尔雅,管理细腻,以校为家,春风化雨,校园建设蒸蒸日上。小学图书馆里,书架很快增加到20多个、藏书近万册,汇成了学生们喜闻乐见的知识海洋。

韩莉校长在小学开展了经典诵读活动,让传统得以赓续,让历史照进现实,激荡出热血澎湃的正能量,让红领巾高高飘扬;同时引进了武术操,焕发出新时代少年的精气神,锻炼孩子们坚强的体魄。

等到2017年夏磊校长赴任时,已经跻身先进学校的李寨小学,又开始了新的长征。这位做过冯营中学教务主任的资深教师,来到李寨后首先拜会李士强取经。李士强一如既往地承诺:"放心,对学校的事我绝对全力支持。您能来,我代表李寨群众万分感谢。您只管安心抓教学,有困难找我,我想办法解决。"

站在新的起跑线上,李寨小学焕发新的生机。夏磊校长苦练内功,教师素质提升工程初见成效:任教的14位教师全部为本专科以上学历,还有一位是研究生学历。留守儿童吃住在校,失学现象彻底消失。

开学了,李士强带着村两委,一如既往地给孩子们送来了慰问品,书包、文具、篮球、足球、排球等,一应俱全,人手一份,所有的孩子都欢欣鼓舞。

"李书记好!李书记好!"鲜艳的红领巾映红了同学们的脸庞,校园里阳光明媚,一片欢声笑语,幸福的花儿尽情绽放。

在当下的乡村,年轻的爸爸妈妈都工作了,爷爷奶奶看娃成了常态。李士强在村里走访的时候,遇到爷爷奶奶们抱着的留守儿童,会上前亲一亲抱一抱,问问情况,引来欢笑一片。

"儿女们都上班去了,留个孙娃陪伴你多喜人。"李士强说。

"老了,抱不动了。"他们说。

"李书记,你看俺怀中的娃娃,叽哩哇啦没地儿去,自己带着吧,啥也干不成,送镇上吧又太远。咱李寨要是能建所幼儿园,多好啊!"村民的渴求反馈到李士强这儿。

李士强心想，可怜老哥哥老嫂子们，辛辛苦苦一辈子，老了老了，还得给儿女们带孩子，这忙到何时能够安享晚年？

"咱村快建所幼儿园吧。这一帮老头儿老婆儿，一天到晚地哄孙子，抱不动也带不住，腰都累弯了。现在车多、塘深，孩子腿还快，一眼瞅不到就没影了，天天吓得魂都不知道掉多少回。"

"看咱小学富丽堂皇，跟童话王国似的，美中不足，就是少个幼儿园！"

群众的期盼就是"村两委"的心声。呼声不断汇聚到李士强这儿，他觉得"教育要从娃娃抓起"，幼儿园不但要办，而且务必办好，这是百年大计的根脉。村里立即成立以李士强为组长的筹备组。大家分工合作，抓紧准备详细资料，紧锣密鼓地开展工作。老百姓的那俩钱，都是嘴里攒、肚里挪、牙缝里抠出来的，幼儿园所需的配套设施，统统由村里补齐。

2015年年初，到了幼儿园项目申报季，李士强带着大家连天加夜地准备，从乡到县，每一关步步紧跟。

"李书记，您咋来了？"相关人员问道。

"我不来不行啊，村里想建个幼儿园，我不来，老老少少都会骂我的。"李士强笑着说，他开口就打起感情牌。

"呀，您来为这事啊……"相关人员说，"只是今年的指标有点紧，僧多粥少，咱尽量争取吧。"

"幼儿园，牵扯到全村娃娃入托，我们依托李寨小学，小学、幼儿园一体化教育，还有周边村落，不仅仅对李寨，对咱全镇西半部都有辐射。"一句话既有高度，又有深度和广度，负责审核项目的同志眼前一亮。

这牌一出，很叫响，李寨脱贫攻坚的成绩有目共睹，李寨小学优良的教育质量有口皆碑，使得幼儿园申报项目脱颖而出，过关斩将，顺利获批。

"幼儿园开工了！"

随着工地上的一串鞭炮，炸响了李寨村此起彼伏的欢乐。喜讯传遍，拊掌而赞，村民笑得合不拢嘴。

按照李士强要求,比照县里最好的幼儿园,高标准配套,整个预算下来得好几十万元,李士强却眼皮不眨地说:"教育只能高标准,不能低配。为了李寨的娃们,值!"

幼儿园快马加鞭,很快就建成了。开园那天,娃娃们穿上新衣服,煞有介事地背上小书包,在老人的怀抱里"破壳涌出",喜气洋洋地走进"欢乐谷"。

我们的祖国是花园,

花园的花朵真鲜艳,

和暖的阳光照耀着我们,

每个人脸上都笑开颜……

歌声随风飘扬,抒发着对伟大祖国的心声,爱国主义教育在幼小的心田里悄悄萌芽。

我走进幼儿园,看到偌大的一面墙上,浅蓝色背景里花儿朵朵,宛若童话王国;可爱卡通图案营造出温馨暖色,整洁干净的地面,小桌整齐敦实,小椅灵便轻巧,小床铺上闪烁着孩子们童真的梦。看得出来,这物件都很实用,安全又温馨。

"教育是未来,一个不重视教育的地方,最终会输掉明天。将来经济发展核心在科技,归根结底在教育和文化。没有受到良好教育的人,将来会无立足之地。"李士强站位很高,看得通透。

李士强常常来到校园里,看看,转转。发现了地面整洁问题,他说:"该硬化的地面,要硬化,要留出花带,要美观、整洁、有序,像城里一样,下雨也不用踩泥。"水泥路铺好后,曾经飞扬的尘土不见了,孩子们尽情地在水泥路上飞奔。

2019年夏初,他发现了学校没有恒温设备,说:"孩子们上学需要,老师们办公需要,这冬暖夏凉的事情,必须立即解决,配上空调吧。"空调很快安装调试完毕,教室里变成了恒温,环境四季如春日般舒适。

2021年暑假,他来到幼儿园,在教室内转了一圈,说:"新的学期就要有新气象,窗明几净,鲜花芬芳,多美。内外重新粉刷一下吧。"开学后幼儿园面貌焕然一新,小家碧玉变成了大家闺秀,孩子们欢呼雀跃。

幼儿园图书室里,孩子们捧着书本,畅游神奇的世界,李士强来到他们中间,琅琅书声犹如最美的音乐,他慈爱地看着一棵棵幼苗,在党和政府的精心呵护下,风调雨顺,茁壮成长,成为李寨又一道靓丽温馨的风景。

四

常言说,家家有本难念的经。但李士强认为,大人的"经"大人们念,再大困难也只应该大人作难,绝对不能影响到孩子。

"李书记,小辰青恐怕要辍学,说要跟他父亲去外地打工去呢。"包组干部把一个不好的消息告诉了李士强。

"走,咱去看看。"李士强放下手头工作,立即和包组干部朝小辰青家赶去。去之前,他让包组干部去买了新衣服、新书包、全套文具和上学用的床上用品,他知道这个家庭肯定是遇到了难以解决的难处,所以也带去了慰问金。

到了小辰青家一看,果然不出所料——

"孩他娘可真狠心啊,撇下我们爷俩,跑了……李书记,我这可咋过呀?我都想一头撞死算了……"辰青的父亲看到了李士强,像见了救星,泪水奔涌而出。

小辰青那屡弱的身影,蜷缩在门后,如受伤的小猫咪,泪水不停地在眼眶里打转,眼睛里充满着绝望。

因为贫穷,他的母亲不久前在一个风高月黑夜,不辞而别,消失在茫茫人海,撇下父子俩相依为命,以泪洗面。其实,很久以来,由于父母之间的矛盾,小辰青总是在黑夜里悄悄躲在被窝里痛哭,那伤心欲绝的心情是他童年里抹不去的阴影。他变得孤僻而敏感,学习成绩也直线下降。父亲悲伤过度,情绪低沉,眼看着小辰青连生活也维持不了,上学更难以为继了。

小辰青才刚刚10岁啊! 如何抚平小辰青受伤的心,李寨关心下一代工作站里,李士强与大伙协商,制定了全方位帮扶措施,重点救助小辰青,并免了小辰青在学校的餐费。

"好好上学,孩子是最大的希望,以后的路还长!"李士强对父子俩说,"只要有我在,咱李寨的适龄孩子,都要走进校园,一个都不能辍学!"

有了李士强的格外关照,小辰青得到了特别关爱,感受到了贴心的温暖。村里提供的保障支撑起这个苦难的家。该免的全免,吃穿住用都得到全方位保障,解除了小辰青的后顾之忧。

春风化雨般的温暖,催开了枯萎的花朵。小辰青慢慢地从黑暗边缘回归,他的学习成绩慢慢地开始提升,渐渐走进了优秀生行列。不久,小辰青带着村支部的温暖走进了冯营二中。"我要考上大学,来报答李士强爷爷的关爱。在我人生最黑暗的时刻,没有他,就没有我的今天。"小辰青告诉我。

我看到,灿烂的笑容回到这个少年脸上。李士强的关爱依然在持续,力度不减,"书记助学基金"保障到底,助他跳跃龙门,展翅高飞。因为有李士强在,小辰青充满了信心,燃起了希望。

看到那个瘦弱的阳阳,会让人想起希望工程宣传片里那个"大眼睛"女孩,不同的是,"大眼睛"女孩的眼睛里,充满了渴望,而阳阳的眼睛里,是空洞的绝望。父亡母走,阳阳一直跟随年迈的爷爷生活。缺少关爱的她,性格变得郁郁寡欢,成了"问题女孩",不可捉摸的"闷葫芦",跟任何人都不接触、不沟通、不说话。

女孩心门紧闭,任何方法都无法打开。如何让孩子打开心门,放下仇恨,李士强用的方法是温情叠加。一团乱麻,岂能一下解开? 忧伤深深,岂能瞬间抚平? 李士强相信精诚所至,金石为开,春风化雨,总会等来春暖花开。

"书记助学基金"满满的关爱,李士强无微不至的关怀,老师们精心的呵护……多管齐下,温暖全方位地将女孩包围,驱散了将她笼罩的阴霾。

人间自有真情在,寒冷能摧残万物,春风能催开花朵。她看到了周围人的笑脸,她得到了无微不至的关怀呵护,慢慢地,她放下了心底最淤堵的芥蒂。

阳阳从李士强手里接过新书包、新文具,她从老师手里接过了美味可口的饭菜,在这个温馨的家园,阳阳被爱意满满包围着,身体茁壮成长,心扉慢慢打开,她很快就走出阴霾,走进了艳阳天,她不再忧伤,脸上充满了笑容;她不再孤单,人人都是她的小伙伴;她不再哭泣,到处充满了纯真的关爱——是李寨,是李士强,是这片热土,给了她最明媚的阳光,美丽开朗,忧郁少女涅槃重生,一个花季少女变得青春灿烂。

孩子是祖国的未来,也是李寨的希望;少年强则中国强,少年强则李寨强。乡村要振兴,必先兴教育。李士强对教育付出的心血,倾注在我手里的白纸黑字上,形成了李寨村的制度,一清二楚,字字珠玑。我想,这"书记教育基金""书记助学基金",恐怕是全国少见的村级对教育的制度性扶持。教育是根,学生是本,如果所有的村庄都能以教育来"培根铸魂",那乡村振兴必指日可待。

"再穷不能穷教育,再苦不能苦孩子。如果我们不把李寨的教育搞好,如果有一个学生失学,我们不但对不起党和政府,百年之后,又有何脸面去见九泉之下李寨的先人!"李士强总是把教育举在头顶,烙在心底。

对引进老师的奖励,本科生每月奖400元,研究生每月奖600元。这个政策吸引了许多优秀人才,眼下李寨小学的老师基本上是本科以上学历,综合荣誉、教学、科研、德育、指导学生竞赛等五方面,获得国家级、省级、市级、县级奖励者,村里再分别奖励10000元、5000元、3000元、2000元。李士强认为,教师是教育的根,奖励之广,奖金之高,体现了李寨村两委对教育的重视,对教师的尊重。

河南省关工委领导一行莅临李寨小学看望孩子们

　　同样,对学生的奖励,也纳入了李寨村的制度。综合成绩前5名的学生,奖励100元;单科成绩排全县前5名的学生,奖励200元;排全乡前五名的学生,奖励100元;学习进步奖,凡班内考试,每次提高10个名次以上的学生,奖励100元;在体育、书画、音乐、劳动技能等方面,乡级及以上竞赛中,前3名奖200元……不得不说,李士强对学生成才寄予殷切厚望。

　　真正的大手笔还在升学方面,李士强舍得花大价钱,助力李寨的孩子们腾飞。考上专科院校的,奖1000元,考上本科院校的,奖励3000元,考上985、211院校的,奖5000元,若考上清华、北大、华东五所重点院校的,奖10000元……对自掏腰包的李士强来说,这是给李寨孩子们的"基础营养",他最大的快乐,就是看到孩子们飞出去,学知识补充能量,去更广阔的天空翱翔。

　　老师、大学生、小学生,从李士强手上接过沉甸甸的心意,掏的虽然是李书记个人的腰包,可代表的却是李寨乡亲的嘱托。

　　李士强的目光,一直跟随着孩子们,而且对愿意继续深造者,他更是祭出了大手笔:考上硕士,奖10000元;如果你再乐意持续深造,再考博士,李士强又准备了20000元的大礼包!李寨的孩子们都铆足了劲儿,要在书本上挥洒最美的青春,报效党和国家,还有来自李书记满满的厚爱。

第十三章　大道之行，花开盛世

一

"大道之行也，天下为公，选贤与能，讲信修睦。故人不独亲其亲，不独子其子，使老有所终，壮有所用，幼有所长，矜、寡、孤、独、废疾者皆有所养……"这是《礼记》中的一段话，也是千百年来，中国的仁人志士们所追求的理想。从某种程度上说，这与共产党人的初心和使命也是一致的。

李士强事业成功以后，他没有忘记优秀传统文化的教育，更没有忘记共产党员的初心和使命，他回到李寨，带领乡亲们脱贫致富，让每一个贤能之士都有了用武之地，为每一个有劳动能力的人都提供了工作岗位，孩子们的学习有了优越的条件，老人们生活也得到了精心的照顾。

每年发放"长寿金"的时候，都是李寨的老人们最幸福的一天。老人像过年一样，早早穿戴一新，幸福之情在脸上的皱纹里绽放，乐呵呵爽朗的笑声，在李寨的蓝天上荡漾。

"亲儿子都不如咱士强孝顺！他心眼咋就这么好呢？我

们上辈子可真是积了大德了。"

"这钱我花着啊,就会想起士强大侄子。旧社会饿得前心贴后背,老了喂狗,狗都嫌弃。现在赶上好时候了,还是共产党好啊!"

水欢树笑,花草招摇,喜气盈盈。李士强将红包一一郑重地送到老人手上,充满真诚地祝福:"老人家,祝您健康长寿!"

"谢谢,谢谢士强!我得多活几年,多享几年您的福哟。"

李士强却认真地说:"是共产党让咱们过上了幸福生活,感谢党,感谢政府,也感谢我们的新时代!"

每年春节前夕,这样的场面都会出现在李寨村两委的会议室里。李士强自己掏腰包,将村里老人当作自己的爹娘,这模范带头作用,在李寨营造出浓厚的尊老敬老氛围。孝敬成为风尚,媳妇妯娌争相比孝,不肖儿孙早已经销声匿迹了。

王子英出生于1906年,是远近闻名的百岁老人。这个老寿星腿脚虽然有些蹒跚,身板依然硬朗,思维还算清晰,创造了沙颍河边的长寿奇迹。她不让家人搀扶,坚持自己喜滋滋地走来,早早就到了会场,她坐在最前排,说一定要当面感谢李书记。

当王子英颤巍巍地伸出双手,接过李士强递上的红包时,她感到那厚厚的一大沓钞票,仿佛带着书记的体温,也传达着党的关爱。她把红包用头巾裹了又裹,放进贴近心口的口袋里,那泪水不觉间就打湿干瘪的脸庞。这红包,她领了整整十年,而且,只要她在,就能一直领下去。这种温馨的期盼,甜蜜着她的幸福晚年。

"士强啊士强,咱一不沾亲,二不带故,你为啥对俺这么好啊!我活一百多岁了,风风雨雨,经历过旧社会,要不是共产党建立了新中国,我这把老骨头早沤朽了。我终于赶上好时代了,你真是共产党派来的好书记啊!"老人一遍一遍说着心里话。

"长寿金"一个接一个地发了下去。老人们商量着,如何感谢李书记。散会后,他们都来到李士强的办公室,拉住他的手表示千恩万谢,本来这大喜的日子,应该高兴才是,可这会儿,每一张老脸上都泪花飞溅。这是真诚的泪水,也是喜悦的泪水。老人诚心诚意地要请李士强无论如何都要到他们家里吃一顿饭。

李士强笑着说:"老人家,你们的心意我领了,这饭呢,我就不去吃了。你们晚年能开心幸福,身体健康,我比啥都高兴。咱李寨发展会越来越好的,党带领我们奔小康,你们就可劲地活吧,无论你们多大年龄,大家共同向前奔,谁也不准掉队!"

孝顺,在李士强心底深深扎根,优秀的传统文化滋养着李寨村的皇天后土,孝顺是庄户人的传家宝,一定要把孝道的根留住。老一辈人在热血岁月里打拼,年迈老去时理应得到晚辈呵护,如果老人晚景凄凉,那社会主义核心价值观如何体现?

这么多年,李士强每年都要回村看望老人们,礼品或礼金,孝敬老人的热肠化成点点滴滴的暖流,温暖着乡亲们的心。现在的"长寿基金",已经形成一种尊老爱老的长效机制,他用真情为老人们描绘出满天晚霞。

我翻开厚重的李寨村五年来的《工作志》,"长寿基金"由亿星集团出资,助力李寨村脱贫攻坚:70岁到79岁的老人每人每年1200元,80岁到89岁的老人每人每年2400元,90岁以上的老人每人每年3600元;100岁以上的老人每人每年6000元。从2012年起,每年发放一次,惠及2000多人次,金额已经累计达240多万元。

这些钱,用普惠模式,集中给了因年迈而体衰的老人,持久关爱的温暖,如春风浩荡,温暖了老人们的晚年。钱多钱少,年年有;年岁越高,金额越多。这是满满的关爱和鼓励,老人们高兴地说:"咱们都要打起精神,提着劲,跟着士强奔小康,谁也不能落后。能多花上几年士强的孝敬钱,那才是本事!"

从年头盼年尾,从年尾想年头。过年前后,李寨村的老人,幸福感像蜜糖一样荡漾在老人们的心里。

其实,每年给老人们发"长寿金",只是为过大年讨个彩头儿,让老人们开心一乐。要真正保障老人们晚年的幸福安康，还需要从长计议，从根本上解决他们的后顾之忧。

"应该建个敬老院，将24名五保户以及鳏寡孤独者，集中供养，让他们老有所依、老有所养。过上安然无忧的生活。"李士强召集村两委班子会议商讨，"如果他们不能得到很好照顾，不能过上衣食无忧的生活，我们的脱贫攻坚工作就没有做扎实。国家花这么大力气搞脱贫攻坚，这些最弱势的群体，最需要照顾的人，得不到妥善安置和保障，我们如何向党和人民交代？我们如何能够心安？"

村里有五保老人24人，生活不能自理的老人有8人，他们是李寨村最困难的群体，也是村里需要重点照顾的对象。李士强通过村民小组和党员"网格管理"，要求责任人密切关注、经常关心这些老人。他自己更是常常带着礼品，来到老人跟前嘘寒问暖，无微不至，遇到问题立即解决。

"士强，快坐快坐，你送的米面，还没吃完呢。"李书亮老人独自居家，生活不能自理，常常躺在床上独自发呆。

李士强来到李书亮老人家里，对他的身体情况、生活情况、思想状况一一探问，跟他讲国家好政策，李寨的新计划，也跟他说些宽心话。谈笑风生间，李书亮老人的嗓门越来越大，笑声也越来越爽朗，阴霾顿时消散。书记能亲自登门慰问，如一束绚丽的暖光，让老人瞬间精神焕发。

刘廷军、王东民、李体谅……这些老人，李士强都一一走访，他们生活上的困难、心底的忧伤，所思所想，李士强都一一记在心里。后来，经过协商，李寨村的五保老人都住进了敬老院，有吃有住有娱乐，还有专人照顾。平日里，种种菜、晒晒太阳，打打麻将，日子要多开心有多开心。

李士强是这些老人们看着长大的，他们一提起李士强就忍不住落泪："娃是个大好人，小时候家里穷，吃不饱饭，我们乡亲们也没帮上什么忙。现在娃出息了，回家照顾我们这些老头子、老婆子，给我们发钱、发东西，比亲儿子都好，暖人心啊！"

对于老人们的赞许，李士强心里高兴，却从未骄傲过，因为他知道这都是他应该做的，并且认为他做得还远远不够。一说起乡亲，李士强眼眶中泪水就总是打转："没有乡亲们，就没有现在的我，小时候乡亲们的一碗水、一口稀粥，我始终都记在心里。那时候穷，大家活得都艰难，谁家都是吃了上顿没下顿。能给你一口稀粥，就意味着他们得少喝一口。我怎么能忘记这样的恩情？怎么能沾沾自喜呢？现在我回报乡亲们的，还远远不够。"

可老人们最常想的，是李士强，最感激的，还是李士强，不仅是"长寿基金"，也不仅是逢年过节的丰盛礼品，更重要的，老人们想找李士强说说话、唠唠嗑，那心里就踏实。年节临近，老人们掰着指头数着日子，重复着一句："士强该来了……"

我见到李寨村的老人们，明显地能感到，这是一群松鹤长春的"老寿星"，安详怡然写在脸上，富贵如意留在心底，舒适衣着穿在身上，那种快乐自在、舒心爽朗的笑，诠释着晚年的幸福含义。他们每一次见到李士强，都会纷纷围拢过来，紧紧拉住心心念念的李书记，欢声笑语如珠玉迸溅，述说着李寨的今昔过往，也倾诉着他们心里的思念。

在李寨村广场门上的醒目位置，红色扇面配红色梅花构图，上面是金色大字"社会主义核心价值观"——富强、民主、文明、和谐、自由、平等、公正、法治、爱国、敬业、诚信、友善。

社会主义核心价值观，不是漂亮的标语，也不是空洞的口号，每一个字都落实在村两委的制度里，都落实在人们的行动上，也都融合在李寨的"家风、家规、家训"里。

一段红色岁月，在李寨村世代相传，熠熠生辉。打李士强记事起，从爷爷、父亲绘声绘色的讲述里，李士强就经常听到这个震撼人心的故事。爷爷落泪唏嘘，父亲弹泪钦佩，李士强听得如身临其境，小拳头攥得咯嘣嘣响——

"啪啪啪……"一排邪恶的子弹，散乱地穿越李寨上空。1947年11月1日下午，豫皖苏军区第四分区工作队张指导员带领三名战士，英姿飒爽地来到郭岗村,抄没了地主家堆积如山的粮食,分给饥肠辘辘的乡亲们。不料,歹毒地主通风报信,国民党顽军县保安团特务头子冯子久,带着有几十杆枪的队伍,穿便衣偷袭而来,悄悄包围了工作队驻地。一名战士发现敌情,紧急情况下,为保护群众,立即飞跑向村南,想诱使敌人掉转枪口,却正撞入顽军埋伏圈,不幸中弹倒地。

张指导员带战士立即展开阻击,密集的枪声打得院墙噼里啪啦掉土,乡亲们惊慌失措,乱作一团。为掩护群众,张指导员三人一边指挥群众转移,一边迎头阻击。等乡亲们离开以后,他们却来不及转移,被蜂拥而来的顽军四面包围,终因寡不敌众而被捕。

顽军穷凶极恶,将他们五花大绑,带到李寨村中心十字街,污蔑他们是打家劫舍抢人财物的土匪。张指导员看到乡亲们都安然无恙,脸上始终露出欣慰的笑容。他大义凛然,阐明我党我军是穷人的队伍,"打土豪、分田地"是共产党的主张。任凭顽军穷凶极恶地殴打,三名战士的脸上露出轻蔑的笑容,坚贞不屈地面对敌人。

李寨的乡亲看到战士们受刑,眼含怒火,手里攥紧镰刀、斧头,迎着顽军的枪口,步步紧逼过去,宛如即将爆发的火山,要与顽军以命相搏。

"想干啥?滚开,滚开!"一排枪口对准李寨群众的胸膛。

可李寨人没有害怕,更没有退缩,他们目光如炬,怒火如雷,坚决果敢地要与敌人拼死一搏,想要从敌人枪口下救出自己的亲人。

顽军瑟瑟发抖,这么多群众围拢上来,就算他们有枪,也难以抵挡。顽军见势不妙,将三位英雄推进一口深井里,仓皇逃跑了。

三位烈士长眠在了李寨的土地,残杀烈士的顽军,全部被李寨群众揪出,被正义的枪声处决,最终为烈士们报仇雪恨。而那口井,后来被人们称为"烈士井"。

如今,李寨"烈士井"上,建起了飞檐斗拱的"烈士亭"、端庄肃穆的烈士墓,成为爱国主义教育基地。每到清明节,周边群众和青少年就会自发地来给烈士们扫墓,寄托绵绵无尽的缅怀之情。

三烈士纪念碑

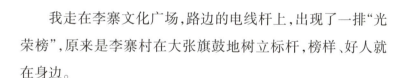

我走在李寨文化广场，路边的电线杆上，出现了一排"光荣榜"，原来是李寨村在大张旗鼓地树立标杆，榜样、好人就在身边。

家庭是社会最小的单元，也是村庄最基本的细胞。家是最小国，国是千万家。如何更好地推进乡村治理？李士强决定从每一个家庭开始，重视"德治"，大力弘扬优秀传统文化和社会主义核心价值观。于是，在他的倡议下，村两委发起了"家风、家规、家训"征集活动。

刚开始，很多村民都是一头雾水，不知道从哪里说起，好像"家风、家规、家训"都是过去大户人家的事，这么多年，在小门小户里，谁想这些啊。

"我天天就知道干活，我爹临走时告诉我，要勤俭持家，任何时候都不可奢侈浪费。啥家风、家规、家训的，实在是丈二和尚——摸不着头脑。我字都认不全，别让我弄了。"不少群众围着李士强，不知从何下手。

"你看，你爹说的这些话里就有好家风、好传承。"李士强因势利导，"老辈人大都不识字，可祖祖辈辈口口相传的道理，就是家风、家规、家训。回去想想你爹、你爷平时言传身教的优良传统，你弄不了，可以让孩子们弄，找邻居、找村干部帮忙，把你家的美德传承下来。"

村民在疑惑中，回到家里开始挖掘祖祖辈辈常说的老话。譬如，吃饭不能吧嗒嘴啊，坐有坐相、站有站相啊，忍一时风平浪静、退一步海阔天空啊；又譬如，乌鸦反哺、羊羔跪乳啊，你敬我一尺、我敬你一丈啊，一口唾沫一个钉、人无信不立啊……这一梳理，还别说，家家还都有了与众不同的传统美德的"标签"。李士强领着村干部登门来了，大家集思广益，把很多土话、俗话规范化，剔除其糟粕，保留其精华，整理出颇具特色的"家风、家规、家训"。

退伍军人李士明，保卫南疆时是一位重炮手，回到村里担任了天然气加气站负责人，平时工作兢兢业业，恪尽职守，说起家庭事来，却显得笨嘴笨舌："咱不论何时，都要听党指挥，党让干啥就干啥，准没有错。只要国家需要我再上前线，我绝对没有二话。家里父母想吃啥我买啥，我吃不吃无所谓，把老人孝敬好，侍候好就行了。乡亲们有用得着我的地方，只要说一声，我都乐意给大家帮忙。这算家风吗？"

"是啊，这是多好的家风啊。"李士强给他总结，"你们这家风，就是保家卫国、尽忠尽孝。"

李士明连忙点点头，说："是的，是的，还是李书记总结得到位，这就是我心里话。我嘴笨，说不出来。"

"我爹常常教训我，说做人啥时候得凭个良心，不能亏心；家里啥时候得存点粮食，不能寅吃卯粮；就是再困难，也得让孩子读书，不能荒废了学业；就是再穷，也得把孝顺顶在头上，不孝顺还算个人吗？"有人说。

"你爹这样教训你，你又拿你爹的话教训你的儿女，一代一代教训下去，这就是家训。"李士强进一步总结，"这就叫积谷防饥，积德行善，送子读书，儿行孝道。"

人们听了，不由得竖起大拇指。

"我妈规矩严，总是说待人要实诚，啥时候都不能耍心眼；哪怕种一亩三分地，种好了也饿不着；要听老人言，听政府话，与亲戚邻居处好关系，亲如一家人；还有，冻死迎风站，饿死不做贼……规矩大了去了。"又有人说。

"你妈那可是大家闺秀，你姥爷家过去就家法严。"李士强将这个人的话提炼后说，"你们这家规就是，恪尽职守，敬老奉献，诚信第一，团结友善，遵纪守法。"

大家纷纷拍手称好。

每家每户的家风、家训、家规被总结出来，制成标牌，挂在李寨村的文化广场上。乡亲们都认真地说，家里有个规矩总是好的。国有国法，家有家规，我们全家人人牢记，将来还会传承子孙，你说有没有用？

我一路走着，一路饶有兴致地看下去，一个一个标牌，一条一条家风，一句一句家训，一款一款家规，潜移默化的教诲，形成了具有中国特色的乡村治理的要义。

刘文中的家训：手持正义、肩挑道义、君子爱财、取之有道。家风：诚实守信、勤劳致富。家规：是非面前不含糊，原则面前守底线。

苏林中的家训：无信不立，心诚则灵。家风：立志、守信、尽孝、敬义。家规：严于律己，宽以待人，勤于习作，乐于奉献。

刘士杰的家训：不做亏心事，不怕夜敲门，不怕树影斜。家风：勤俭持家，遵纪守法。家规：勤耕苦作，正当娱乐，不搞迷信，不沾赌博。

美丽宜居示范村，在李士强心里，就是要"传承好家风、形成好村风、争当好村民、建设好乡村"。李寨支部、村委会结合中原文化的传统根基，突出"党建引领""社会主义核心价值观"和"孝道文化"，为新时代村民"培根铸魂"。

李士强参考了国家乡村治理基本思维，结合上级要求，突出"德治"本色，从"遵纪守法、履行义务""相信科学、反对迷信""弘扬美德、尊老爱幼"

"彼此谦让、相互尊重""艰苦创业、科技兴农""礼貌待人、热情好客""男女平等、优生优育""美化环境、爱护公物"八个方面,拟定了《李寨村村规民约》,约定明确,简明扼要,通俗易懂。

征求意见稿公布以后,村民们交口称赞,但也有人说:"这好是好,就是太多了,我们记不住。"

李士强尊重大家意见,进一步简明化、通俗化,把征求意见稿归纳成三层意思9句话,定稿后的"村规民约"读起来朗朗上口,都是妙言精句,话语不多却情真意切,直指人心:

> 敬老爱幼入头脑,赡养父母尽孝道,粗语脏话要去掉;
>
> 夫妻相敬直到老,婆媳妯娌相处好,邻居团结乐陶陶;
>
> 移风易俗有新标,勤俭持家最可靠,迷信浪费不可搞。

村民点点头说:"这个好,简单好记,好听顺口。"

李士强抓工作的最大特色,就是重在实效,不尚空谈,要有具体的框架及机制。"道德评议会""红白理事会""禁毒禁赌会""孝善敬老理事会""村民议事会"等9个村民自治管理组织,分别由村"两委"李鹏辉、李士永、王小丽、李超峰等担任组长,他们各司其职,相互配合,实现了村庄治理新突破。

文明乡风,移风易俗是关键。李士强觉得,巩固来之不易的脱贫攻坚成果,9个村民自治小组要各负其责,"软引导"与"硬约束"相结合,把"移风易俗"写进"村规民约"。村红白理事会狠刹人情风、吃喝风、攀比风,建设村民宴会厅服务,引领婚事新办,对婚丧嫁娶活动限规模、宴会限规格;对红白喜事大操大办、不赡养老人等不良风气,进行治理;向高价彩礼、厚葬薄养、铺张浪费等陈规陋习亮剑;实现积分管理,与星级文明户和最美村民评选挂钩。

文明的春风细雨,润物无声。简单热烈的大学新生欢送会,李士强带村两委班子成员全部出席,替代了往日的"升学宴""谢师宴",这新式的感恩礼、谢师礼隆重热烈，越过龙门的学子鞠躬道谢，欢声笑语不绝于耳，李寨的未来指日可待。俭朴的欢送会，办成了"讲文明树新风宣贯会""青春励志感恩会"，家长和学子们一片欢呼。

有了制度框架、基本规范，放眼村里，还有极个别爱喝酒、爱打牌的人，形势大好却依然"贫困"。李士强看在眼里、急在心头，"扶贫先扶志、治贫先治愚"，他首先来到村民李雨东家里。

喝得醉醺醺的李雨东，冷不丁看见李士强来到，不知道为了何事上门，显得有些局促不安："李书记，您百忙之中光临，有何见教？"

李士强拍拍他的肩膀，坐下来说："现在村里发展形势大好，产业兴旺，人人都在致富路上往前奔。你有啥发财致富的好门路，对村里有什么好的建议，我想听听你的想法，有啥想法你提提，咱共同努力，共同富裕。"

李寨村文明实践站

　　李雨东顿时酒醒了一半。原以为李书记是上门兴师问罪的,没想到书记和颜悦色,还说要征求他的意见和建议。他知道李士强这是真心为自己好,赶忙站了起来,说:"李书记,我能有啥好门路、好想法呀?整天迷迷瞪瞪的……我知道自己这喝酒耍牌的爱好,哦,不对,是毛病,我自己都看不起我自己,你却一点也不嫌弃我……啥也不说了,你放心,我从今往后再摸一下牌,自己剁自己的手。"

　　李士强说:"那可不敢,留下你的双手,还要自己动手,丰衣足食呢。我相信你说到做到,我就等着兑现承诺了。"

　　从此后,李雨东改掉了喝酒耍牌的毛病,他一心扑到发家致富的道路上。

　　李士强组织党员干部通过拉家常、帮家务的方式对李雨东等多名村民开展脱贫思想教育,都收到了实效。他说:百姓有生计,万家能平安。

　　李士强觉得村里文明创建还得再上新台阶,拟定了《李寨村文明公约》。有人认为这都是虚头巴脑,可李士强却说:"文明是基础和根本,物质和精神两手抓,两手都要硬起来,我们李寨才能有序发展、良性循环。"

　　"爱国家,爱李寨,文明创建为己任;讲文明,树新风,家园意识在心中;讲秩序,守法治,社会公德要牢记;家庭和,邻里亲,宽人律己有诚心……"制度挂在墙上,文明记在心里,落实在行动上。会前会后,李士强都会安排将《村规民约》《文明公约》发到村民手里,看看、读读,宛若清风拂面,雨润心田。

　　披红戴花、掌声雷动,李士强为获奖村民颁奖,场面和谐而热烈——李寨村"建设美丽乡村　争做美好村民"评选表彰活动,惊动了2017年年初的平原早春。欢快的音乐响彻云霄,欢快的人群在广场上沸腾,老人笑逐颜开,孩童欢呼雀跃,从产业基地到村民劳作的田间,到处洋溢着欢快的气氛。

全国美丽乡村建设牵头的"六村联创"，是李士强日夜魂牵梦绕的根本抓手。而美好村民的群体，这才是美丽乡村的内核。

优秀党员刘廷修缓缓走上领奖台。作为李寨村的老党员，早年当过老师，后来当过支书，躬耕李寨几十载，教书育人，为党为民，鞠躬尽瘁，宵旰忧劳，是李士强的启蒙老师，也是他的入党介绍人、人生路上的导师。刘廷修走上台去，捧着获奖证书，与李士强紧紧握手，并向村民致意。村民回敬他雷鸣般的掌声，恭敬起身表达敬意。

颁奖词中肯地评价了刘廷修的先进事迹："对待老百姓像对自己的亲人一样，恪尽职守、竭诚奉献，村里的大事小情井井有条；卸任之后，在李寨新农村建设、脱贫攻坚工作中，发挥余热，以实际行动践行共产党员职责。"

先进典型评选层层选拔，人人参与，通过村组推荐、评议，党员点评、公议，村两委认真审议，全过程公开、公平、透明，在李寨全村激发出"美好村民"的潜质，召唤着乡亲们跟上建设美丽乡村的步伐。

李士强看着父老乡亲，心底涌起一阵阵自信和豪迈。李寨，最美的家园，这里有最美的风景，最肥沃的良田，最淳朴善良的乡亲，这是一群奋飞在新时代的优秀先进的群体，古老的优秀传统与社会主义核心价值观相融合，让美丽乡村精神文明的花朵处处绽放。

美好媳妇赫桂兰、冯贵琴、刘翠兰走上了领奖台。赫桂兰的公婆先后瘫痪，吃喝拉撒全靠她伺候，常言说，床前三年无孝子，但床前十年有"贤媳"啊！两位老人久卧病床，身上却没生半点褥疮，每天好吃好喝，精心奉养，直到二老含笑九泉。她们孝字当先，家庭和睦，邻里相亲，堪为典范。

接着豪迈登台的，是创业标兵李士成、李平亮、刘子云、刘廷臣、方卫民。李平亮放弃做包工头回村创业，紧扣脚下的大地，扎根金色田野，开创了高效农业种植，让肥沃的土地变成了"聚宝盆"。他苦苦钻研技术，成为创业标兵的典范。

帮扶模范李建奎、刘俊华、王振昌、李久忠阔步走来，胸前的绶带迎风摇曳。他们自己富裕后，立即就将帮扶乡亲放在心上，或吸纳贫困户就业，或

受表彰的李寨村"最美村民"合影

提供优质服务,或竭尽所能给邻里送钱送物,或传授技术带动乡亲们共同富裕。

美好家庭李士荣、王文杰,以爱作舟,载起了和睦和谐的新生活,他们互敬互爱,共同打拼,互相扶持,从来没有红过脸。

最美村民赵德俊,是一个热心肠、舍己为人、无私奉献的人,他的一言一行,如一束温暖的光,照耀和温暖着明媚的乡村。

李士强最不能忘的,就是青青校园。最美教师李峰、王银才,成为群众举手拥护的"明星",他们带的班级和学生,教学质量芝麻开花节节高,带着感情,倾注教育,教学质量评估在全县名列前茅,他们像红烛一样,燃烧了自己,照亮了孩子们的前程,他们用心血和汗水浇灌出绚丽的花朵,那是李寨最美的风景。

还有李寨的孩子们,小小少年意气风发,走过欢腾的群众，走上了领奖台。刘亿轩、王玉慧、李佳恩、张怡然、苏君昊、李欣悦，"优秀三好学生""优秀班干部""优秀少先队员"，他们胸前佩戴鲜艳的红领巾，向李士强爷爷致以少先队员崇高敬礼。李士强教导他们，要爱党爱国爱学习，学好本领，将来报效祖国。

颁奖大会结束了，可乡亲们却总感觉有点遗憾，甚至有点不服气，村民们纷纷议论，为什么没有李书记？李书记哪点比别人差？他们找到村干部，那不满溢于言表。既然是表彰先进，就不能没有李士强，他才是最有资格、最有代表性的"优秀李寨村民"，发个一吨重的奖杯给他，都不为过。

大家都说："要论建设李寨第一功，当然非李书记莫属，当然非李寨村两委莫属，当然非亿星集团莫属！"

大家的意见反映到李士强这里，他只是摇头笑笑："要感谢党和政府，感谢群众，我只是做力所能及的事，实在是不值一提。"

走在李寨村，看到的是人与人、人与自然的和谐共处，是传统民居与现代文明的交相融合，而道路两侧的"文化墙"，自成一道古色古香的旖旎风景。一幅幅彩绘山水长卷，在李寨街边风姿绰约，真是"景在眼前飞，人在画中游"。

幸福路东，大幅红色展板扑面而来，醒目标语让人振奋：

"永远跟党走，共筑中国梦。"

"民族要复兴，乡村必振兴。"

"建设美丽大花园，共筑幸福新沈丘。"

"科学发展、和谐社会、改善生活、造福人民。"

圆圆的红石磨盘托起李寨人的梦想——美丽大花园，幸福古李寨。

乡村振兴专栏唱响李寨的心声——实施乡村振兴战略，描绘农村发展蓝图。

标语、宣传栏，各处都有，可在李寨，处处可见，处处鲜明生动。产业振兴、人才振兴、文化振兴、生态振兴、组织振兴，鲜红的字体醒目提神，成为流动的风景，与自然景观构成了美丽和谐的社会主义新农村的新画面。

李寨村文化墙

　　村两委门口,是二十大精神主题宣传广场,布局别具匠心,密集的宣传栏,主题鲜明的段落、关键词,将习近平总书记在二十大报告中的经典句子、核心要义,罗列得明明白白,吸引着村民驻足观看。

　　新时代的伟大成就,是党和人民一道拼出来、干出来、奋斗出来的。党用伟大奋斗创造了百年伟业,也一定能用新的伟大奋斗创造新的伟业。

　　中国共产党领导人民打江山、守江山,守的是人民的心。

　　永远跟党走,奋进新征程。

　　大幅荷花图迎风摇曳,墨绿的荷叶田田舒展,嫩绿的叶茎撑起娇羞的华盖,点缀其间的花朵,鲜艳明丽;与之相邻的是一幅古朴的迎客松图,褐黄色的树干粗硕茁壮,青青的松针萦绕浅浅的雾霭,仿佛向远方的游客表达着欢迎之情:"有朋自远方来，不亦乐乎！"

　　村街小巷，到处弥漫着浓郁的文化气息，整个李寨都沉浸在文化氛围里，图文并茂，丰富多彩，涵盖了精神文明建设的方方面面。

　　"二十四孝"图，通过活灵活现的画面，活泼生动地讲述着古代孝子贤孙的故事：戏彩娱亲、鹿乳奉亲、百里负米、啮指痛心、芦衣顺母、亲尝汤药、拾葚异器、埋儿奉母、涌泉跃

村两委宣传栏

古李寨简介

　　李寨村地处豫皖两省交界,下辖七个自然村,全村共 786 户、3237 口人,耕地 3488 亩。2012年以前李寨村是深度贫困村,经过10余年发展已经蝶变为全面小康村、全国美丽乡村建设试点村、全国改善人居环境示范村、河南省水美乡村、河南省传统古村落。

　　村内传统建筑保存良好,田园景观原真性较好,建有乡村振兴成果展览馆、农耕文化博物馆、荷塘月色、湖心亭、滨水露营基地、特色游园、老村长之家、乡村书屋、康养民宿、精品民宿、村民大食堂、梨想地星空露营基地、三烈士纪念亭、麦浪骑行道等旅游业态。村庄环境优美、气候湿润,种有各类有机果蔬、五谷杂粮,食养、康养设施齐全,长寿老人、百岁老人等生活悠闲自得。大美古李寨,欢迎各方游客!

Lizhai Village is located at the border of Henan and Anhui provinces, with seven natural villages under its jurisdiction. The village has a total of 786 households and 3237 people, with 3488 acres of arable land. Before 2012, Lizhai Village was a deeply impoverished village. After more than 10 years of development, it has been transformed into a comprehensive well-off village, a national pilot village for the construction of beautiful rural areas, a national demonstration village for improving living environment, a water beautiful village in Henan Province, and a traditional ancient village in Henan Province.

The traditional buildings in the village are well preserved, and the authenticity of the rural landscape is good. There are tourism formats such as the Rural Revitalization Achievement Exhibition Hall, Agricultural Culture Museum, Lotus Pond Moonlight, Huxin Pavilion, Waterfront Camping Base, Characteristic Amusement Park, Old Village Head's Home, Rural Bookstore, Health Homestay, Boutique Homestay, Village Canteen, Lixiangdi Starry Camping Base, Three Martyrs Memorial Pavilion, Mailang Cycling Path, etc. The village has a beautiful environment, a humid climate, and various organic fruits and vegetables, as well as grains and grains. The food and health facilities are complete, and the lives of the elderly and centenarians are leisurely and self satisfied. Da Mei Gu Li Zhai, welcome all tourists!

古李寨平面导览图

鲤、怀橘遗亲……极具视觉冲击力,让古代的孝文化在现代村落生根发芽。

　　中医文化广场,拔罐、针灸、理疗、偏方……这些中医药知识,明白生动地展现。我看到,群众在宣传栏前围观,这也是绝佳的学习机会。中医健康保健,汲取传统文化精髓,"小方治大病",深受群众喜爱。

　　"文化墙"前,老人慢悠悠走过,他们幸福的心情溢于言表;青年学生评头论足,一个成语或一个词语,吸引了他们的求知欲,有人争论,有人查找百度,知识的积累又添了一层;顽童从

景点标注

★ 我的位置

1. 李寨村部
   公共卫生间
2. 李寨游客服务中心
   特色产品展销馆
   乡村振兴成果展览馆
3. 李寨农耕文化博物馆
   文化大讲堂
   农耕文化广场
   公共卫生间
4. 李寨党群服务中心
   旅游管理中心
   村卫生室
   荷塘瑜伽馆
   月色SAP馆
   乡贤茶社
   非遗传习所
5. 李寨村民大食堂
   美食宴会厅
   公共卫生间
6. 李寨康养民宿
   日间照料中心
   健康管理中心
7. 老村长之家
8. 荷塘月色
9. 湖心亭
10. 滨水露营基地

11. 公共停车场
    公共卫生间
12. 特色小游园
13. 大麦茶吧
14. 古井遗址广场
15. 百年榆村园
16. 乡村书屋
17. 吴丽家民宿
18. 德重民宿
19. 李寨小学/幼儿园
20. 养老社区
21. 三粉加工厂
22. 服装车间
23. 三烈士纪念亭
24. 亲水营地
25. 麦浪骑行道入口
26. 农业观光采摘长廊
27. 梨园基地
    "犁想地"星空露营基地
    公共卫生间
28. 供粤港澳大湾区
    蔬菜种植基地

绿叶花海间跑过,欢呼雀跃,让村庄也多了几分童趣;路人、游客放慢了脚步,惊奇与欣赏的眼神里,流露出一连串赞叹。

文化活动踊跃开展。2016年秋,全国知名书法家、美术家、民间文艺家、高校教授等30余人来到村里,当场挥毫泼墨,为村民现场创作了300多幅作品,让李寨村民家里装潢出了"国家级"的文化味儿……

举头抬眼间,文化气息扑面而来,美丽新李寨果然名不虚传!

第十四章　江河不息万古流

一

在中国历史上，一提"江"与"河"，都知道是指长江和黄河。李寨所处的地理位置，恰在长江和黄河之间，属于淮河流域。但李士强的目光，却没有囿于他脚下的这一片土地，他的格局早已越过了长江和黄河，延伸到了华夏大地。

我想，这就是李士强作为全国人大代表的格局和胸怀吧。而他这大格局的形成，得益于他虚怀若谷、孜孜不倦的学习。

塞得满满当当的书柜，是李士强办公室里最显赫的地方。我仔细地看过去，古今中外，包罗万象，经济时政、历史文化，特别引人瞩目的，是《习近平谈治国理政》《习近平的七年知青岁月》《习近平在正定》等关于总书记的著作和传记。

在书柜一角，我看到了"清华大学高级总裁班"毕业证书。齐同杰主任告诉我："这是董事长在清华大学三年学习的结晶。三年啊,董事长那么忙,却雷打不动,从未缺课。"

2004 年春,李士强在清华大学学习期间,还被推荐为访问学者,来到大洋彼岸的美国利伯缇大学游学访问。与资深教授当面交流,泡在图书室里查找资料,李士强成了最勤奋的"学者",获得利伯缇大学 MBA 学位。

中国传统的儒学文化,倡导"学而时习之",倡导"穷则独善其身,达则兼济天下",李士强正是通过不断的学习,才有了心怀天下的大格局。

李寨地处豫皖两省交界,河南省的沈丘县,安徽省的界首市、临泉县是全国主要的粮食产区,然而,就在这三地相邻的地方、在李寨附近,却有多条断头路,梗在老百姓的生活里,也堵在李士强的心头。

2012 年春节前夕,家家户户都在包饺子、烹佳肴的时候,李士强却走在豫皖交界的几处断头路上,开始了实地调研。

轿车颠簸在坑坑洼洼的 S217 省道上,每看到一处破损严重的路面,李士强都会下车仔细查看。冷风刺骨,寒气袭人。不时有满载粮食、货物的三轮车、四轮车经过,在坑洼处剧烈地颠簸起来,喷出阵阵黑烟,掀起一阵阵呛鼻的尘土。

如此道路居然是二级省际公路?李士强用步丈量了一下,大约只有 9 米宽,两辆小轿车还勉强可以会车,要是大一点的货车、农用车会车,不得已就要借助路肩通行。眼下大型车辆越来越多,这条公路远远超出了它的承载力,日复一日超负荷承载,路面显然不堪重负,加速了毁损。

又往前面走了一段路,就到了安徽省界首市地界,李士强看到道路延伸进一片麦田,变成了泥泞不堪的土路,随后消失在省界边缘,形成了断头路。满目碧绿的麦苗,一片生机勃勃,而这条断头路却像用了几辈子的布条子,看着都让人心寒。

李士强查阅了诸多资料,了解到沈丘、临泉、界首的两省交界"三角地带",是容易被人忽略和遗忘的角落,而这里却是中原腹地通往华东沿海的必经之路,涉及人口 436 万,可耕地 349 万亩,2012 年粮食产量近 350 万吨,蔬菜瓜果产量690万吨,由于地处省界等历史原因,虽然国家不断投入,3条"断头路"却长期没有打通。

调研期间,李士强看到三五个农村老者在闲谈,他便主动上前搭话。一提起这条路,老人们就满肚子辛酸,谁都有一大堆意见。他们大倒苦水,说要想富,先修路;道路通,百业兴,这话都念叨多少年了,咋就一直不修、为啥一直不通呢?一路走下来,李士强听到了很多来自农民的意见和心声。

李士强在本子上一一记下眼见的路况,耳听的意见,还有他的一些想法,他甚至把这些都绘成了草图。这断头路,成为群众的心病。特别是雨雪天气,一辆车出事故,就会造成堵车,形成了"肠梗阻",严重影响了粮食、蔬菜等农副产品流通,农业生产资料流出输入也受到阻碍,严重影响和制约了周边经济发展。

将群众的冷暖挂在心上,李士强有种责任感和使命感,他觉得这肯定也是党和政府关心的大事。他在十二届全国人大一次会议期间向大会提交了《关于加快豫皖两省间粮食主产区多条断头公路建设的建议》。

这几条路,李士强调研了一遍又一遍;当地的老乡们,他走访了一个又一个,等到提笔书写的时候,一字一句,字斟句酌,每个数据都核实再核实。从现状、问题分析到提出建议,浸透了这一方百姓最迫切的呼声:

　　尽快将三条断头公路打通为国家一级公路,同时将S207、S238升级为国道。为了两省三县(市)近500万人民群众生产、生活道路通畅宽广,为了保证粮食等农副产品流通和农业生产资料输入畅通,实施国务院批准的中原经济区建设规划,加快推进新农村建设及城镇化的健康发展。

建议提交大会后不久,李士强就收到了这份2482号建议的两份答复,分别来自河南省人民政府和安徽省人民政府。

河南省政府以豫政文〔2013〕209号文进行了专题答复：

根据交通运输部确定的国道走向和节点,已将我省省道S238、S207沈丘境升级为国道。同时,根据交通量发展趋势,我省已将S238线沈丘境纳入一级公路建设规划,适时开工建设。为加快省际间通道建设,我省已将S217沈丘境纳入2013年国省道改造计划,待该项目改造完成后,将有效改善S207的通行能力和服务水平。

为支持豫皖交界地区特别是沈丘县经济发展,省道网调整规划中在沈丘境新增一条南北向省道,经纸店、赵德营、冯营至豫皖界,待规划批复后将适时开工建设……

安徽省政府以皖政案字〔2013〕2号进行了专题答复：

关于修建北起河南省沈丘县付井镇、冯营乡,经安徽省界首市刘桥村,至临泉县于寨公路,形成大广高速和宁洛高速连接线问题,根据我省阜阳市上报的"十二五"普通国、省干线公路建设项目规划,"十二五"期间,该市已对省道204按一级公路标准进行改建。

为进一步加强皖北地区公路建设,服务当地经济社会发展,我省交通运输厅将根据项目资金筹集前期工作进展情况,督促地方政府尽快启动省道204工程一级公路改建工程建设,更好地服务豫皖两省间粮食主产区经济社会发展……

两省政府着眼全局、通力合作,对豫皖边界粮食主产区的交通高度重视,让省道改造、升级、通行有了着落。李士强的建议进入省级交通决策,让粮食主产区的通行迅速改观,群众多年的期盼成真,切实地造福了一方百姓。

二

贾鲁河又称"小黄河",是河南省除黄河之外最长、流域面积最广的河流。它从国家级中心城市郑州出发,一路顺势而下,过开封,经许昌,直抵周口,全长255.8公里,流域面积5896平方公里,在周口市入沙颍河,最后汇入淮河;主要支流有金水河、索须河、熊儿河、七里河、东风渠等。

李士强的目光,落在密如蛛网的河流上,落在淙淙流淌的河面上,不觉有些出神了。他觉得这些河流就像一首诗,写在中原大地,日日夜夜唱着欢快的歌;又觉得这些河流就像一幅壮美辽阔的画,描绘着中原大地的美景,也寄托着中原儿女们的乡愁。然而,由于历史原因和现实条件,它们的功能都没有得到充分的发挥,灌溉之利、交通之便都不同程度地受到了限制。

如今,中国已迈进新时代,中原也迈进了新时代,是到了该发挥它们作用的时候了。

古时的贾鲁河水量充沛,为南北漕运的干线,可资水利,可通舟楫。这条古老的运河如果能够通航,那对促进大半个河南的发展将起到难以估量的作用。

李士强乘车从周口北上,寻找着贾鲁河当年漕运的繁华。熟知贾鲁河掌故的老人痛心地说,20世纪五六十年代,贾鲁河水量丰沛,河面满载粮食等农产品和各种物资的航船橹樯声声嘎嘎,白帆点点,南来北往,好不热闹繁忙。沿河各处港口码头上,货来货往,给沿岸百姓带来了富足的生活。

这么浩渺的水面,不能通航,实在是太可惜了。李士强心想,如果这贾鲁河能够通航,就可以直接联通淮河水系,进而沟通东南腹地,那是多么广阔的一个市场啊。

经过充分的调研,2016年,在第十二届全国人大四次会议上,李士强提交《关于恢复贾鲁河航运的建议》：

> 一是由交通运输部会同水利部规划实施贾鲁河通航方案；二是将贾鲁河通航方案纳入'十三五'规划；三是多渠道筹集资金改建贾鲁河、沙颍河通航配套工程——周口港。

李士强的内河航运梦还在继续，他沿着沙颍河继续行走，来到了河南省第一大内河航运港口——周口港。他的心潮如此澎湃，在这块飞速发展的热土上，作为河南内陆航运"黄金水道"的三川明珠，周口成为"中原经济区"的重要支撑。

深入周口港区的实地调研，让李士强倍感振奋。周口港是四级航道，常年可以通航，配合四通八达的高速公路，就能让周口成为内陆的又一个水陆交通枢纽。他觉得推进周口港建设正当其时，也刻不容缓。建设豫皖苏接合部综合交通枢纽、豫东南出口枢纽城市，对中原地区发展至关重要，于是，李士强把他这个设想形成了提案——《关于支持周口港口建设的建议》。

内河航运的优势不言而喻，运量大，成本低，占地少，投资小，符合建设节约型社会的要求，潜力巨大，优势明显。

实地踏勘的李士强，多次来到贾鲁河河道，看到了一条碧波荡漾的河流，宽阔的河面，波光粼粼，需要开挖或疏浚的工程量很小，从郑州市引黄供水又可以提供充足的水源。

李士强立即着手查阅大量水运资料，这些厚厚的资料，有数百万字之巨。这条河流在战国时称鸿沟，汉代名浪荡渠，唐、宋名蔡河，到了元代，一代名臣、工部郎中、总治河防使贾鲁治河有功，为了纪念他，改名贾鲁河。

一个又一个夜晚，李士强在灯光下抽丝剥茧，将那些有价值的资料，从历史典籍里挑拣出来，特别是水利交通专家的讲述，都让他画出了重点，进行了反复研究。他多次向专家学者们请教，从整体宏观，到局部微观，哪怕一个专业术语，不明白的地方，他都要打破砂锅问到底。

"要写好一个建议,就要深入研究进去,争取成为这方面的半个专家,只有深入调查研究,才有发言权。如果只懂个皮毛,就要提笔建议,贻笑大方还不要紧,弄不好那是要耽误大事的。"李士强总是这么认真。

2017年,李士强再走贾鲁河,手拿地图,目光在黄河、淮河、长江间穿梭。水利专家的意见、两岸群众的呼声,都在他心里汇集,眼界进一步开阔,思路进一步清晰,从黄河、淮河,到长江,瞬间变得通畅起来——

如果建设一条从郑州黄河连接贾鲁河水系,经周口沙颍河,过阜阳连接淮河、入洪泽湖与长江交汇入海的内河航运,地处中原腹地的郑州就可以借助这条"黄金水道"通江达海,联通"海上丝绸之路",构架水陆空的"大交通"格局,从中原经济区联通长三角,这航道如果建成,对"一带一路"的拓展延伸至关重要。

从理想到现实隔着遥远的距离,但李士强筑梦而行,充分论证了可行性。周口以下的沙颍河已经实现了正常通行,而利用贾鲁河充沛水源,完全可以从贾鲁河到沙颍河、淮河直通长江的"黄金水道",那对中原腹地的发展将会是如虎添翼。于是,提交了《关于支持建设连接黄河长江通江达海至沪航运通道的建议》。

2021年,对恢复贾鲁河航运抱着坚定信念的李士强,听说安徽省临淮岗复线船闸提升改造工作即将开工,"引江济淮"工程的江淮运河也即将建成,他感到这是一个很好的学习机会,便一口气跑了这两个地方去观摩取经,下游的通航条件进一步优化,也给河南省内河航运带来新的发展契机。他再次就贾鲁河内河航运提出了《关于面对全新复航机遇,恢复贾鲁河航运的建议》。

其实,当李士强的脚步行走在沙颍河、贾鲁河流域时,他心里装的可不仅是生他养他的这一方热土,他深邃的目光,南及长江、北望黄河,脑子里正在构思一幅更大、更壮阔的蓝图。

2019年6月24日,初夏的河风飒飒吹来,李士强作为全国人大代表,随时任河南省人大常委会党组书记、副主任赵素萍赴郑州、洛阳、焦作、新乡、濮阳等地开展调研。当时,赵素萍是驻豫全国人大代表专题调研第一组的组长,他们这次调研的目的,是黄河生态带建设情况。

一页页历史文献,一件件文物标本,一幅幅原始图表,让李士强看到了历史上黄河一次次惨绝人寰的河患,他的内心充满沉重和疼痛,也让他看到了沿河流域人民群众不屈不挠的精神和在水土保持、水资源开发利用等方面的智慧,他感到非常震撼。

李士强在笔记本上写道:"通过调研,对黄河生态带建设、对黄河生态保护立法进展情况,有了更深层次的了解。要深入贯彻落实习近平生态文明思想,深刻领会其丰富内涵和精髓要义,深刻把握绿水青山就是金山银山的重要发展理念,坚定不移走生态优先、绿色发展道路。生态文明建设是关系中华民族永续发展的根本大计,必须保持清醒头脑、坚定信心决心。"

黄河高质量发展上升到国家战略后,黄河生态景观线标准化堤防体系建设飞速发展,黄河安澜成为新时代最美好的图景。

调研随着黄河延伸,洛阳孟津小浪底水利枢纽工程、南北灌区工程、泄洪处,李士强了解到这些项目对优化水资源配置、构建黄河生态走廊、服务国家水资源战略布局等方面的重要意义;调研焦作武陟人民胜利渠,了解该渠在经济社会生态效益方面发挥的重大作用;他们到长垣县(2019年8月河南省撤销长垣县,设立县级长垣市)堤外迁建社区等地,调研黄河滩区居民迁建情况;到濮阳市引黄入冀补淀工程沉砂池,调研引黄入冀补淀工程和地下水超采情况;到范县调研标准化黄河大堤和黄河生态景观带建设情况……

在随后举行的座谈会上,李士强建议:"二十大报告提出,中国式现代化是人与自然和谐共生的现代化。将黄河生态带建设纳入'十四五'发展规划,加快黄河生态带立法进度,要突出规划引领,从加强顶层设计入手,高质量规划黄河生态带建设蓝图,搞好战略谋划,制定好生态资源保护、产业发展布局、基础设施建设的具体举措,重点考虑生态的整体性、流域的系统性、站位的全局性,多规合一,确保一张蓝图干到底。"

2019年7月份,李士强再一次走近黄河,随时任驻豫全国人大代表专题调研第三组组长、河南省人大常委会副主任王保存一行,到开封、济源、三门峡等地,就黄河生态保护立法开展专题调研。调研组围绕黄河生态保护立法、健全长效机制等发表观点,建议将黄河生态带建设纳入国家战略规划,加大开发保护力度,推动沿黄区域可持续发展,实现黄河生态共治共保。

李士强在笔记上写道:"要运用法治思维、法治方式、法治力量,治理好黄河,确保黄河安澜。要通过立法,将黄河生态保护好,把母亲河打扮得更加靓丽,让黄河更多地为中华民族造福。要深刻认识黄河生态环境保护的重要性、紧迫性和艰巨性。全长5464公里的黄河是中华民族文明的象征,滋润着沿岸的亿万人民。但黄河流域生态非常脆弱,水资源供需矛盾尖锐,区域环境承载能力减弱。同时水污染防治任务也非常艰巨,要充分认识到黄河流域水资源保护利用的紧迫性、生态优化的重要性、永久安澜的迫切性。"

2021年10月11日至12日,在时任河南省人大常委会副主任张维宁的带领下,李士强随同驻豫全国人大代表调研组来到山东省东营市,围绕黄河流域生态保护和高质量发展开展专题调研。实地调研查看、听取情况介绍,了解黄河流域生态保护、水资源利用、黄河安澜保障、黄河文化挖掘、特色产业发展、新旧动能转换等方面工作……

李士强在笔记本上写道:"落实黄河流域生态保护和高质量发展战略,河南省高度重视,在统筹推进黄河保护治理方面,做了一些积极探索。比如将制定河南省黄河生态保护和高质量发展条例列入人大立法调研项目,开展固体废物污染环境防治执法检查、森林河南建设情况专题调研,作出关于促进黄河流域生态保护和高质量发展的决定,并及时召开新闻发布会。希望豫鲁两省进一步加强交流合作、凝聚工作合力……"

　　这就是李士强的胸怀大志和格局。他觉得,作为全国人大代表,自己应该从"小我"走向"大我",进而走向"无我",应该积极地为党和政府分忧,主动为百姓解难,遇到经济民生问题,看到有利于国家发展的事情,责无旁贷,初心永在,使命在肩。

微信扫码
·对话李士强
·解码"亿元村"
·聚焦新农人
·数说新"三农"

第十五章　地势坤,君子以厚德载物

一

"天行健,君子以自强不息;地势坤,君子以厚德载物",出自《周易·象传》,也是经常被人引用的名言。人的前半生,朝气蓬勃,意气风发,应该像天一样,刚毅坚卓,发奋图强,追求进步,永不停息;人的后半生,阅历渐广,德望日隆,应该像大地一样,敞开胸怀,容载万物,普度众生。

望着眼前这个古稀老人,我能真切地感觉到李士强鞠躬尽瘁的品格。他心里装的,不仅仅是他自己、不仅仅是他的家族,也不仅仅是亿星集团,甚至不仅仅是李寨的村民,作为一名共产党员和全国人大代表,他想的是党和国家的大事,是全国人民的利益。

两届当选全国人大代表的李士强,十年时间里,他提交建议近200条,仔细看去,基本和"三农"国策有关。

时光来到2021年,李士强作为全国人大代表已经九年了。他行走在李寨金色的田野上,却心潮澎湃,始终把密切联系群众、倾听群众心声作为履职尽责的重要任务,经过脱贫攻坚实现"蝶变"的李寨村,用习近平新时代中国特色社会主义思想,书写着辉煌篇章,进入乡村振兴的快车道。

4月中旬,绿盛春深,繁花馥郁,李士强提笔书写《一个基层代表的心声》——

尊敬的栗战书委员长:

您好!

我叫李士强,来自豫皖两省交界最偏僻的农村,是本届全国人大代表,河南省沈丘县冯营乡李寨村党支部书记。作为一名五级人大代表,把始终密切联系群众、倾听群众心声作为履职尽责重要任务。在中国共产党迎来百年华诞、正值全国上下如火如荼开展党史学习教育之际,按捺不住内心的激动,现将我在基层工作中的所见、所闻及深刻感受向您作一汇报……

作为基层代表走访调研,我听到最多的是老百姓想不到的变化、说不尽的幸福,看到最多的是乡亲们蜜甜灿烂的笑脸、安乐祥和的生活。在心贴心与群众一起感受党的十八大以来国家发生的翻天覆地的变化中,有三个方面我和乡亲们感受最深、也最难忘。一是百姓安康、国家富强,党的领导优势前所未有;二是围绕中心,服务大局,人大责任担当前所未有;三是履职尽责,助力发展,代表作用充分发挥前所未有。

李士强结合他自己的所见所闻,讲述了李寨村民无与伦比的幸福:

作为农村代表,最振奋的是党的十八大以来党举全国之力决胜人类减贫史上最大规模的脱贫攻坚战,创造了消除贫困的世界奇迹,奔上小康的老百姓也总把得到的实惠挂在嘴上。把党的恩情铭刻心间。

村民刘廷修激动地说:"这几年的变化不敢想,8年前村里还都是土路,一下雨,滑滑蹭蹭,泥泞不堪。去趟县城得大半天,现在省城的大马路通到村里,开车下了高速二十多分钟就能到家,出了高铁站十多分钟就能进村,去趟北京也用不了半天了,这多亏了党的政策好哇!"

115岁、65年党龄的"百岁党员"王子英,更是饱含泪水哽咽着说:"是党让我翻身得解放,过上了好日子,真没想到能活到115,今天的小康社会,又让我赶上啦! 听党话,跟党走,感党恩,这个绝对不能丢!"

曾经落后的国家级贫困村,如今成了社会主义新农村。李寨村的巨大变化更是让人倍感振奋:先后成立六个特色种植专业合作社和四个养殖加工集体企业,干这些事情,我们既没有让群众出一分钱,也没让村集体背上一分债务。2018年我村实现脱贫,2020年村人均收入达到19380元。全面实现小康目标。李寨村现在已成为"全国美丽乡村试点村""全国改善农村人居环境示范村""河南省新农村建设示范村"……

李士强深知,脱贫不是终点,而是新生活、新奋斗的起点,全面推进乡村振兴又是新的奋斗征程。李士强对乡村振兴工作提出几点个人意见:

一是建议制定出台乡村产业培育激励政策;二是尽快研究出台乡村人才引进激励政策;三是建议打好农业"生态牌";四是建议加强对乡村特色文化的保护;五是建议完善"村两委"干部激励制度。

乡村振兴是实现中华民族伟大复兴的必由之路。我作为一名基层代表,来自人民、代表人民、服务人民,有决心、有信心、有勇气带领群众重整旗鼓再出发,沿着党和习近平总书记指定的方向,立足自身,从小做起,从我做起,全面完善政策体系、工作体系、制度体系、人才体系,以更有力的举措、汇聚更强大的力量,在全面推进乡村振兴的壮伟大道上履职尽责驰骋不息。

李士强做脱贫攻坚经验交流报告

6月初,喜讯从北京传来,全国人大常委会办公厅以信函回复李士强。李寨群众一片欢腾。李士强捧着这封回信,想到偏僻乡村一位基层代表的心声能受到如此关怀,不觉间热泪盈眶。

尊敬的李士强代表:

您好,4月16日您给栗战书委员长来信,汇报了履职感受并针对乡村振兴工作提出了五个方面的工作建议。栗战书委员长高度重视您的来信并批转有关领导同志。吉炳轩、武维华副委员长,杨振武秘书长,陈锡文主任委员先后做出批示,要求全国人大农业与农村委员会认真研究您的建议,提出推动落实相关工作的意见和建议,并由全国人大常委会办公厅向您反馈……

　　我看到过李士强的这份发自乡村的信函,重点字句和段落下面画满波浪线,可见领导阅读得认真仔细,十分重视;我也看到过全国人大农业与农村委员会的答复,措施具体,政策明确,体现了国家对"三农"根基的高度重视,对乡村振兴的鼎力相助。

　　在十二届全国人大二次会议上,李士强为国家级贫困村开出了"良方",这是他以国家级贫困村李寨为蓝本,结合调研到的村落并加以总结。

　　国家级贫困村大多分布在边远地区、行政区域交界处的欠发达地区、自然环境差的乡镇片区。自然资源匮乏、人力资源匮乏、医疗教育条件匮乏,农业发展的基础太差等社会问题突出,实现脱贫致富和推进新农村建设的困难很多。

　　2014年在十二届全国人大二次会议上,李士强根据自己的亲身体会,总结李寨的脱贫攻坚经验,结合政府工作报告

在十二届全国人大四次会议期间,李士强接受新华网访谈

中提出的"加快推进集中连片特殊困难区域发展与扶贫攻坚""实行精准扶贫、确保扶贫到村到户",他发自肺腑地大声疾呼,形成了有数字、有实例、有可操作性的《关于扶持国家级贫困村发展向贫困宣战的建议》:

> 一是国家应把扶持国家级贫困村发展作为专项工作。由财政部、农业部、发展改革委牵头,制定出台针对性扶持政策和扶持范围、标准、方式、保障措施,确保政策扶持的明确细化、精准化。二是加强对专项资金扶持的后期监管和审计评估,严肃处理资金截留、挪用等违法违规行为,确保资金到村、到户……

李士强的建议得到了国务院扶贫办回复。他认真地读着,心里感到满满的幸福感。国家级贫困村的群众,他们又会迎来一波国家政策利好。

长年奋战在乡村一线,李士强在乡村工作和调研中,发现眼下乡村中的普遍问题,是农民外出打工或本地就业,大多靠一把子力气,缺少含金量高的技能。他曾经问过一些村民:总不能只做搬砖摞瓦的笨活儿、当一辈子小工,大工收入是小工的几倍,开个挖掘机,那工资也呼呼叫往上涨,为何不去学门技术呢?村民们老老实实地回答:上哪儿学啊?咋去学啊?掏学费不说,还得吃、还得住、还得花,大半年的时间,里里外外还不得扔个万儿八千?一分钱不能挣,我们一家老小喝西北风?出个力弄现钱,苦点累点,却是稳稳当当的营生。

经过走访、调研和与农民工的交流,李士强总结出农村劳动力技能素质偏低的主要原因,形成了《关于加强农村劳动力技能培训的建议》提案,实事求是地指出了问题:从政府层面来看,技能培训投入不足;从社会层面看,培训的针对性不强;从企业层面看,缺乏培训的针对性和实效性;从劳动力本身层面看,很多人不愿参加技能培训……

他诚挚地建议:一是制定农村劳动力培训整体规划。加强统筹协调,制定培训目标,制定培训具体政策和实施办法,扩大培训规模,完善培训制度,规范操作流程,提高培训质量。二是持续推进全民技能振兴工程,围绕重点产业、重要领域等支持产业,大力组织实施"农村劳动力转移就业技能培训计划",全面提升农村劳动力技能素质水平。三是加大对农村劳动力技能培训的资金投入。提高培训补贴标准,推进农民工培训资金省级统筹建立和完善政府购买培训成果机制,提高职业培训资金的使用效率。

"这提议好。要真能掌握一门技术,那收入都翻倍,当然好了!"村民拍手称快。农村有句老话:磨磨镰不少割麦。学习一项技能,看似耽误了时间,浪费了精力,那叫充电,补充能量。看来,李士强这个提议说到群众的心坎上了。

李士强的建议,很快就得到了人力资源和社会保障部的回复。

李士强看到乡村人才建设的重要性,连续提出加强农村人才建设、加快试行农村村干部职业化、健全大学生村官选用机制、完善村干部选任机制和教育培训、适当提高贫困村村干部工资补助标准、加强乡村人才队伍建设、完善新型职业农民培育扶持政策、着重解决乡村振兴"人才缺乏"问题、进一步加大乡村人才引进政策激励力度、完善村干部激励政策等多条建议。

如何保护耕地、将饭碗端在中国人手里?李士强提出加快土地流转、提高农业种植效益,支持种粮大户、提高种粮积极性保障国家粮食安全,完善和创新农业支持政策、解决农民卖粮难,完善调控政策保障粮食安全等诸多建议。

如何建设美丽乡村?李士强先后就规范农村加强耕地保护杜绝违建、推进宅基地创新管理助力乡村振兴、美丽乡村建设、统筹推进美丽乡村建设、发展生态农业减少农村面源污染、尽快推行农村垃圾资源化利用、乡村振兴背景下农村人居环境改善问题等提出建议。

在完善农村金融服务、促进乡村快速发展方面,李士强提出了完善金融政策促进乡村振兴、促进金融服务乡村产业、扶持发展农村金融等多份提案。

乡村如何尽快融入互联网电商发展,李士强提出加快农村电子商务建

在海南作脱贫攻坚事迹宣讲报告

设、加快完善农村电商人才培训、推进农村电商扶贫、加快电子商务立法进程、推动"数字经济"健康发展、支持发展数字智慧农业助力乡村振兴、加快实施"互联网+农业"助推一、二、三产业融合发展等多份建议。

"三农"问题,叩问着李士强的心扉,他用一双睿智的眼睛,体味、观察、思考、书写,每一条提案都浸满了群众的深深期待;他的提案,坚持"从群众中来,到群众中去",接地气,实事求是,言而有据,数字准确,建议字字真诚,得到了国家有关部门的深切关注。

多年来,李士强注重学习法律知识,他时刻要求自己要在法律的框架内,在政策允许的范围内高标准做事,决不能触及道德底线,更不能踩到法律的高压线,一切遵纪守法,严格按政策行事。

2013年6月初,最高人民法院聘任第二届特邀监督员。在聘任仪式上,李士强从全国政协副主席、时任最高法院院长周强手里接过聘任证书。在大家热烈的掌声中,开启了长达十年的最高人民法院特邀监督员的历程。

9月,应最高人民法院邀请,李士强参加"全国人大代表龙江行"活动,走进黑龙江三级法院和法庭,走近法官,通过旁听庭审、参观座谈等形式,深度了解法院在审判执行、基层基础建设、队伍建设等方面的情况。

陪审员如果不能充分发表意见,对参与庭审的意义有多大?如果两个陪审员的意见一致,但与审判长的意见不同时怎么办?是不是应该少数服从多数?李士强提出了种种疑问。

通过5天与法院的亲密接触,耳听为虚,眼见为实,李士强深有感触,非常震撼,对司法维护公平正义的信心大大提升。

2014年十二届全国人大二次会议上,在审议全国"法检两院"工作报告时,李士强的发言深得法律界资深人士的赞扬。他提出了《关于落实错案追究责任制的建议》:一是法院的合议制和审委会讨论案件制度的落实,存在流于形式的现象,造成制度的作用没有很好地发挥;二是我国的企业破产制度存在极大漏洞,假破产真逃债现象严重,应上提一级管理,履行管理程序后才能破产。

在加强和完善人民陪审员制度的提案里,李士强提出"严格要求陪审员的选拔条件,杜绝只陪不审""增加陪审员数额,弥补职业化、精英化法官的不足"。在郑州设立最高人民法院巡回法庭的建议里,他从综合考虑地理因素、经济发展、案件数量、信访情况等诸因素出发,提出了自己的建议。2016年12月28日,最高人民法院第四巡回法庭在郑州市揭牌,开始正式办公启用,李士强夙愿得偿。

日常调研中,李士强时常倾听农民兄弟的诉求。有的打工者遭遇讨薪难,有的被骗得一无所有。李士强敏锐地洞察到农民工维权难的问题,特别是恶意欠薪问题,让农民工流血流汗又流泪。他觉得法律应该"硬"起来,为农民工"撑腰",为此,就对农民工维权提供司法援助提出建议:"健全农民工维权服务体系""构建法律宣传长效机制""打造矛盾纠纷化解平台"。

长年闯荡商海的李士强觉得,更好地利用法律为民营企业保驾护航,加强新常态下为民营企业提供司法保障刻不容缓。他从"持续梳理目前实施的行政许可、行政审批和法律法规,改革市场准入制度,规范行政执法行为,建立完备有效的产权保护法律制度,规范对民营企业的各种收费行为"等五方面,提出了有针对性的建议。

2016年9月下旬,在"一带一路"国家战略实施三周年之际,最高人民检察院邀请河南省18位全国人大代表来到"21世纪海上丝绸之路核心区"福建,李士强随同前行,对福建省检察机关服务"一带一路"和新福建建设进行了为期3天的专题考察。对检企合作、提前介入、同步预防职务犯罪,李士强提出:"建议加大工程领域职务犯罪的查办力度,把预防工作放在更加重要的位置,加大力度打击金融领域犯罪。"

在这次赴福建考察期间,李士强结识了漳州市检察院检察技术处检察员、法医师刘龙清,两个人都是全国劳模,劳模相见,自然有说不完的话,也有许多可供交流的经验。刘检察官创办的"刘龙清劳模工作室"是福建检察的名片。李士强感受到这也是检民联系的桥梁,延伸了法律服务触角,提升了检察工作的公信力和亲和力,是一个可学、可用、可看的真正的劳模工作室示范、孵化基地。

看到福建南靖的补植复绿案例,绿了青山、好了生态、暖了人心,李士强深有感触:这是福建省检察机关立足检察职能,落实宽严相济刑事政策,服务生态文明建设的一项有益探索和实践。检察机关根据不同的犯罪情节,给嫌疑人悔过自新、回归社会的机会,有效化解社会矛盾,减少社会对抗的做法,彰显了法律修复破损社会关系的功能。

2018年2月23日上午,最高人民法院第四巡回法庭举行"代表委员进四巡"活动,李士强零距离感受巡回法庭执法办案新成效、司法改革新探索、便民服务新举措、队伍建设新风貌,并提出意见建议。曾参加过四巡揭牌活动的李士强说:"四巡挂牌一年多来,在周强院长的带领下,积极探索审判监督机制的效果,扎扎实实一步一个脚印地做好司法服务工作。"

2018年6月,根据最高人民法院统一部署,李士强随驻豫全国人大代表视察组视察河南省法院系统,根据视察期间的所见所闻,代表们对全省各级法院强烈坚定的政治意识、斗志昂扬的精神面貌和守法有序的工作作风给予了充分的肯定和赞扬。座谈会上,李士强进行了发言,认为通过本次视察,加深了对我省法院工作的了解,坚定了对法院破解执行难等重大课题的信心,建议和鼓励河南省各级人民法院继续加强信息化建设、巡回审判开展、基层人才管理等工作。

6月25日,最高法邀请京津豫部分人大代表走进四川高级人民法院,李士强随行,见证了决战决胜"执行难""智慧法院"建设。视察完李庄法庭,李士强对基层法庭执法为民给予了高度赞扬:"李庄法庭有着光荣的传统和辉煌的历史,文化氛围十分浓厚,法官队伍训练有素。文化建设、团队素质、装备条件都十分过硬,真不愧是最美法庭,给我们留下了难忘的印象。"

多年来,李士强作为全国人大代表,他的每一份建议,都带着田野的露珠儿,都充满了浓浓的乡村味道。他为人大工作建言献策,受到了有关部门、有关领导的高度肯定和真诚感谢。这是一份恪尽职守的赤诚,也是一份勇于担当的职责。

什么是相知?古人说,恩德相结者,谓之知己;腹心相照者,谓之知心;声气相求者,谓之知音。

李士强觉得,他和内蒙古自治区通辽市科左中旗代力吉镇东五井子嘎查党支部书记刘金锁就是相知。他一直没有忘记他建千头养牛场的时候,刘金锁对他和李寨的大力支持,这些年来,他和刘金锁始终保持着联系,也心心念念地想着要回报这位好兄弟。因为,除了古人所说的恩德相结、腹心相照、声气相求,他们两个人还同为共产党员,同为最基层的党支部书记,同为人大代表。作为共产党员和党的支部书记,他们有相同的初心和使命;作为人大代表,他们心里都装着人民,有着一样的家国情怀。这让他们除了是知己、知心和知音,也是兄弟、同志。2018年,他们同时获得了"全国脱贫攻坚奖奋进奖"。

这些年来,李士强心里一直牵挂着科尔沁大草原,牵挂着刘金锁,总想找机会报答这位好兄弟无私支援的那份情。

李士强为内蒙古两旗干部群众录制乡村振兴专题视频

可是,刘金锁所在的嘎查,早已脱贫致富,成了远近闻名的小康村,人家也用不着让他支援啊。

啊,你给我个机会,给我个机会吧。李士强一直等待着。

机会终于来了。

内蒙古自治区锡林郭勒盟太仆寺旗、乌兰察布市察右前旗,是全国人大机关的定点帮扶单位,按照计划,2022年6月下旬,全国人大要在这里举办"两旗"乡村振兴专题学习班,李士强受邀为2944名基层干部、乡村振兴带头人进行授课。

接到特别邀请讲课任务后,李士强高兴极了。虽然不在刘金锁兄弟的地盘,但毕竟是在内蒙古大草原上,多少也算是对草原人民的回馈吧。再者,作为全国人大代表,能被全国人大选中,登上这高规格的讲台,李士强真是受宠若惊。欣喜之余,李士强也感到责任重大,使命光荣,给近3000名基层干部讲课,他的内心不免有一丝忐忑。

李士强急忙问:"讲课有啥具体要求?我能行吗?"

对方笑答:"李书记,您的成绩就在那儿摆着,实话实说就可以了,用实例和数字说话,用您的亲身经历和事实说话,最有说服力,最能感染人。"

这话说到了李士强的心窝里。对于讲课,李士强不喜欢夸夸其谈。听别人讲课,他喜欢听实在话,有用的话,用李寨人的俗话说就是"拣稠的捞",听领导讲政策,听专家讲知识,听群众讲心声,他都是听在耳里记在心里。轮到他讲的时候,无论在什么地方,也无论对什么人,他从不愿说一句空话,他就是老老实实做人,实实在在做事,实实在在地提着劲。

李士强觉得,李寨乡村振兴的故事,他真的有一箩筐的话要说,锅底下的红薯——拣熟的扒,说上三天三夜,不用稿子也说不完。他很快就确定了主题"建设美丽乡村,推进乡村振兴"。

李寨十年的枝枝叶叶,走过的路,吃过的苦,品尝过的喜悦,都在他心里"过电影",那就总结一下实话实说吧。

那两本厚厚的"李寨十年"工作汇编,每一行文字都是一串闪亮的足迹,每一个事件都记录着一段激情燃烧的岁月,每一个总结都是李士强和全村党员干部以及亿星集团员工和李寨村乡亲们智慧的结晶,冒着黑土地蒸腾的热气,带着沙颍河生动的浪花。

还有以往媒体连篇累牍的报道,记者们给总结的经验、典型例子已经比比皆是。可李士强还是决定与村两委班子、党员代表、群众座谈,总结一下李寨乡村振兴的经验,要把"绝招"和"秘籍"毫无保留地传授给草原上的兄弟姐妹们。

通过远程视频镜头,李士强为参加网络学习班的"两旗"干部现身说法。李士强结合实际工作侃侃而谈,他基本不用看稿,一切都在他脑海里呼之欲出,实实在在的发展过程,行之有效的措施、方法,接地气的乡村振兴故事,有高度、有深度、有温度,吸引了一双双期盼的眼神。大家聚精会神地倾听,鲜活的基层发展经验让观众醍醐灌顶。

我看过李士强的讲课录像,他胸前佩戴着鲜艳的党徽,如一簇跳动的火焰,燃烧着他自己的激情,也燃起了近3000名听众的热情。他声音洪亮,语言亲和,如行云流水,一气呵成。那是他心里的清泉在流淌,滋润着一片茁壮的绿荫。李寨村成功的经验和累累硕果,焕发出的精神和干劲,是村两委班子、全村党员和群众用一双双铁脚板踏出来的,是一片赤诚之心凝聚来的,用滚石上山的"愚公移山"精神换来的!

2022年7月,全国人大机关一封感谢信寄到了村里,感谢李士强生动授课,为内蒙古"两旗"乡村振兴提思路、想办法。"两旗"基层干部普遍反映授课"针对性强、案例多、实景多、数据多、内容实、质量高、效果好",受到很好的启发和借鉴。时任十三届全国人大常委会副委员长张春贤特别作了"谢谢李士强代表,祝贺李士强代表"的批示。

其实,李寨村脱贫攻坚成果,早就得到了全国人大领导的肯定,在一份李寨脱贫攻坚工作情况汇报上,时任十三届全国人大常委会副委员长张春贤,对李寨经验给予充分肯定:"脱贫攻坚,滚石上山;成绩可贺,精神感人!"

　　写完最后一个字，太阳已经升起来了，而天上竟还有一弯残月。这日月交辉的天象，让我想到了距离和时间，想到了在距离和时间里存在的故事，以及故事里的情节和细节。

　　每一本书都有结束的时候，但你看到的并不是全部。全部，在文字的后面，甚至在后面的后面。可是你能感觉到，感觉到里面的宁静与喧哗，冷峻与热烈，坚硬与柔软……然而，这并不是全部，一本书写不完全部，因此谁也无法拥有全部。

　　在这里，往前看是憧憬，往后看是缅怀。前与后之间，演绎着一部永远没有剧终的传奇。

　　李寨的乡亲们一辈子都在赶路。他们把过去留给一双穿破的鞋，留给一个废弃的牛棚或马厩，留给渐渐褪色的简牍、书页和壁画。而还在继续赶路的人们，都目不转睛地盯着前方和远方，他们说，那就是前程。

　　走在最前面的那个人，叫李士强。

　　有时候觉得，李士强和他的乡亲们构成了一种代表关系，可到底谁是谁的代表呢？谁比谁更为可信、更为可靠呢？在时间的河流里，一切关系，都是关系的证明——当李士强把他的乡亲们装在心里时，他们就成了他的代表；而当乡亲们把李士强推在前面时，他又成了他们的代表。

　　更多的时候，李士强是乡亲们的代表，一个让他们敬重的人。

　　这世界上被人敬重的人不外乎两种：一种人本来就坐在受人敬重的位置上，这种人靠位置获得众人的敬重；另一种人是被众人养在心里的，是被别人自觉自愿地敬重着的，李士强就是这样一种人。

　　其实，在生和活的过程中，一个人不可能以一己之力担当起所有的责任，却不可以没有责任心。责任的分量，会让我们感到沉重、疲乏和艰辛，但失去了责任心，我们同样不能承受生命之轻。在这个纷繁复杂的社会，每个人都应该学会坚守和拒绝——坚守心灵中那块圣洁的领地，拒绝生活的奢华多变；坚守对理想主义的不懈追求，拒绝一切急功近利的媚俗。这种坚守和拒绝的内在力量,来自人的自我道德标准、情感态度和伦理操守,也构成了他们心中美丽的风景线。

我想,这大概就是李士强的气质——"天行健,君子以自强不息",一种有理想、有追求的气质;"地势坤,君子以厚德载物",一种有责任、有担当的气质。

还可以说,这也是大国乡村的气质——高天厚土,博大深沉的气质。

微信扫码
·对话李士强
·解码"亿元村"
·聚焦新农人
·数说新"三农"

后记

在本书杀青之际，回顾一年来了解的李寨村发展变化和李士强书记个人付出的点点滴滴，就像一部励志剧在我脑海中呈现，内心波澜难平。

很久以前就听说过李士强，他是活跃在乡村振兴前沿的楷模，等到了李寨村去看，与他实际接触，我可以用"震撼、敬佩、感动、标杆"来形容。一个著名民营企业家，辞去董事长职务，放弃优渥的生活和蒸蒸日上的事业，毅然选择扎根乡土，一头扎进乡村，十年如一日，耕耘、播种、开花、收获，带领村民开启一条脱贫振兴之路：在他的竭力奋斗、拼搏进取下，在他的企业亿星集团累计投入2.4亿元的大力帮扶下，让一个位于豫皖两省交界，有着3237口人的深度贫困村发生了沧桑巨变，村民人均收入从2012年的不足2700元到2022年的24180元，10年增长将近8倍；成立4个集体经济和7个专业合作社，村集体经营性资产由零到逾亿元，李寨村蝶变为产业兴、环境优、基础强、人才旺、百姓富的乡村振兴示范村，先后被评为全国美丽乡村建设试点村、全国改善人居环境保障基本示范村、全国农业产业强镇(村)、全国幸福家园建设试点村、河南省水美乡村、河南省传统古村落、河南省脱贫攻坚先进集体、河南省国土空间规划试点村、河南省"五星"支部、河南省5A级乡村康养旅游示范村。李寨村的发展模式引起了多家媒体的关注,新华社以"解码亿元村"为题进行专题报道。

李寨村10年的华彩蝶变,是以习近平同志为核心的党中央推进脱贫攻坚、乡村振兴两大战略引领全国农村新变化的一个缩影。李寨村十年巨变,一切成绩和荣誉也源于这个兼具基层党支部书记、全国人大代表、民营企业家"三重身份",本书的主人公李士强。他用责任、担当、情怀、大爱在美丽田园播下金色希望,一年10件实事,十年100个台阶,带领父老乡亲同贫困决战、向振兴奋发,踏出一条大国乡村的嬗变之路。他获得"全国脱贫攻坚奖奋进奖""全国优秀中国特色社会主义建设者""全国五一劳动奖章"一系列"国字号"荣誉,当之无愧。

因此,通过基层乡村党支部书记李士强这个点,管窥中国乡村巨大发展变化的历程,十分具有典型性。李书记身上,有属于新时代榜样的典型特征:

一是鲜明的党性。他始终以共产党员的高标准要求自己,无论是在商海打拼,还是在乡村创业,始终都是扛着红旗闯市场;李寨的风雨,群众的冷暖,产业的发展,大事小情都挂在他的心上。熟悉李士强的人都知道,他是一个把工作当爱好和乐趣,永不知疲倦,坚韧不拔、百折不挠,认定目标必须做成功的一个人。他善于把握政策,落实精准高效;善于前瞻性思考,注重统筹规划、系统推进;工作雷厉风行、坚持原则、敢于担当。上任以来,他深入学习、贯彻习近平新时代中国特色社会主义思想,积极落实党中央脱贫攻坚、乡村振兴部署,为"三农"谋发展、为百姓谋幸福,工作思路明晰有序,管理决策科学正确,部署落实措施得力,成效显著。从每年办理"为民十件实事",到设立发放"书记教育基金""老年长寿基金""大病救助基金""创业扶持基金""特殊群体兜底救助基金"关爱全覆盖的五项基金;从实施"千万产值智能渔场""千亩供港蔬菜基地""千头优质养牛场""千亩良种繁育基地"

"千人就业"兴村富民的"五千工程",到成功创建"五星支部""5A级乡村康养旅游示范村";从建设"一中心两馆三区"到实施"乡村振兴六区共建",他都坚持"不让群众出一分钱、不让村集体背一分债务、不让村民担任何风险、不让一个李寨村民在脱贫攻坚、乡村振兴走向共同富裕的道路上掉队",以求真务实的态度、装满群众的情怀,发展产业围绕"农"字做文章,从不偏离"三农"根本,建设乡村紧扣村民需求、尊重村民意愿、进行民主决策,从不"造盆景",搞华而不实、劳民伤财的形象工程,以扎实的举措和成效谱写出中国式现代化的乡村振兴新篇章。

二是宏大的格局。通过深入采访,我发现李士强躬行实践于李寨一隅,可他的视野总是着眼全局,他是要豁出全部心血给平原农区蹚出一条中国式现代化的路子。十年间,他带领李寨村发展过程中,始终扛牢粮食安全责任,用三分之二的土地种植粮食作物,小麦、玉米优质粮种轮种和秸秆过腹还田绿色循环模式;用三分之一的土地发展设施农业,做好土地高效利用大文章,阳光温棚实现果蔬年6~8茬次种植,1亩地产生3~5亩的效益,亩均收益从1000元左右增至2万~3万元,已开工的一期智慧养鱼项目,每亩收益是传统种植的几百倍,将打造成科技赋能高效农业发展的典范,破解了平原地区人多地少、保粮责任与发展高效农业难以兼顾的矛盾。同时,李寨村产业发展不仅安排本村,更带动周边村共计1100人就业,并推进村民无风险入股产业保底年12%分红、无风险承包种植养殖产业创业,让农民变工人、村民变股民、创业零风险,构建多重增收保障,村民的生产生活发生了质的飞跃,全体村民成为高效农业的开创者和管理者。

他为李寨村找到一条科学发展的路子,但在他的心里,装的不仅仅是李寨村,更有中原大地的乡村振兴,是对中国农业的现代化探索。十年间,李寨村无论是产品的绿色化、品牌化满足高端品质健康消费需求,还是产业发展和带动模式,都为广大平原乡村挖掘特色优势建设宜业、宜居、宜游和美乡村、实现"五大振兴"齐头并进提供了可复制的实践模式。2022年6月,全国人大常委会邀请李士强以《建设美丽乡村　推进乡村振兴》为题,为全国人大机关定点帮扶的内蒙古自治区太仆寺旗、察右前旗党员干部进行授课，"两旗"学员普遍反映他的授课针对性强，案例多、实景多、数据多，内容实、质量高、效果好。为此，全国人大常委会办公厅向其发来感谢信。李寨村的发展模式也受到了新华社的关注，2023年9月12日，新华社参编部记者就李寨村发展模式现场考察采访，并作为动态清样发布。

内蒙古自治区"两旗"授课的强烈反响和好评，权威媒体的报道，更坚定了李士强要为乡村振兴肩负起更多历史责任的信念，他多次交代我写书的着眼点不要从为个人树碑立传出发，而要更多更好地总结李寨村的经验，要将李寨村"集体土地统一经营、把村民从土地上解放出来、科学利用土地、发展高效农业、让村民就业收入、创业致富、入股分红全面保障，美丽乡村、文明乡村、文化乡村建设"这些行之有效的产业发展模式和乡村建设模式，毫无保留地向广大农区输出，供更多乡村借鉴和复制。

三是强烈的使命。李士强扎根李寨，胸怀黎民；身处基层，关注民生。他先后担任乡、县、市、省、全国五级人大代表，担任十二届、十三届全国人大代表十年来躬身履职，围绕脱贫攻坚、乡村振兴、美丽乡村建设、共同富裕等"三农"领域以及就业、增收、医疗、养老、社会救助、人居环境等民生方面提交建议120多件，获得时任全国人大常委会委员长栗战书、副委员长张春贤的充分肯定，和省市县各级领导的高度评价。立足李寨村这个点，他把最基层的声音反映到国家高层，每次全国人民代表大会结束，他则会回到李寨传达"两会"精神。他履职全国人大代表这十年，深入联系群众，结合本职工作调研走访，体察百姓急难愁盼，听民声、聚民意、汇民智，将得来的问题意见，形成建议在全国人代会期间向大会提交，积极建言献策，为"三农"鼓呼，为国是建言，彰显了基层人大代表的担当作为。

四是高尚的情怀。李士强作为著名企业家，白手起家，企业发展成就有目共睹。他更多的是感恩，感恩党和政府，感恩时代机遇，将反馈社会信念高举心中，多年来慈善至上，带领企业从赈灾救灾、疫情防控、捐助助学到投身脱贫攻坚、乡村振兴，累计慈善捐助近3亿元，包括这10年李寨的华丽蝶变,他在企业投入资金2.4亿元基础上,又个人通过河南省慈善联合总会向李寨村定向捐赠2500多万元,用于"幸福家园"建设,其间他为全体村民付出的心血和汗水更是难以计量。他被推荐担任中国光彩促进会理事、河南省慈善联合总会副会长职务,企业和个人荣获"全国慈善系统爱心企业""全国民营企业社会责任100强""全国万企帮万村先进民营企业""中原十大慈善人物""河南省慈善奖爱心个人"等荣誉,各级党委政府和社会各界对他的善举给予充分肯定。

五是逐梦的担当。李士强将"中国梦"细化为"李寨梦""乡村梦",他要为中原农村蹚出一条乡村振兴、共同富裕的路子。就在他刚刚推动落地的又一重大惠民产业——李寨智慧渔场开工仪式致辞中,他再次规划了李寨村产业振兴梦:升级打造李寨高水平、现代化农业产业基地,以一、二、三产业融合发展拓宽群众增收致富路。通过高标准建设"五千工程"、充分发挥"5A级乡村康养旅游示范村"品牌优势,大力推进农、文、旅深度融合,全力打造集"智能养殖、科研创新、水产加工、品牌展示、科普教育、旅游康养、特色餐饮、研学旅行、休闲观光、农事体验"于一体的现代农业产业综合体,吸引更多游客到李寨领略现代农业的风采、感受科技农业的魅力,让旅游资源转化为全体村民就业增收新的增长极,让全体村民"人人有业就、家家有业创、四季有钱赚"。在李寨村乡村振兴成果展览馆中,展示了他为李寨村制定的2020—2035年长远发展规划:2025年年底实现村集体经济产值突破1.5亿元,年均增长10%;集体资产突破2亿元,年均增长12.5%;村人均可支配收入突破3万元,年均增长12%;兜底人口收入年均增长15%以上。到2035年实现让科技成为产业效益的硬核支撑,实现规模与质量双提升,实现数字化、智慧化乡村。打造5~10个国内知名品牌,至少拥有1家省级龙头企业。以李寨村产业壮大延伸带动周边村镇发展,形成新产业、新业态、新商业模式全面涌现的现代农业产业集群,农业多种功能和乡村多元价值充分释放,人、地、钱政策保障体系全面构建,乡村生活品质和乡村治理效能全面提升,村集体经济高度发达,全体村民养老、医疗、就业、居住、教育、救助得到全面保障,成为全国乡村振兴样板村、共同富裕示范村。他的村民都称呼他是年近古稀的"年轻人",矢志不渝,顶风冒雪,咬定乡村振兴不放松,让"三农"领域高质量发展,让美丽乡村长存人间,赓续了中华民族生生不息的根和魂。

该书以人物为发展主线,深入事件本身以揭示人物历程,集萃李寨发展变化的重要节点,写出了李士强艰苦卓绝、披肝沥胆、焚膏继晷的奋进历程!很多时候我在想,李士强以什么样的坚定信念,把泥土变黄金、让故园绽新颜?那就是他作为一个共产党员的坚定信仰、优秀企业家的社会责任、全国人大代表的为民情怀,这一切的一切,都构成了我们眼里英雄楷模的崇高形象。

面对艰难困苦时舍我其谁,面对利益考验时大爱奉献,面对"一穷二白"时执着勇毅,他心里不仅仅装着亿星集团,装着李寨群众,更装着民营经济的健康发展、乡村振兴的远大前景。

十年光阴已去,他的两鬓染霜,但依然精神矍铄、思路清晰、做事敏锐,在乡村振兴、共同富裕的道路上继续坚定前行。

李寨村飞速发展的十年,离不开党和国家的富民强国政策,离不开各级党委政府的关心支持。未来,李寨村将在李士强书记的带领下,深入贯彻党中央决策部署,坚守初心使命,强化责任担当,全面对照党的二十大报告要求,系统梳理村里现有工作,以"踏石有印、抓铁有痕"的劲头狠抓落实,砥砺敢于斗争之志,凝聚团结奋斗之力,带领全体村民踔厉奋发、笃行不息,为全面推进乡村振兴贡献力量,在新赶考路上做扎实推进共同富裕的典范。

欧阳华

2023 年 12 月 16 日

有一种向往的生活在乡村

乡村振兴这道「时代考题」
李寨如何答出「示范卷」

解码「亿元村」
是汴公社「亿元村」
三汴三村《汴民村》
三人村人均……

对话李士强
摘穷帽、戴新帽
亲述帽入棉柏帽，看衣民
带你近年破解本……

聚焦新农人
「新膽新农人」
「该如何」振兴？

数说新三农
透视新……现代图景，
中国乡村振兴现代图景……

解码李寨十年